A VIDA MISTERIOSA DE JACK

KELLY BARNHILL

A VIDA MISTERIOSA DE JACK

Tradução
Ananda Alves

BERTRAND BRASIL
Rio de Janeiro | 2015

Título original: *The Mostly True Story of Jack*

Capa e ilustração de capa: Raul Fernandes

Editoração: FA Studio

Texto revisado segundo o novo
Acordo Ortográfico da Língua Portuguesa

2015
Impresso no Brasil
Printed in Brazil

Cip-Brasil. Catalogação na publicação.
Sindicato Nacional dos Editores de Livros, RJ.

B242v Barnhill, Kelly
A vida misteriosa de Jack / Kelly Barnhill; tradução Ananda Alves. — 1. ed. — Rio de Janeiro: Bertrand Brasil, 2015.
294 p.; 23 cm.

Tradução de: The mostly true story of Jack
ISBN 978-85-286-1819-8

1. Ficção americana. I. Alves, Ananda. II. Título.

15-19670 CDD: 813
CDU: 821.111(73)-3

EDITORA BERTRAND BRASIL LTDA.
Rua Argentina, 171 — 2º andar — São Cristóvão
20921-380 — Rio de Janeiro — RJ
Tel.: (0xx21) 2585-2070 — Fax: (0xx21) 2585-2087

Atendimento e venda direta ao leitor:
mdireto@record.com.br ou (0xx21) 2585-2002

Para Ella,
que leu estas páginas e
classificou-as como "não tão ruins";

e para Cordelia,
cujas opiniões sobre mães são fortes:
boas, más, e diferentes;

e para Leo,
que ansiava por eu escrever um
livro que tivesse um dragão
(talvez no próximo, querido);

é para eles que dedico este livro, com muito amor e gratidão.

Neste mundo
não existe verdade absoluta
ou total mentira.
Existe apenas a *maior parte*.
Qual das partes você
escolhe para acreditar,
bem, isso depende de você.

— *Histórias de Lugar Nenhum (ou de Todos os Lugares)*,
de Clive Fitzpatrick

Capítulo 1
Eles Perceberam

FRANKIE FOI O PRIMEIRO A SABER. FRANKIE FOI O PRIMEIRO A SABER A maior parte das coisas — mas, como ele não falava desde os seus oito anos, não importava *o que* ele sabia. Não contaria a ninguém. Não que os outros fossem mesmo ouvir. Sentou-se à mesa de jantar, beliscando as batatas e a carne assada, quando um som ecoou na vasta extensão da campina.

Uma única nota aguda, como um sino.

O restante da família jantou, limpou a boca e deixou a mesa. Eles não perceberam o som.

Frankie repousou a mão esquerda sobre o emaranhado de cicatrizes que tomava conta da metade de seu rosto. Ninguém sabia quem ou o que fora responsável por elas, ou o que acontecera com ele quando fora levado aos oito anos de idade e voltara marcado e mudo, dois meses depois. Frankie não iria, *não poderia* contar. Depois de todos aqueles anos, as cicatrizes permaneciam em alto-relevo, inflamadas e muito,

muito vermelhas. As crianças na cidade chamavam-no de Cicatriz ou de Aberração. Sua mãe dizia que seu rosto parecia um campo de rosas. O que ela *não* sabia era que as cicatrizes guardavam lembranças. Elas *sabiam* coisas.

Está chegando, diziam elas. *Está voltando*, sussurravam.

Não, pensou Frankie, balançando a cabeça. Isso *não*. Ele. Ele está chegando.

Nós sabíamos que ele voltaria.

Naquela noite, a irmã gêmea de Frankie, Wendy, acordou de um sonho com sinos. Sentou-se, ofegante, na cama, os olhos arregalados. A noite estava silenciosa, exceto pelo canto precoce dos grilos se aquecendo para o coro do verão no quintal dos fundos.

Mas ela sentiu um odor. Algo adocicado e estranho que não sentia desde que ela e o irmão tinham oito anos de idade — o ano em que Frankie desaparecera e retornara.

— Que cheiro é esse? — perguntou à mãe durante o café da manhã.

— Bacon — respondeu ela, entregando-lhe o prato.

— Não, não é esse. O outro. Adocicado.

— Bacon é adocicado — disse sua mãe, em um tom de voz cansado, enquanto derramava o café puro e fumegante em uma xícara azul lascada e o bebia em dois goles rápidos. Ela estremeceu. — Coma o seu bacon — disse. — Eu gostaria que você fosse pontual ao menos no seu último dia de aula. Talvez a gente consiga convencer seus professores a aumentarem as expectativas deles em relação a você para o *próximo* ano.

Sem chance, Wendy queria dizer, mas ficou calada.

Sua mãe pegou um saco pesado de ração de cachorro e levou-o para o quintal, fazendo com que os três cães, muito grandes, muito barulhentos e muito, muito bobalhões salivassem de alegria.

— Ah... — disse Wendy, de boca cheia. — Bacon não é adocicado. — Mas sua mãe já havia saído do cômodo e não a escutou.

Já vestido, de banho tomado, penteado e pronto para sair, Frankie desceu calmamente a escada. *Típico*, pensou Wendy, dando um gole em seu suco de laranja. Ele se sentou ao lado da irmã e pegou a mão dela.

— Frankie — Wendy começou a falar, embora soubesse que ele não responderia —, você está sentindo esse...? — Frankie levantou a mão da irmã até o seu rosto, repousando-a sobre a bochecha deformada. — Frankie, é sério, eu não quero tocar as suas cicatrizes, eu... — Ela perdeu o fôlego. As cicatrizes queimavam e zuniam sob seus dedos.

Frankie olhou para a irmã, os olhos calmos e sem piscar. Manteve a mão dela em seu rosto.

— Oh! — exclamou Wendy, sentindo seu estômago se contrair. Virando-se para a janela que dava para o oeste, sentiu os joelhos começarem a tremer. — *Oh, não.*

Fora da cidade, Anders, o melhor amigo de Wendy, sentiu algo que não conseguiria explicar de imediato. Ele passara a maior parte da manhã com quatro de seus irmãos mais velhos, recostado na lateral ensolarada do celeiro cinza, enquanto seu pai e seu irmão mais velho, Lars, carregavam o trator e o caminhão. Os garotos da família Nilsson haviam entregado bilhetes aos seus professores dizendo que precisariam estar no campo e que se ausentariam na última semana de aula. Agricultura, graças a Deus, nunca fizera parte da grade escolar, e os meninos foram dispensados dos livros e colocados para trabalhar.

Menos Anders.

Já que tinha apenas treze anos, ele estava um ano abaixo do permitido para trabalhar.

No próximo ano, dissera o pai.

— Seja um bom garoto, irmãozinho — zombaram os irmãos, de dentro do caminhão. — Estude bastante. — Eles riam enquanto partiam. Anders os observava à medida que seguiam pela estrada esburacada, as rodas traseiras do caminhão formando uma cortina de poeira. Por um momento, suas cabeças louras cintilaram em meio à nuvem marrom de terra, até que restou somente a nuvem, e Anders ficou sozinho.

O que seus irmãos e o pai não sabiam era que Anders não tinha a menor intenção de ir à escola. Quando o caminhão desapareceu, ele se virou para o campo aberto e para a floresta ao longe, e tirou os sapatos.

O solo estava fresco, bem assentado e úmido, ainda que o dia estivesse quente e provavelmente esquentasse ainda mais. Anders começou a andar, sem saber aonde iria. Sabia que seus pés o levariam a algum lugar interessante. Era sempre assim.

No sexto passo, porém, sentiu algo diferente. Uma sensação de agitação no gramado. No sétimo, ela se intensificou. Por volta do trigésimo passo, o solo parecia formigar sob seus dedos como uma corrente elétrica.

Ele já havia sentido aquilo antes. Fazia muito tempo.

— Então — disse em voz alta. As abelhas zumbiam, o chão zumbia, até seus ossos e sua pele zumbiam e zumbiam. — Então está voltando. Agora. Certo? — Aguardou, como se alguém fosse se importar em responder: o milho crescendo, a floresta emaranhada, o enorme e límpido céu. Ninguém respondeu. De qualquer forma, ele estava certo de que a resposta era afirmativa.

Tirou o boné verde de cima dos cabelos louros e esfregou a borda esfarrapada entre o pescoço e o couro cabeludo. O vento soprou ao longo dos campos, que mais pareciam uma colcha de retalhos rodeando as vastas e planas propriedades até onde pareciam tocar o horizonte. A brisa cheirava a terra revolvida, sementes secas e fertilizantes.

Também cheirava a algo mais. Um odor adocicado e, ao mesmo tempo, ruim, como veneno de rato misturado com balas. Anders voltou correndo e pegou seus sapatos.

Então, escola, decidiu. Só mais um dia.

E mais. Tinha de falar com Wendy.

Capítulo 2
Mais Alguém Percebeu

CLAYTON AVERY, UM GAROTO DE TREZE ANOS, ALTO E MUSCULOSO, morava na melhor casa da cidade. Todos a conheciam. Ficava em uma pequena colina no Centro, com o gracioso campus da escola, à esquerda, e o longo e estreito parque, que se estendia até a prefeitura, à direita. Tinha janelas com vitrais, uma enorme porta de carvalho e um ornamento dourado que delineava toda a borda do telhado. A casa, a prefeitura, a escola e todos os demais edifícios importantes da cidade tinham sido construídos havia muito tempo pelo tataravô de Clayton. Desde então, cada sr. Avery subsequente fora rico, poderoso e estivera no comando absoluto. Ser o filho do sr. Avery, o homem mais importante da cidade, significava muito para Clayton. E ele fazia questão de que todos soubessem disso.

Na casa dos Avery, havia um cômodo conhecido como Quarto Reservado. Ninguém além do pai de Clayton tinha permissão para entrar lá: nem Clayton, nem sua mãe, nem os parentes que vinham visitá-los. Ninguém.

E ainda assim, algumas vezes, quando Clayton passava pelo corredor, acreditava ouvir uma voz do outro lado da velha porta de carvalho. Uma voz baixa, como se estivesse sussurrando, tão leve quanto uma semente de dente-de-leão. E, outras vezes, ainda mais baixo, seu pai sussurrar em resposta.

Clayton passou a maior parte daquela manhã e o início da tarde tentando ganhar coragem para chegar perto da porta. Nunca havia perturbado o pai.

Bateu à porta.

O sr. Avery surgiu, escancarando-a. Inspirou fundo, e a pele flácida ao redor de seus lábios finos e do queixo pontiagudo se retraiu, como se estivesse sugando o próprio rosto narinas adentro.

— O que é. — Ele não perguntou. Ele *disse*. O sr. Avery nunca fazia perguntas. Clayton sabia que isso significava *estar no comando*.

— Pai, tem algo errado com o meu ouvido — disse o menino.

A orelha de Clayton estava vermelha de tanto que a esfregara e coçara com os nós dos dedos.

— Você me interrompeu por causa do ouvido — vociferou o pai. — Fale com a sua mãe.

— Eu *falei*. Ela disse que não tem nada de errado com o meu ouvido e que estou inventando.

— Bem. Vá para o seu quarto, então.

— Mas eu *não* estou inventando. Acho que tem um inseto dentro do meu ouvido, ou algo do gênero. Coça muito e parece estar se contorcendo, e eu não consigo fazer voltar ao normal. Eu posso *sentir*. Fica fazendo um barulho esquisito sem parar. Como... sinos ou coisa assim.

O pai ergueu as sobrancelhas. Se Clayton estivesse mais atento, talvez houvesse notado que as pálidas dobras da pele de seu pai tinham ficado ainda mais pálidas.

— Isso está me *enlouquecendo*, pai — disse o menino, olhando com desespero para o homem, agarrando a orelha direita e puxando-a com força.

— Isso começou hoje — disse calmamente o sr. Avery, como se estivesse se referindo a algo óbvio.

— De manhã — respondeu Clayton, aliviado pelo fato de o pai não estar bravo com ele. — Mas está piorando ao longo dia.

— Interessante — concluiu o sr. Avery, levando os dedos aos lábios. Se Clayton percebeu o leve tremor nas grandes e retorcidas mãos do pai ou nos lábios dele, não o mencionou. — Vá para o seu quarto.

— Mas... — começou a falar o menino.

— *Agora!* — gritou o pai.

Clayton fugiu correndo, como se tivesse se queimado.

O sr. Avery esperou o filho desaparecer do corredor. Quando o ambiente ficou silencioso, fechou a porta do Quarto Reservado e se apoiou contra ela. Normalmente, a vista do quarto, com sua aura de opulência — as poltronas de veludo, a mesa de mogno e os cálices de cristal importados da Sibéria —, o teria acalmado. Mas não dessa vez.

Ele precisaria de informação, pesquisa, relatórios. Provavelmente, de alguns espiões também. Não se permitiria cometer um erro. Não outra vez.

Também precisaria de magia. De muita.

Capítulo 3
Iowa

Jack sentou-se no banco de trás de um carro alugado, com seu bloco de rascunho aberto sobre os joelhos, desenhando sinos. Sua mãe não falara com ele nas últimas quatro horas; não que isso fizesse alguma diferença. O que havia para se dizer, afinal? Ele já tinha discutido e chorado e ponderado, mas o resultado fora o mesmo: seus pais, após anos de briga, finalmente tinham se separado. Jack teria de passar o verão inteiro em Iowa, com parentes que não conhecia. Não dava para *acreditar*.

Jack observava as plantações ondulando e crescendo, como um oceano verde estendendo-se da estrada até a linha do horizonte. Uma mancha escura surgiu bem no fim da longa e retilínea estrada. Ele apertou os olhos, tentando enxergar melhor. Havia algo *familiar* naquilo, pensou, enquanto a mancha ia ganhando lentamente a forma de uma colina, embora, mesmo tentando ao máximo, não conseguisse lembrar onde — ou *se* — já tinha visto aquele lugar.

* * *

Jack fechou o bloco de rascunho com força e enrolou-o bem apertado com um elástico, antes de deslizá-lo para dentro da mochila. Por um momento, sua mão tocou a superfície áspera do skate escondido no fundo. Se a mãe soubesse, jamais o deixaria ficar com ele. E mais, tinha sido um presente de seu irmão mais velho — um presente inesperado, aliás —, a única coisa que teria a mínima chance de tornar suportável a sua estadia em Iowa, e não abriria mão dele. Pelo menos, não sem uma briga. Fechou a mochila e olhou para fora.

— É para lá que estamos indo? — perguntou ele, apontando para o alto da colina, mas a mãe estava ao telefone com o chefe e não o ouviu.

Jack decidiu não se aborrecer. *Que novidade*, pensou. Ela raramente prestava atenção nele. Ou lhe dava ouvidos. Ou até o *via*, na maior parte do tempo. A mesma coisa com seu pai. Não que Jack culpasse algum deles. Afinal de contas, ambos eram muito ocupados. A mãe comandava o departamento de comunicação do prefeito de São Francisco, e o pai era arquiteto — um *famoso* arquiteto, Jack gostava de dizer, embora ninguém escutasse ou desse a mínima. Na maioria das vezes, sentia muito orgulho dos pais.

Ser invisível não era tão ruim assim. Às vezes, a invisibilidade tinha seu lado positivo, mas Jack não conseguia evitar a sensação de que, desde o anúncio do divórcio, estava ficando *mais* invisível do que o normal. Ou de que o mundo ao seu redor tinha mudado o suficiente a ponto de sentir que não fazia mais parte dele. Tinha medo de que pudesse desaparecer completamente dos pensamentos dos pais. E, embora essa preocupação o perturbasse, tentava não lhe dar importância. Por que se preocupar com algo que não tinha como mudar? Além do mais, o carro estava diminuindo a velocidade, e ele não precisava de uma resposta.

A cidade surgia por trás do emaranhado de árvores retorcidas em uma pequena elevação do terreno — a única colina em quilômetros, pelo menos que Jack tivesse notado. Havia uma placa de madeira na beira da estrada, levemente inclinada para a esquerda. BEM-VINDO A HAZELWOOD, dizia, em grandes letras pretas, embora a tinta estivesse desbotada e lascada em alguns pontos, revelando a madeira cinzenta sob o que parecia pequenas mordidas.

— Alô? — disse a mãe de Jack, falando mais alto ao telefone. — Alô? Não consigo ouvi-lo, senhor.

— Não tem sinal aqui, mãe? — indagou o menino.

— Não tem sinal aqui — repetiu sua mãe, balançando o telefone no ar como se desse para pegar o sinal como se pegam borboletas. Recompôs-se, então, já que o filho ficara calado.

— Não foi exatamente isso o que eu acabei...?

— E sempre no meio de algo *importante* — reclamou ela, desligando o telefone e suspirando. — Típico.

Estava claro que sua mãe não queria conversa; então, Jack se virou para a janela, examinando a cidade sem sinal de celular.

O lugar era limpo e silencioso. Totalmente silencioso. Nenhum carro passava, nenhum ônibus roncava, pessoas não se empurravam na rua. Nem ao menos havia cachorros latindo. Em vez disso, um quarteirão quieto, o gramado dos quintais perfeitamente aparado, onde cada placa verde de grama se encaixava como uma luva na seguinte, com uma fina borda de gerânios ou cascalho no meio. Impecáveis casas brancas enfileiravam-se umas ao lado das outras, com portões e jardins bem-cuidados e, às vezes, um balanço. Embora Jack gostasse das coisas limpas e ordenadas e *previsíveis*, a mesmice da cidade o deixava nervoso. Era como se cada casa quisesse desesperadamente ser cor-de-rosa ou laranja ou verde-limão, mas não pudesse.

Não seja idiota, disse para si mesmo. *Casas não têm vontade própria.*

As únicas pessoas que viu foram três crianças — uma menina e dois meninos — paradas na esquina, em frente a um terreno baldio tomado de mato, na metade do caminho para a cidade. Três bicicletas estavam jogadas de qualquer jeito ao lado delas, como se tivessem acabado de ser largadas, pois as rodas da frente ainda giravam e giravam, bem devagar. As crianças observavam a estrada, seus ombros colados uns nos outros e as cabeças virando juntas ao olharem o carro alugado passar. Jack pressionou a testa no vidro da janela e juntou as mãos em forma de concha ao redor dos olhos, tentando ver o rosto delas, mas estavam encobertos por uma sombra e um pouco distantes. Não importava, disse a si mesmo, como elas eram — ou até *se* havia crianças na cidade. Ele não tinha mesmo amigos no lugar de onde viera, então não esperava fazer nenhum em Iowa.

Mas a casa no fim da estrada... bem, aquela era diferente. Mais do que diferente. Ela se *anunciava*. Grandes flores brilhantes e plantas altas, emaranhadas, crescendo selvagens no jardim da frente, com a casa ao fundo, imponente, os beirais cintilando no calor.

Por favor, não me diga que estamos indo para aquela *casa*, pensou Jack, desesperado. Arrepiou-se de preocupação, e os pelos de seus braços se eriçaram. Achou que fosse vomitar, mas não sabia o motivo.

O carro freou, e eles estacionaram em frente à casa. Sua mãe abriu a porta, com um suspiro enferrujado. Pressionou os lábios e cruzou os braços.

— Não era assim que ela deveria ser — disse ela, balançando a cabeça. — Essa casa está toda errada.

Capítulo 4
A Casa Errada

Era uma antiga casa de fazenda, de madeira, com uma varanda ampla, janelas largas e uma vigia na parte superior do telhado. E era roxa. De um tom tão escuro e intenso que até parecia vibrar. Jack apertou os olhos. A porta de entrada era verde-limão, e a moldura de cada janela, pintada de uma cor diferente: vermelho, amarelo, laranja e azul.

— *Deveria* ser branca — disse a mãe de Jack, protegendo os olhos com as mãos. — Impecavelmente branca.

Jack olhou para a casa. Tentou imaginá-la branca, mas as cores brilhantes se impunham, mesmo na sua imaginação.

— Talvez — disse ele — só *queira*...

Sua mãe o interrompeu:

— Meu pai se reviraria no túmulo se visse isso.

— Por acaso você está ouvindo... — começou Jack, mas ela tornou a interrompê-lo:

— E lá vêm eles — disse ela, sem olhar para o filho.

A porta de tela se abriu e duas figuras saíram da casa.

— Que surpresa! — exclamou o homem. Ele pressionou o peito com a mão e apoiou-se na balaustrada em busca de equilíbrio.

— Clive — disse a mãe de Jack para o cunhado, com um rude e firme aceno de cabeça. — Mabel. Que bom...

— *Clairzinha!* — disse a mulher, descendo os degraus na direção da mãe de Jack, envolvendo-a em um abraço.

Clair se retesou. A mãe de Jack não costumava abraçar as pessoas, mas a tia de Jack parecia não saber disso. O menino imaginou o que *mais* ela não sabia sobre a irmã. *Provavelmente muita coisa*, pensou.

Tia Mabel beijou as bochechas de Clair. Assim como a mãe de Jack, ela era alta e magra, e tinha os mesmos olhos acinzentados com um brilho azulado. Mas, em vez de um tailleur bem-passado, Mabel vestia um jeans levemente surrado. Sandálias substituíam os sapatos caros, revelando as unhas dos pés pintadas de verde cintilante. E, mesmo sabendo que sua tia tinha quinze anos a mais do que sua mãe, Jack ficou surpreso em ver cabelos tão grisalhos — não *exatamente* grisalhos, mas prateados. Eles ondulavam e reluziam sob a luz.

— Mas o que você está fazendo aqui? — perguntou Mabel, olhando para a irmã e o sobrinho.

O queixo de Jack caiu. *O que ela quer dizer com o que estamos fazendo aqui?*

Mabel virou-se para o marido.

— Clive — disse com voz trêmula e olhou para a casa —, não estamos prontos — sussurrou.

— Eu... — começou a mãe de Jack, mas parou. Ela fitou as próprias mãos e franziu o cenho em sinal de confusão. Era uma mulher incisiva, determinada. Nunca se confundia.

Jack mordeu o lábio inferior.

— Eu tenho certeza de que telefonei — disse ela.

— Não, querida, você não telefonou.

— Nós nos divorciamos. David e eu. O processo será concluído no fim do mês. Eu pensei que... bem, *ele*... — Clair apontou para o filho, com um semblante calmo e sonhador. Ela apertou os olhos e estalou os dedos algumas vezes, como se tentasse lembrar-se de algo.

Jack levou a mão ao peito.

— *Jack?* — disse ele, encorajando-a.

— Certo — confirmou ela, levando as mãos ao rosto e franzindo as sobrancelhas. — Jack. Honestamente, não sei onde eu tenho andado com a cabeça esses dias. — Clair sorriu e olhou para a irmã, com a expressão de que tudo estava sob controle, como sempre. Jack relaxou. — Ele precisa de um lugar para ficar. Por enquanto.

Os tios trocaram olhares que Jack não conseguia entender.

— Certo — respondeu Clive, passando a mão sobre a bochecha enrugada e alisando o queixo. — As coisas precisam se acertar. O pobre menino tem sido deixado de lado. Acontece. — Piscou para Jack e deu um sorriso, misto de bondade e tristeza.

Jack tentou sorrir de volta, mas pareceu mais uma careta.

— Ele precisa pertencer a algum lugar, certo? — completou o tio.

— Claro que ele pode morar conosco — disse Mabel.

Jack estava imaginando coisas ou o lábio inferior de sua tia de fato tremia?

— Por enquanto — esclareceu sua mãe, olhando para o chão, em vez de olhar para o filho.

Finalmente, Mabel limpou a garganta, andou até o sobrinho e deu-lhe um abraço.

— Querido, é tão maravilhoso tê-lo de volta! — exclamou, apertando-o com força e pressionando sua bochecha contra a dele. Jack não conseguia se lembrar de ninguém que o tivesse abraçado daquela maneira antes.

— Mas eu nunca... — começou ele, mas a tia o ignorou. Certamente, ela sabia que era a primeira vez que ele ia a Iowa.

Mabel apertou o ombro de Jack e, pegando a irmã pelo braço, levou-a para dentro da casa. O menino ficou para trás com seu tio Clive, um homem baixo e esquelético, com o rosto enrugado e um ligeiro sorriso forçado.

— Bem — disse Clive. — Que surpresa.

— Mas... — respondeu Jack, sentindo-se levemente enjoado. — Meu pai disse que tinham falado com vocês.

— É claro, é claro. Pais dizem todo tipo de coisas — concordou Clive, apoiando-se sobre os calcanhares como se estivesse pensando. — Eu imagino — disse ele devagar, mudando de assunto — que as damas estejam esperando que os cavalheiros carreguem as bagagens. — Ele balançou os dedos perto do rosto, mexeu os pulsos, e as chaves apareceram. Elas balançavam e tilintavam como sinos. — Vamos?

— Como você...? — perguntou Jack.

— Eu levo jeito com as coisas brilhantes — explicou o tio. — É de família.

Apesar da baixa estatura, dos braços finos como gravetos e das costas estreitas, Clive ergueu a enorme e pesada mala do sobrinho, colocando-a no ombro, quase ultrapassando Jack ao subir a escada. Era como se tivesse molas nas pernas em vez de ossos. Isso, somado ao leve sotaque — britânico talvez, embora Jack não pudesse afirmar —, fazia com que ele lembrasse um elfo.

Jack pegou sua mochila e seguiu o tio em direção à varanda da frente, apoiando-se no corrimão. Ao tocá-lo, parecia morno, e a temperatura aumentou até ficar muito quente.

— O que... — balbuciou Jack, mas, antes que pudesse dizer qualquer outra coisa, um choque intenso e doloroso percorreu todo o seu corpo, como se não tivesse tocado um corrimão de madeira, e, sim, um fio com corrente elétrica.

— Ai! — gritou.

— Algum problema? — perguntou Clive, parado na entrada, segurando com o pé a porta de tela aberta.

Por um momento, a porta, a parede e o restante da casa pareciam tremular como uma bandeira ao vento. No entanto, antes que Jack pudesse mencionar ou mesmo pensar no que acontecera, a casa voltou ao normal, sólida e imóvel. Com certeza, tinha sido a sua imaginação. Com certeza *absoluta*, pensou.

— Não, quer dizer, não foi nada — disse rapidamente, esfregando a palma da mão no quadril e subindo os degraus com cautela. — É que eu... ai! — exclamou ao tocar a porta de tela e retrair a mão como se algo o tivesse queimado.

Mas não *exatamente* queimado. Fora outro choque; Jack não conseguia explicar.

— Está tudo bem — murmurou, passando pelo tio ao entrar na casa, com os ouvidos zunindo e tentando não tocar em mais nada.

— Então, vou colocar essas coisas no quarto de hóspedes — disse Clive, com a voz abafada por causa da mala.

O homem se virou, subiu a escada encerada e desapareceu.

A voz de Mabel surgiu da cozinha, em uma constante onda de palavras, interrompidas apenas por ocasionais *humms* ou *ahs* ou *é mesmo* da mãe de Jack. Elas conversavam sobre o divórcio, Jack sabia disso e fazia o que podia para não ouvir nada a respeito. Até a palavra *divórcio* o chateava. Soava como um copo sendo quebrado ou um pedaço de pano sendo puxado e rasgado em dois.

Jack parou no meio da sala, as mãos enfiadas nos bolsos. A casa ao seu redor era um amontoado de livros. Estantes bonitas e lustradas, com bordas boleadas e flores entalhadas nas laterais, haviam sido construídas em cada parede. Elas circundavam as janelas, tomavam a parede de fundo da sala de estar e chegavam quase ao teto. E, ainda assim, os livros mal cabiam: equilibravam-se, vacilantes, em pilhas por todo o cômodo.

Três animais estavam agachados no topo das estantes — um papagaio de cores brilhantes e dois gatos idênticos e espantosamente grandes. Os gatos se espreguiçaram, esticaram as patas e balançaram o rabo, como se estivessem considerando seriamente saltar no chão e pular em cima de Jack. Ele deu um passo para trás. Os gatos piscaram os olhos ao mesmo tempo, primeiro o esquerdo e depois o direito, antes de se aquietarem e tomarem a forma de duas bolas de pelos prateados, olhando atentamente para o menino. O pássaro, por sua vez, voou pelo quarto, atingindo o peito de Jack como um míssil brilhante e afiado. Jack gritou.

— *Não, Lancelot!* — gritaram Clive e Mabel, de diferentes partes da casa.

A ave pareceu perder levemente o fôlego e voou para baixo, batendo as asas pela escada. Olhou para trás como se dissesse a Jack para *prestar atenção*, antes de desaparecer.

Jack esfregou os braços e ficou parado no meio da sala, sem desejar tocar em mais nada. Os gatos mantiveram o olhar fixo no garoto, o brilho inquietante de seus olhos dourados cintilando a cada piscadela. Ele estremeceu. *Parem de olhar para mim*, teria dito, se fosse o tipo de pessoa que fala com gatos. Como não era, forçou-se a desviar o olhar.

Clive desceu a escada, parecendo saltar para a sala, e se aconchegou no sofá de veludo azul. Olhou curioso para Jack.

— O quê? — perguntou Jack.

— Nada, querido, nada. Só estamos muito felizes por você estar aqui — respondeu o tio.

Clive segurou o queixo com a mão esquerda, do jeito que Jack já tinha visto outros professores fazerem na televisão. O menino assentiu vagamente e virou-se para olhar os livros, não porque estivesse *interessado* neles, mas porque não queria conversar com o tio. Clive, por outro lado, não percebeu o desdém e continuou a observá-lo com prazer.

O fato de o tio o encarar deixava-o irritado, reconheceu Jack. Aquilo era algo *novo*. Ninguém agia assim na casa dele. Ninguém o olhava — mesmo quando deveriam. Até os inspetores da escola nunca o vigiavam — e eles reparavam em *todos*. Era como se os olhos deles não enxergassem o menino. Jack já nem ligava mais.

Finalmente, Clive se levantou e parou ao lado do sobrinho, examinando os livros com ele. Jack se afastou, mas o tio pareceu não perceber. Em vez disso, levou os dedos até as lombadas dos livros.

— Esse é o perigo da minha profissão. Quando alguém estuda livros para se sustentar, o resultado é uma casa com mais deles do que deveria. Lamento, mas não temos muitos para crianças — disse Clive —, exceto os de contos de fadas. E arrisco dizer que você não é fã do gênero.

Como ele sabe?, perguntou-se Jack. Mas era verdade. Alguma coisa nos contos de fadas fazia-o sentir medo. Ele nunca gostara.

— Prefiro não ficção — respondeu o menino, sem olhar para o tio. — Gosto quando as coisas são *reais*.

— Ou reais na maior parte — disse Clive, e, embora Jack não tivesse entendido o que ele queria dizer, decidiu não se aprofundar na questão.

O homem alcançou uma das prateleiras mais altas e puxou um livro.

— Pegue — disse ele. — Talvez goste deste aqui.

O título, *A História Secreta de Hazelwood*, estava escrito no canto superior da capa, com uma letra fina que, por algum motivo, parecia familiar a Jack, mas familiar *como*, ele não sabia. Tinha a figura de uma árvore pequena e retorcida. No entanto, quando olhava para a imagem sob um determinado ângulo, ela não parecia em nada com uma árvore. Parecia uma mulher. E, quando olhava sob outro ângulo, não parecia uma mulher, mas duas, suas faces sobrepostas como fotografias desfocadas.

— Obrigado pelo livro — disse Jack, notando um pouco tarde que sua voz continha um tom duro e sarcástico. Ele não se importou. Colocou o livro sobre a mesinha de cabeceira e não pensou novamente a respeito pelo resto da tarde.

Quando Clair e Mabel entraram com biscoitos e limonada, Clive fez perguntas sobre política, as aspirações do prefeito e teorias sociais. Jack viu a mãe se empolgar e dar respostas longas e complicadas. Ele queria estar segurando uma câmera. Ela sempre parecia mais bonita sob as luzes dos flashes e a insistência dos novos repórteres.

Ele deu um gole na limonada.

Um gole que fez barulho.

Sua mãe não notou e não o repreendeu. O olhar dela passeava de um lado a outro do filho, mas nunca parava diretamente sobre ele. Jack tentou erguer as sobrancelhas e sorrir, só para obter um pouco de contato visual. Ela não sorriu de volta. Seus olhos passavam por ele inúmeras vezes sem focar.

Duas horas depois, Clair voltou para o carro e foi embora. Ela não o abraçara ou dissera que telefonaria todos os dias, nem o deixara envergonhado por chorar ou soluçar ou fungar. Em vez disso, um momento antes de entrar no carro, ela pegou a mão de Jack, segurou-a pelos dedos e os esticou, um a um. Passou a mão sobre a palma do filho.

— Você não pode transformar as coisas no que elas não são — disse, olhando para a mão, e depois para o chão e depois para o milharal no fim da estrada. — Todos estão em um caminho que os leva ao lugar a que pertencem.

— Não sei do que você está falando. Será que eu não posso...? — disse Jack, mas foi interrompido pela mãe:

— Às vezes, tudo que você pode fazer é o melhor de si, e às vezes o melhor de si não é o suficiente — respondeu ela.

Ela olhou para cima, mas não *para* ele. Seus olhos estavam ligeiramente vermelhos e pareciam lacrimejar, e os músculos de seu rosto se contorciam como se ela estivesse tentando lembrar-se de algo que acabara de esquecer.

Olhe para mim!, queria gritar Jack. *Diga o meu nome.* Mas, em vez disso, tudo o que disse, com a voz embargada e pesada, foi:

— Adeus, mãe.

Clair se dirigiu ao carro, com passos vacilantes. Entrou e girou a chave. O motor rugiu e o carro partiu em direção à estrada. Ela não buzinou nem sorriu. E nem ao menos se virou para dar adeus.

Jack disse a si mesmo que aquilo era normal.

Após o silencioso jantar, pelo menos ele estava em silêncio, Jack foi para seu novo quarto. *Não*, disse a si mesmo. Aquele não era seu novo quarto. Era seu *por ora*. Ele não pertencia àquele lugar, decidiu. Pertencia à nova casa de sua mãe. Ou ao novo apartamento de seu pai. Qualquer um dos dois. Tinha de pertencer a *algum lugar*.

Clive e Mabel deixaram que Jack fosse sozinho para o quarto. *Suba a escada, é a primeira porta à esquerda*, dissera o tio. O menino gostou da privacidade. Correu os dedos pela parede à medida que subia para o segundo andar e teve aquela sensação esquisita e quente, que lhe dava arrepios. Dessa vez não doeu. Só... estremeceu. Ele imaginou se a casa havia sido construída sobre alguma falha geológica. *Será que existe alguma falha geológica em Iowa?*

Os gatos — Gog e Magog, e que na opinião de Jack eram os nomes mais ridículos que já ouvira na vida — o seguiram.

— Xô! — disse ele.

Os felinos apenas se espreguiçaram e piscaram, os olhos brilhando de uma forma estranha à meia-luz na escada.

Mesmo do segundo andar ele podia ouvir os tios conversando a seu respeito. Como era típico de adultos, davam voltas em vez de falarem diretamente sobre o assunto. Em vez de *divórcio*, diziam *catástrofe*. Consideravam um *desfecho prematuro* e diziam que, *às vezes, uma muda não cresce se a árvore não é saudável* e que, *no final, não era tão forte quanto esperávamos.*

— De qualquer forma — ouviu Clive dizer —, reclamar não nos faz bem algum. Eu deveria ter imaginado o que aconteceria caso a família desmoronasse, mas já é tarde demais para dar um jeito nisso. O garoto está aqui. E agora tudo vai começar. Eu só rezo para que estejamos prontos.

Houve silêncio por um momento, como se Clive e Mabel estivessem prendendo a respiração.

— Eu só rezo para que ele não nos odeie por tudo que precisaremos que ele faça — disse ela.

Tarde demais, pensou Jack. Ele já os odiava.

Capítulo 5
O Início de Tudo

À MEDIDA QUE WENDY SCHUMACHER SE AGACHAVA NAS SOMBRAS DA lateral do jardim dos Fitzpatrick, ela ignorava a nuvem de mosquitos que aterrissavam em seu pescoço, braços e panturrilhas. Tinha um trabalho a fazer. Assim que a última luz se apagou, ela rastejou pela grama até a treliça do lado leste da casa. Agarrou o tronco e os galhos, testando a estabilidade da árvore, e, com um grunhido, começou a escalar em direção à janela aberta.

Aquela não era a primeira vez. Wendy já escalara aquela treliça tantas vezes que poderia fazê-lo de olhos fechados. Quatro verões antes, quando Frankie desaparecera, sua casa havia ficado lotada de policiais e de parentes chorosos, e ela descobrira que precisava ir para *outro* lugar. Um lugar pequeno e seguro e *quieto*. Uma noite, saíra de casa e, após vagar por um tempo, escalara a primeira janela aberta que havia encontrado — um quarto de hóspedes no segundo andar de uma casa pintada de cores vivas no subúrbio. Depois disso, ela voltava, noite após noite, sempre que tinha uma chance.

Wendy gostava da casa dos Fitzpatrick — as prateleiras abarrotadas de livros, as estranhas fotos nas paredes. Mais do que tudo, porém, ela gostava de ficar sabendo de coisas que as outras crianças da cidade não sabiam. Soube, por exemplo, que seu irmão não havia sido a primeira criança na cidade a desaparecer. Soube que houvera uma época em que as pessoas usavam pedaços de couro — amarrados nos pulsos, em volta do pescoço ou dentro dos sapatos — como proteção contra... *alguém.* Uma Dama, dizia o livro. Aprendeu que tanto as almas quanto as lembranças são coisas fugidias e frágeis, que podem ser facilmente levadas embora se a pessoa não for cuidadosa. Embora achasse que nada daquilo poderia ser verdade — não *realmente* —, usava sempre um fino bracelete de couro em seu pulso esquerdo e encorajava o irmão a fazer o mesmo. Era apenas uma superstição, mas que fosse. Uma pessoa não pode desenvolver uma nova alma.

Havia um livro particularmente útil: *A História Secreta de Hazelwood.* Em sua segunda visita, ela o encontrara em cima da cama, recém-arrumada e com uma fileira de travesseiros e ursinhos de pelúcia sobre ela. O livro, colocado no centro, tinha ao lado um prato de biscoitos. Um copo de leite aguardava por ela na mesa de cabeceira. Wendy nunca mencionou essa hospitalidade aos Fitzpatrick, e eles nunca se intrometeram. Às vezes, pensava, um agradecimento silencioso era o bastante.

Tempos depois, quando seus pais, a polícia e os vizinhos começaram a esquecer Frankie, quando ele lentamente sumiu das fotografias e desapareceu das conversas, o livro disse a Wendy o que fazer. *Mantenha a lembrança viva*, dizia a página 79. *A alma de uma pessoa é maior que seu corpo. Cria raízes e vive em cada um daqueles que a amam*, alertou a página 47. *Agarre-se à vida.*

Wendy perseverou. E, quando Frankie foi milagrosamente encontrado, ela não conseguiu perdoar aqueles que haviam esquecido o que acontecera. Mesmo depois de quatro anos, era difícil perdoar. Ainda não sabia *por que* seu irmão havia sido levado, ou por que havia sido machucado, ou *quem* fora o responsável. Mesmo assim, *devia* haver um culpado. Alguém precisava ser punido.

Wendy cruzou o silencioso quarto na ponta dos pés. Tinha visto o garoto novo chegar, mas não queria se aproximar demais. Ela não estava à procura de um amigo. Queria informações.

O menino roncava na cama e suspirava durante o sono. Soluçava e engolia com força, como se estivesse chorando. Ela tentou se inclinar para ver o rosto dele, mas ele juntara o cobertor na dobra do cotovelo, jogando-o sobre a cabeça como uma mortalha. Wendy não poderia arriscar acordá-lo somente para vê-lo melhor. A mão direita do garoto estava fechada com força e seu antebraço, cheio de lanhos vermelhos, como se recentemente tivesse coçado picadas de mosquito ou de pulga, embora não houvesse insetos ali. Talvez ele só estivesse nervoso.

Ela preferia ter visto o rosto dele, mas haveria tempo suficiente para isso, concluiu. Em uma cidade pequena, não seria difícil encontrar o garoto novo. Mais que isso era praticamente impossível se esconder. Se o rosto dele já lhe era familiar, ela o reconheceria assim que o visse.

As malas dele estavam espalhadas pelo chão, abertas, mas não desfeitas. Wendy se agachou e mexeu nas pilhas de roupas com muito cuidado para não bagunçar ou alterar a ordem.

Tênis novos, ela reparou. Camisas ainda com as dobras de fábrica. Calças jeans em perfeito estado. Ou ele quase não saía de casa ou sua mãe fizera compras recentemente. Ambos, talvez. Um livro novo e grosso. Somente os itens de arte pareciam bastante usados. E havia um monte deles.

Wendy percebeu que não tinha nada eletrônico que ela pudesse bisbilhotar. Ainda assim, aquilo não provava nada.

Do lado de fora, os gatos dos Fitzpatrick arranhavam a porta, miando e gemendo. *Eu sei, eu sei,* sussurrou ela. *Só mais um segundo.*

Espiou dentro da mochila aberta e puxou um pequeno álbum de fotografias — do tipo que as drogarias costumam dar como brinde. Começou a folheá-lo sob o luar que entrava pela janela e formava um quadrado no chão. As primeiras cinco fotos mostravam uma mulher que parecia uma versão mais jovem da sra. Fitzpatrick.

— Então essa é a sua mãe — sussurrou Wendy.

Olhou mais de perto. A mulher era bonita — cabelos sedosos, maquiagem perfeita, roupas de grife. Parecia uma apresentadora de telejornal, pensou Wendy. Ou uma modelo de comercial de xampu.

As cinco fotos seguintes eram de um homem e da mesma mulher abraçados. E as últimas eram retratos de família — o mesmo homem, a mesma mulher, um menino pequeno, de cabelos louro-acobreados e sardas no rosto, e algo mais: o pequeno desenho de um menino de cabelos escuros e óculos pretos havia sido cuidadosamente colado com uma fita adesiva em cada uma das fotografias e inserido no restante da família. Wendy olhou para a cama. Ainda não conseguia enxergar o rosto do menino, mas podia ver a parte de trás de sua cabeça, de cabelos escuros — e seus óculos pretos na mesa de cabeceira.

Por que alguém, perguntou-se Wendy, colaria um desenho de si mesmo em uma foto de família? E por que ele não estava em nenhuma das fotos? Sem conseguir encontrar uma resposta satisfatória, Wendy pegou uma das fotos e guardou-a no bolso traseiro. Colocou o álbum de volta no lugar e foi até o parapeito da janela na ponta dos pés, parando para dar uma última olhada na figura que se encontrava na cama.

Ela ainda não conseguia ver o rosto dele.

— Quem é você? — sussurrou no escuro.

Sem resposta, colocou as pernas para fora da janela e desapareceu na noite.

Capítulo 6
A Carta, e a Outra Carta

Nos quatro dias seguintes, Jack saiu de seu quarto somente para ir ao banheiro, ou, pelo menos, era isso que dizia aos tios. Para falar a verdade, só ficava no quarto quando eles estavam em casa. Mabel trazia a comida e a colocava sobre a mesa junto à janela que dava para o norte.

— Não tem sentido deixar o menino com fome — dizia ela.

Em cada refeição, ela deixava um bilhete: *Nós te amamos, Jack*, ou *Eu sei que o divórcio é difícil, mas a separação deles trouxe você para nós, e não consigo deixar de ficar feliz por isso*, ou então *Seja forte, querido*. Ao mesmo tempo que Jack considerava os recados infantis e embaraçosos, também não os jogava fora. Desdobrava cada um deles e guardava-os em sua agenda. Pegou-se fazendo desenhos de sua tia ao longo das páginas — Mabel parada em frente a um campo, Mabel cobrindo o rosto com as mãos, Mabel segurando um bebê em seu braço.

Clive, por outro lado, não gostava muito disso. Jack sabia. Mais de uma vez, encontrou o tio parado no corredor do lado de fora de seu quarto, erguendo o dedo indicador, como se fosse dizer algo, e então, pensando melhor, voltava para o escritório.

Certo dia, Clive entrou sem bater na porta, carregando uma pilha de livros sobre horticultura. Colocou-os sobre a mesa, com estardalhaço.

— Você *tem* livros de não ficção — disse Jack, erguendo os olhos de seus desenhos. — Finalmente, algo *bom*.

Clive não respondeu e sentou-se na cadeira. Abriu um dos livros, revelando a fotografia de uma árvore frutífera com um pedaço de sua casca cortado e uma mudinha verde colocada na madeira nua.

— Você já viu uma macieira, Jack?

— Não sei — respondeu o menino, dando de ombros. — Talvez.

O tio assentiu com a cabeça.

— Quando eu era garoto, meu pai cultivava árvores frutíferas. Para manter o pomar produtivo, ele tirava brotos de diferentes tipos e enxertava em um único tronco, como se fosse uma árvore matriz. Consegue ver? — perguntou Clive, apontando para a foto. — No meio da estação, ele pegava uma faca bem afiada, cortava a casca da árvore, inseria os brotinhos e prendia-os bem apertados. As mudas cresciam nesse tronco principal. E, embora parecesse uma árvore só, não era. Eram duas espécies muito diferentes, crescendo no mesmo tronco.

— Oh — exclamou Jack, olhando para o tio e tentando entender qual seria o rumo daquela conversa. — Entendi.

— Veja bem, ele tinha uma árvore. Uma pereira da família. Muito antiga e rara, com adoráveis frutas amarelas. Queria fazê-la crescer em uma macieira; então, enxertou uma mudinha na macieira matriz e esperou que tudo desse certo. — Tio Clive pressionou os lábios com a mão e fez uma pequena pausa. — Mas houve uma terrível tempestade, e a árvore foi atingida por um raio, partindo-se ao meio, do topo até as raízes. O broto da pereira tinha acabado de ser plantado, então estava pequeno e fraco. Tivemos de removê-lo para que pudesse sobreviver. Plantamos de volta em sua árvore de origem. De fato, ao chegar à macieira, meu pai notou que a mudinha já havia começado a se soltar. Não conseguira se prender a algo que estava partido; então, se soltou.

Jack observava o velho. Seus braços coçavam. Seu pescoço comichava. Engoliu a saliva com dificuldade.

— O brotinho morreu? — perguntou.

— Garoto, tudo morre. Mas, quando as coisas se desgarram, temos de levá-las de volta às origens. Entende o que estou dizendo?

— Na verdade, não — respondeu o menino. — Posso telefonar para a minha mãe?

Clive suspirou, parou e se dirigiu à porta, parecendo inquieto.

— Claro que sim, filho. Embora eu tenha que dizer que talvez seja difícil contatá-la.

Jack telefonou cinco vezes para a mãe naquele dia. E, em todas, ouviu a mensagem do telefone dizendo que a caixa de recados estava cheia e que deveria tentar mais tarde. Sentou-se para fazer um autorretrato, e, mesmo não tendo intenção, desenhou-se com uma ferida bem feia no lado do corpo, de onde sua antiga vida fora arrancada.

Fechou sua agenda com força e decidiu fazer um intervalo.

Para sorte de Jack, Mabel trabalhava diariamente em sua galeria de arte e, embora a universidade não tivesse aulas durante o verão, Clive tinha de comparecer ao local de vez em quando, para reuniões do corpo docente, o que garantia a Jack algumas horas sozinho em casa. Com exceção dos gatos. E do pássaro.

No seu quarto dia em Iowa, o menino escreveu uma carta aos pais:

Queridos mamãe e papai. Iowa é pior do que eu imaginava. Papai estava certo. Tia Mabel e tio Clive são loucos. Por favor, me deixem voltar para casa. Por favor. *Prometo que me comportarei como o Baxter: não vou dar trabalho. Com amor, Jack.*

Baxter, seu irmão, tinha um emprego durante o verão, para mantê-lo ocupado, e milhares de amigos com quem ficar, caso precisasse. Então, ele podia ficar em casa, em São Francisco. Mas Jack, não.

O menino dobrou a carta com cuidado e colocou-a em um envelope. Os gatos o observavam. Seguiam com a cabeça enquanto ele escrevia o endereço. Chiaram reclamando ao ver o selo.

— Qual é o problema de vocês dois? — perguntou Jack. — São os gatos mais esquisitos que já vi na vida.

Chiaram novamente, desta vez para Jack.

O garoto desceu com a carta para o primeiro andar e, enquanto andava, era vigiado pelos gatos, que, de vez em quando, pulavam e batiam com as patas em seu traseiro.

— Parem com isso!

Lancelot estava do lado de fora, pousado em cima da caixa de correio.

— O que você está fazendo? Protegendo a correspondência? — Jack perguntou ao pássaro.

A ave lançou um olhar ameaçador na direção dele. Jack olhava nervoso para o bico em formato de gancho.

— Vamos, saia daí — disse com a voz trêmula. — Xô!

Lancelot ficou parado por um bom tempo. Enfim, com um grito que claramente dizia *Só estou saindo porque* eu *quero*, foi embora.

Jack suspirou aliviado. Abriu a portinhola de metal e parou. Havia uma carta com o seu nome dentro da caixa de correio. Sem remetente ou selo. Apenas *Jack*, escrito com uma letra fina e rebuscada. Depositou a carta para os pais dentro da caixa e sentou-se na varanda para ler a que recebera.

Dentro do envelope, havia um pedaço de papel amarelado — uma carta para alguém cujo nome não era mencionado. Começava com

Querido Professor, e tinha sido assinada por um homem chamado Reverendo Marcus Weihr.

— Mil oitocentos e quarenta e nove? — espantou-se Jack ao ver a data da carta. — Só pode ser falsa. Deveria estar se desfazendo se fosse tão antiga assim.

Mesmo o papel *parecendo* velho, tanto na aparência quanto no toque, lia-se com clareza o que estava escrito e as dobras continuavam bem acentuadas. A carta dizia:

> *Querido Professor,*
> *Tenho acompanhado com Grande Interesse os seus abrangentes Estudos do Sobrenatural e sua interseção com o mundo Natural. Se as suas afirmações estiverem corretas, não há limites para que mistérios antigos a Ciência poderá de um dia revelar! Podemos muito bem aprender um dia que a Magia não passa de mais uma ferramenta da Natureza, sujeitando-se, assim, às mesmas Leis que governam a Terra e as Estrelas nos Céus!*

— O quê? — disse Jack, em alto e bom som. Antigamente, as pessoas demoravam bastante até chegar ao ponto que queriam, pensou. Além disso, usavam letras maiúsculas em excesso.

> *Por essa razão, penso que o senhor encontrará Amplos Assuntos para sua Pesquisa em minha pequena Paróquia no campo. Nosso Estabelecimento fica localizado, acredito eu, em uma das Erupções que o senhor descreve em seus estudos. Tenho certeza disso.*

> *Se me permite, descreverei alguns dos Incidentes que ocorreram durante o tempo em que eu era o pastor desse Rebanho, assim como algumas das ferramentas que utilizei para entrar em contato com a própria Dama.*

A parte seguinte da carta era... ridícula. Contava a história de um casal que batera à sua porta no meio da noite, carregando um minúsculo bebê — do tamanho do punho de um homem. Tinha folhas no lugar de cabelos, e a pele parecia casca de árvore, e se mexia e chorava dentro do cestinho de bolotas de carvalho. Queriam que o Reverendo batizasse a criança e dissesse que era *deles*. O Reverendo escreveu:

> *Naquela época, eu não conhecia o poder da declaração de Posse. Chamar algo de Meu tem uma grande importância em qualquer lugar, mas esta é infinitamente maior quando se está em uma Erupção Mágica. Aqui, as palavras Meu e Seu carregam um terrível significado — cujas consequências eu estou apenas começando a entender.*

— Quanta baboseira — bufou Jack.

— Não, não é — disse uma voz próxima a ele.

Jack gritou e pulou, com o coração acelerado. Do outro lado da varanda, surgiu uma cabeça — um garoto alto, de cabelos tão louros que pareciam brilhar no escuro. Ele riu.

Jack, recuperando-se do susto, tentou parecer despreocupado. *É mais fácil estar despreocupado quando ninguém está olhando*, pensou.

— Como você sabe? — perguntou.

O garoto enfiou as mãos nos bolsos traseiros e se apoiou nos calcanhares.

— Eu? Eu não sei nada — respondeu. — Mas não parece baboseira. Parece uma carta. A propósito, meu nome é Anders.

Jack balançou a cabeça. Havia passado a vida inteira imaginando os tipos de conversa que gostaria de ter com garotos da sua idade. Nunca ninguém falara com ele na escola. *Ninguém*. Mesmo em casa, Jack passava dias sem trocar uma única palavra com os pais. E seu irmão estava sempre tão ocupado que raramente notava que ele era da família — quanto mais que ele estava no quarto ao lado. Jack se tornou muito bom em inventar longas e fascinantes conversas em sua imaginação, e mal podia esperar para tê-las com alguém da sua idade... sobre qualquer coisa. Ainda assim, aquela não era como uma das que ele imaginara que teria. Mudou de assunto.

— Oi — disse ao garoto, tentando soar natural —, meu nome é...

— Jack. Eu sei. Sua tia telefonou para a minha mãe. Além disso, eu vi a sua casa balançar quando você chegou.

— Não, é... espera aí. Você viu...? — gaguejou Jack, não sabendo o que dizer primeiro, a não ser tudo ao mesmo tempo.

— Longa história. Acontece quando uma casa está localizada em um ponto de erupção. Bem, eu preciso voltar — disse Anders, encolhendo os ombros. — Afazeres. A gente se vê por aí, Jack.

E, antes que Jack pudesse dizer algo, o garoto chamado Anders deu as costas e desapareceu em meio aos galhos no fundo do quintal.

— É, bem... — começou a responder Jack.

Mas parecia bobo continuar uma frase quando a outra pessoa já tinha ido embora.

— *Ponto de erupção?* — gritou. — Não existem vulcões em Iowa!

Mas o garoto chamado Anders já tinha ido embora e, provavelmente, nem devia ter escutado.

Jack olhou para o papel amarelado em sua mão. *Por que*, pensou, *alguém daria isso para mim? E por que simplesmente não entregou em mãos? Por que o envelope?* Imaginou se aquilo não faria parte de um jogo, ou de algum capítulo de livro (*contos de fadas*, pensou com deboche), ou então de uma brincadeira. Certamente, não poderia ser *real*.

Mais tarde, naquele dia, Jack observou o carteiro chegar com uma pilha de cartas. Ele abriu a portinhola de metal da caixa de correio e as depositou lá dentro. Não tirou nada. O menino correu escada abaixo para alcançar o homem antes que ele fosse embora. Obviamente, pensou, não vira a carta para seus pais. Nada demais.

— Espere! — chamou Jack, correndo porta afora, abrindo a caixa de correio e pegando algo. O carteiro parou, mas não se virou. — Preciso enviar essa... — fez uma pausa. Não havia endereço no envelope, nem remetente ou selo. — Ah. Acho que eu... Deixa pra lá.

O carteiro não se virou nem olhou para o menino. Balançou a cabeça e continuou andando.

Eu poderia jurar que escrevi o endereço, disse Jack para si mesmo. Sentou-se nos degraus da varanda e olhou diretamente para o envelope, tentando encontrar algum sinal da tinta da sua caneta. Mas não encontrou. Gog e Magog saíram da casa e sentaram-se cada um de um lado dele. Olharam com suspeita para o envelope.

— Vocês me viram escrevendo o endereço. Certo?

Os gatos só olharam para ele friamente. *Ótimo,* pensou. *Agora eu estou falando com gatos.* Jack abriu o envelope e puxou o papel. A carta havia sido apagada. Examinou a folha em branco, balançando-a algumas vezes, como se a tinta fosse aparecer na superfície. Mas não apareceu. O papel parecia intocado. Até as dobras haviam desaparecido.

Como?, pensou Jack. *Cartas não podem se apagar.*

No dia seguinte, tentou outra vez. Assim que chegava ao fim da escada, o conteúdo da carta desaparecia.

Tentou escrever para os pais outras oito cartas nos quatro dias que se seguiram. Todas as vezes, tanto o envelope quanto o papel ficavam na caixa de correspondência, perfeitamente em branco e sem manchas. No quinto dia, Jack desistiu. Não era somente esquisito o fato de as palavras desaparecerem, obviamente. Era *errado*. E isso, somado à casa que tremia, aos gatos indignados, a um papagaio quase assassino e às casuais menções à magia, era, para Jack, mais do que qualquer um poderia suportar. E ele já suportara o suficiente.

Jack começou a arrumar as malas.

Capítulo 7
A Primeira Fuga

NÃO HAVIA LUA NO CÉU, E AS ESTRELAS PARECIAM CORTÁ-LO COMO reluzentes cacos de vidro. Jack apertou os olhos. Como crescera em uma cidade enevoada, raramente via estrelas e, quando elas apareciam, eram como embaçados traços de luz. Mas, ali, elas brilhavam, gritavam e irradiavam luz. O garoto desceu a escada, cerrando os dentes, seus passos leves como algodão nos degraus. A última coisa de que precisava era acordar o pássaro. Ou os gatos. Ou mesmo seus tios. Jack estremeceu só de pensar.

Não tivera muito tempo para arrumar as malas — e, de qualquer forma, não era apegado à maioria das coisas que sua mãe o fizera levar. Nunca tinha visto metade das roupas que estavam na bagagem. Era como se seus pais tivessem entrado na seção masculina da loja de departamentos e jogado dentro da bolsa as primeiras coisas que haviam visto pela frente. Então, Jack pegou somente a sua agenda, lápis e uma muda de roupas, e enfiou tudo na mochila.

Ele não tinha nenhum dinheiro, mas esperava que isso não fosse problema. Afinal, nunca na vida tivera de pagar por passagens de ônibus ou de trem. Simplesmente entrava e se sentava. Ninguém o percebia.

Deixou um bilhete no sofá e prendeu-o com o livro que Clive lhe dera. Não iria precisar dele. *Nada* sobre Hazelwood, Iowa, era de seu interesse, fosse ou não segredo.

Não se preocupem, estava escrito. *Ficarei bem*. Ele esperava que essas palavras fossem suficientes. De qualquer modo, as palavras pareciam estar coladas em sua agenda. E se não estivessem, dava no mesmo. Uma hora, seus tios notariam que ele havia partido e chegariam à conclusão de que fugira.

As tábuas do chão gemiam e suspiravam sob seus pés. A porta parecia quente e acusadora. Ele sacudiu a mão ao lado do corpo e saiu para a noite.

Jack não tinha medo do escuro. Pelo menos, não costumava ter. Na verdade, ao que se lembrava, estava acostumado a sair escondido do apartamento de sua família — não para fugir, apenas para *andar*. Gostava da forma como a névoa da noite se acumulava em grandes nuvens ao redor das colunas de prédios e descia bem devagar em direção às ruas. Às vezes, o nevoeiro parecia tão intenso e rápido que apagava os edifícios, e depois os carros, as outras pessoas que caminhavam na rua, e seus pés, e mãos, como se não houvesse mais nada além de um espaço branco e frio.

No entanto, Iowa era diferente. Ali, as noites tinham vozes.

Em Iowa, os gramados respiravam e murmuravam e cantavam. Os grilos sussurravam nos arbustos sombrios; mosquitos zuniam em nuvens. Em algum lugar, um gato abria a boca e deixava escapar um som alto, feroz. Jack olhou para o relógio. *Três e cinquenta e dois*, pensou, ajeitando a mochila sobre os ombros. *Quanto mais rápido eu andar, mais longe chegarei.*

E, então, acelerou o passo.

Na varanda, quatro olhos amarelos brilhavam discretamente no escuro. Quando o garoto chegou ao fim do quarteirão, Gog e Magog saíram de seu esconderijo. Pararam por um momento, as cabeças erguidas balançando no ar, os rabos eretos como lanças, antes de saltarem e correrem pela rua.

Anders também estava fora da cama.

Embora não tivesse sonhado, o menino acordara agitado e preocupado, com uma vontade enorme de caminhar. Saiu da cama, vestiu a calça jeans e desceu a escada sem fazer barulho. *Três e cinquenta e dois,* mostrava o relógio do micro-ondas.

No entanto, algo estava errado. Parecia errado. Cuidadosamente, Anders levantou a tranca da porta dos fundos e saiu da casa.

O sr. Avery deveria estar na cama havia algumas horas, mas não conseguia dormir.

Caminhava ao longo do Quarto Reservado, às vezes parando para folhear os antigos diários que ele normalmente guardava nas prateleiras envernizadas, mas que, agora, se encontravam espalhados e abertos sobre a mesa. Apesar das vastas pesquisas sobre alguns dos maiores mistérios do universo, o primeiro sr. Avery, seu tataravô, não tinha nada a dizer sobre um assunto *daquele* nível de complexidade. Era possível que o Reverendo Weihr *tivesse* mesmo algo a respeito, mas o atual sr. Avery não possuía o diário dele. O objeto fora escondido duas gerações antes pelo próprio reverendo, embora atualmente ele tivesse *certeza* de que o mesmo se encontrava com um certo Professor Clive Fitzpatrick. Ele não tinha provas disso, mas o sorriso de satisfação no rosto do professor já era evidência suficiente. Podia sentir. Infelizmente, o velho, caso estivesse com o diário, escondera-o muito bem. Apesar do dom que o sr. Avery tinha de achar e obter coisas, ele nunca conseguira ter o diário em mãos ou acessar suas informações.

Sabia que tudo de que precisava era uma *oportunidade*. No entanto, o que *sentia* era pânico. Uma pessoa não pode tomar boas decisões quando está em pânico, mas aquele sentimento era mais forte do que ele. Andava agitado pelo cômodo, e, como uma criança pequena, sentia vontade de chorar.

Parou à janela, debruçou no parapeito e olhou para fora. No fim da rua, uma figura caminhava em direção à luz do poste. Era pequena, do tamanho de uma criança, os ombros curvados por conta do peso da mochila pendurada nas costas. Seus óculos brilhavam no escuro. A figura parou, deu meia-volta como se estivesse checando se havia sido seguida, deu de ombros e continuou a andar.

— Você! — gritou o sr. Avery. *E sozinho*, completou em silêncio, começando a traçar um plano — desesperado, sim, e com consequências, porém ousado — que se espalhou de sua mente até seu rosto, e culminou em um sorriso. Pegou as chaves que estavam sobre a mesa e correu para o carro. *Apenas leve-o para fora da cidade*, pensou. *Se eu mandá-lo embora antes que Ela acorde, talvez as coisas permaneçam como sempre foram. Deve ser simples assim.*

Em meio à sombra das copas das árvores no Barranco Henderson, Anders observava Jack se aproximar. Havia alguma coisa sobre aquele garoto. Alguma coisa *importante*. No entanto, Anders não sabia *exatamente o quê*. Tinha alguns palpites, mas só isso.

Jack chegou mais perto. Anders recuou em direção às árvores. À medida que Jack se aproximava, o vento ia ficando mais forte. Os galhos estalavam e faziam barulho, as folhas farfalhavam incessantemente. Anders estava a ponto de se levantar, convencer o garoto de que era muito perigoso ir a qualquer lugar sozinho, principalmente a uma hora daquela, quando um carro surgiu no topo da colina. Anders o viu chegar e parar por um momento. Antes de o carro descer a ladeira, notou algo extraordinário: duas pequenas figuras, uma de cada lado do veículo, estavam entrando pelas janelas traseiras, que se encontravam abertas. Eram brilhantes e fortes, e, embora estivesse escuro, de longe pareciam-se bastante com gatos.

No entanto, antes que pudesse analisar o que vira, o carro começou a se mover e seguir em direção a Jack.

Ela não pode ter ficado sabendo, tenho certeza de que Ela não ficou sabendo, pensou o sr. Avery enquanto dirigia rua abaixo, as mãos agarradas ao volante. *Ela ainda não despertou. Está somente acordando. É bem diferente.* Seus olhos passeavam de um lado a outro do campo de visão, procurando, temerosos, por evidências de... Balançou a cabeça. *Melhor não pensar nisso*, disse a si mesmo. *Apenas leve o garoto para fora da cidade, e tudo voltará a ser como antes. Ela pode dormir para sempre, se depender de mim.* Começou a dirigir mais rápido. Até poderia tentar sorrir de felicidade, se tivesse chance.

Em vez disso, gritou de dor.

Um conjunto de longas e afiadas garras cravou-se nos lados de seu rosto, enquanto um segundo, de outro gato, idêntico ao primeiro, grudou em sua coxa e começou a arranhar a calça até ela ficar em farrapos. O sr. Avery tirou uma das mãos do volante e empurrou um dos animais, mas o outro o mordeu e o arranhou ainda mais forte.

— Saiam de cima de mim! — tentou urrar o homem, mas o gato que estava por cima forçou a anca contra a boca do sr. Avery, fazendo com que sua voz fosse abafada com os pelos.

E, nesse momento, um pensamento — inconscientemente — lhe ocorreu: *E é por isso que eu sempre, sempre odiei gatos.*

A voz foi a primeira coisa que Jack ouviu. Parou de andar, virou-se e viu um par de faróis descendo a colina em alta velocidade. Mas algo estava errado. O carro ziguezagueava com ferocidade, da direita para esquerda e então novamente para a direita. Os freios chiavam e o motor rugia à medida que o reluzente carro preto derrapava na rua. Jack o encarava. E não conseguia se mexer.

— Saia do caminho! — gritou uma voz, da calçada.

Mas Jack não conseguia se mexer. Sentiu que suas pernas assumiam o controle. O carro estava mais perto... prestes a...

Jack esticou as mãos em direção às luzes que se aproximavam. Prendeu o ar e fechou os olhos.

Anders pulou sobre Jack, agarrando-o e puxando-o para a calçada. Jack caiu de costas no barranco, com as mãos pressionando o rosto.

— Pare o carro! Pare o carro! — disse Jack várias vezes.

O veículo soltou um último chiado enquanto fazia uma curva fechada para a direita. Jack gritou ao ouvi-lo. O carro oscilou, cantou pneu e parou de lado, deixando um rastro de faíscas por onde fora arrastado. Assim que o carro parou, Anders deixou Jack, em pânico, no chão e correu para ver se alguém havia se machucado.

O sr. Avery estava dentro do carro, seu corpo encolhido sob os braços que serviam de proteção contra os gatos que o haviam atacado.

— TIRE ESSES GATOS DE CIMA DE MIM! — gritou.

— Senhor, não se preocupe — disse Anders. — Vou acordar alguém e pedir ajuda.

O menino correu até a casa mais próxima, mas não mexeu com os bichos. Até ele, que se dava bem com a maioria dos animais que conhecera, sabia que era melhor não cruzar o caminho *daqueles* gatos.

Jack encostou-se no arbusto, as mãos ainda sobre os olhos, a pele grudenta de suor e a respiração ofegante, ainda sob o efeito das ondas de pânico.

Aquele carro quase me matou. Por que a minha mãe me deixou em uma cidade tão perigosa? Jack engoliu em seco, suspirou e tentou se recompor. Abaixou as mãos, piscou algumas vezes e olhou para o céu. *E alguém me salvou*, pensou. No entanto, não chegou a ver quem fora. Quem estaria caminhando a uma hora daquela?, indagou-se. Ele não tinha a menor ideia. Para sua surpresa, o chão estava quente e as folhas, molhadas de orvalho, grudadas em seu corpo. Ele não as retirou.

— Quero ir para casa — sussurrou. — Eu só quero ir para casa.

Seus óculos faziam o nariz coçar terrivelmente, mas, quando tentou ajeitá-los, notou que não conseguia mexer o braço direito. Ou o esquerdo. Filetes de grama e hera deslizavam ao longo de seu corpo. Enrolaram-se em torno de seus tornozelos e pulsos, segurando-o firme.

— O que está acontecendo? — gritou Jack, mas uma onda de musgo cobriu o seu peito e um emaranhado de raízes puxou-o para a escuridão. — Socorro! — berrou. — Alguém me *ajude*!

E, naquele último segundo — quando o céu acima foi reduzido a um ponto tão pequeno quanto uma cabeça de alfinete —, só restou um pensamento:

Casa.

Capítulo 8
Sozinho, mas nem Tanto

JACK SONHOU QUE A CASA ERA FEITA DE OLHOS — BONITOS E COM enormes cílios, mas ainda assim olhos. Eles o seguiam a cada passo, piscavam quando o menino fazia alguma brincadeira e se debulhavam em lágrimas sem motivo aparente. Em seu sonho, os olhos piscavam em sequência, formando ondas que iam de um lado a outro da casa.

E cantavam.

Ou talvez a casa cantasse. Em ambos os casos, era algo muito bonito, que lhe dava esperança, mas, ao mesmo tempo, fazia-o sentir-se solitário.

Jack acordou com um sobressalto e gemeu, cobrindo o rosto com as mãos, protegendo-o da luz da manhã que entrava pela janela.

Estava vivo.

Graças a Deus!

Olhou cético para o quarto. Qual parte, perguntou-se, seria o sonho? Levou a mão à cabeça e sentiu um galo, duro e dolorido, do tamanho de uma noz. Encolheu-se. Além disso, ainda estava calçado com os sapatos enlameados, e tanto a cama quanto seu corpo continuavam cobertos de grama, musgo e pedaços de folhas. Galhos de trepadeira prendiam-se a seus braços e pernas, os filamentos espiralados pressionando sua pele, e as folhas secas enroladas como pergaminhos.

Como?, perguntou-se várias vezes. *Como?* Sua pele não parava de coçar desde que chegara à cidade, mas a terra e as folhas pioravam um milhão de vezes a sensação. Cobriu o rosto com as mãos e gemeu. Esfregando os olhos, Jack virou-se para o lado, subestimando a distância da extremidade da cama, e caiu no chão. As tábuas rangeram e suspiraram. Estavam quentes ao toque.

— Ai! — exclamou, esfregando o cotovelo esquerdo. Parou e esperou, mas ninguém veio checar o que havia acontecido. Ficou de pé, e o chão chiou como se protestasse em deixá-lo ir. — Tem alguém em casa? — chamou. Mas ninguém respondeu.

As estantes do quarto, como as do restante da casa, estavam abarrotadas de livros. Apenas um se encontrava isolado, separado dos demais por um ramalhete de flores secas em um jarro de vidro de um lado e a parede do outro. Jack deslizou o livro para fora da estante e deixou-o cair, vibrando, em suas mãos. Notou que era o mesmo livro que seu tio lhe dera no primeiro dia que chegara à casa — aquele que ele deixara no sofá quando fugira na noite anterior. O que significava que Clive e Mabel tinham lido seu bilhete.

Jack se sentiu enjoado.

As tábuas do piso sob seus pés rangeram impacientes. Sentou-se na cama e folheou o livro.

— *A História Secreta de Hazelwood*, de Clive Fitzpatrick — leu em voz alta. — Ah, claro. Apenas me dê um livro que *você* escreveu — disse, sentindo o peso da obrigação pressionando seu peito como se fosse uma rocha. — Não sei por que ele está dando tanta importância a isso. Nem é um livro *normal*.

A casa balançou e grunhiu. As janelas estremeceram. *Uma tempestade, aposto*, pensou Jack, e começou a ler.

As páginas eram grossas, com bordas douradas, e a letra, elegante e rebuscada. Várias tinham coisas coladas — figuras, artigos de jornais velhos, cartas antigas, mapas e páginas de diários. Clive havia arrumado os anexos no centro com uma legenda no topo e uma explicação embaixo. Às vezes, o texto se estendia páginas a fio. Basicamente, cada uma falava de magia. Algumas até pareciam contos de fadas.

— *Era uma vez um homem que aprendeu a fazer magia* — leu Jack, em voz alta. — *Após cinco anos de estudos, aprendeu a fazer de uma moeda, duas, e de mil, duas mil. Essa fortuna não foi dividida com ninguém, tornando-o muito rico e razoavelmente feliz. A Magia não reparou.*

— O que *é* isso? — perguntou Jack.

— *Após trinta anos de estudos, o homem aprendeu como a Magia se movia da água para as raízes, do solo para os animais, e do centro da Terra para as estrelas. Aprendeu a localizar os pontos de erupção da Magia na superfície terrestre. Aprendeu a partir a Magia como um melão e a dividi-la — separando o bem do mal. Aprendeu também que há poderes ilimitados entre* O bem *e* O mal; *entre o* sim *e o* não. *Isso a Magia percebeu — quer dizer, a Dama que guarda a Magia percebeu. O homem a abordou e lhe propôs uma troca:* Meu filho pelo Seu filho. *E, então, tudo começou a dar muito errado.*

— Por que o tio Clive quer que eu leia sobre contos de fadas? — perguntou-se Jack. Suas mãos tremiam e as têmporas começaram a suar.

Algumas páginas estavam cobertas por uma película estranha e fina que possuía um brilho dourado. *Do diário do Reverendo Marcus Weihr* estava escrito no topo, com uma tinta preta desbotada, e *Não remova a película,* em vermelho, com outra letra. *Por quê?,* perguntou-se Jack. Mas o livro não explicava. De qualquer forma, havia sido o mesmo homem que escrevera a carta que ele encontrara, embora as datas no diário fossem posteriores à da carta para o professor.

Jack suspirou alto e virou a página. Mais contos de fadas. Folheou mais rápido, vendo fotos de pessoas quase transparentes, a paisagem atrás delas visível através de seus torsos ou rostos. O garoto se inclinou para olhar mais de perto. Concluiu que deviam ser duas fotos sobrepostas, mas a transparência não afetava *a todos*. Apenas algumas pessoas do grupo. E, em outras imagens, havia sombras no chão de alguém que não estava lá. *Truques de fotografia?,* perguntou-se Jack. Encontrou certidões de nascimento e de batismo e transcrições escolares sem nome ou data, como se aquelas pessoas tivessem sido apagadas.

E então. Na última página. Jack olhou para a fotografia por um longo momento. Era recente — bordas nítidas e cores vivas — e estava colada na página com uma moldura dourada. Mostrava um menino pequeno, de cabelos pretos e lisos, a pele branca parecendo agarrar-se estranhamente ao seu pequeno corpo. Ele usava óculos e tinha o nariz arrebitado e olhos enormes — azulados e assustados e tristes ao mesmo tempo.

Jack engoliu em seco.

— Sou eu — sussurrou, e sabia que era verdade: uma foto *dele* — sentado na sala de estar de Clive e Mabel — quando era mais novo. Sua única foto, ao que sabia.

Abaixo, com a mesma letra rebuscada, uma inscrição: *Para Jack: Um Começo, um Final, e tudo que há no Meio. Das pessoas que mais te amam.*

Capítulo 9
O Valor de uma Fotografia

Jack correu escada abaixo e tropeçou no último degrau, caindo no chão. Sua respiração estava quente e ofegante. Sua casa em São Francisco era cheia de fotos de Baxter — quando era bebê, quando engatinhava, sorrindo com o time de futebol ou de basquete ou o grupo de escoteiros. Não havia nenhuma foto de Jack. Nada nas paredes. Nem nos álbuns. Ou como protetor de tela no computador. Em nenhum lugar. O menino nunca questionou o motivo e, embora dissesse a si mesmo que isso não o incomodava, em certas ocasiões recortava desenhos de si mesmo e os colava nas fotos. Nunca falou a respeito com os pais e eles jamais fizeram qualquer comentário.

Jack entrou na cozinha, pegou o telefone e ligou para o celular do pai, em pânico e ofegante, enquanto escutava o sinal de chamada. A gravação da caixa postal — feita, como sempre, pelo pai com a voz de "capitão industrial", como o filho apelidara — deixava-o histérico. Ao ouvir o bipe, respirou fundo antes de começar a falar.

— Pai — disse —, você tem de me tirar daqui. Você está certo. Eles são loucos e eu não posso passar mais...

Jack foi interrompido por outro bipe, e uma versão digital de uma mulher preocupada o interrompeu:

— Desculpe-me — disse ela —, não compreendi. Se quiser deixar uma mensagem, tecle "um".

Jack apertou o número no teclado do telefone e aguardou o sinal.

— Pai — tentou mais uma vez —, é o Jack. Eu acho que o tio Clive é maluco. Ele tem esse livro e...

— Desculpe-me... — repetiu a mulher.

Jack teclou o número de novo.

— Pai, sua caixa postal estúpida não...

— Desculpe-me... — respondeu ela mais uma vez.

O menino teclou "um".

— Ele tem esse livro e é dedicado a mim. Por que ele dedicaria...

— Desculpe-me — disse a mulher —, não compreendi.

Jack teclou o número mais uma vez.

— Pai, *por favor*, atenda. Eu *preciso sair* daqui. E por que ele tem uma foto minha? Nem você tem uma. Como...

A mulher digital desculpou-se de novo e o garoto desligou. Pegou o livro com a mão esquerda e o atirou do outro lado da cozinha. Ele bateu na cortina e fez com que Lancelot voasse, soltando um grito raivoso. O fato de ter importunado o pássaro consolou-o um pouco. O livro caiu sobre a bancada, com as páginas viradas para baixo.

— Ele não estava falando sobre mim — disse Jack, alto. — Aquele garoto não se parece nem um pouco comigo. Muito pálido.

Ele aguardou, como se a casa pudesse responder.

No entanto, o chão ficou repentinamente quieto, e frio como uma pedra.

* * *

Mais tarde, naquela noite, Mabel acabara de arrumar o jantar de Jack em uma bandeja quando ele entrou na cozinha. O menino cruzou os braços.

— Jack — perguntou Mabel —, você gostaria de se juntar a nós para o jantar?

Ele não respondeu, mas se sentou mesmo assim. Mabel tratou de arrumar a mesa enquanto Clive sorria empolgado.

— Fantástico, fantástico — disse, acariciando os ombros do sobrinho.

O menino não sorriu de volta. Nem ao menos sabia se comeria alguma coisa. Só queria respostas. Clive e Mabel serviram salada, bolo de carne, um pouco de água, e começaram a conversar, ansiosos, sobre banalidades, percebeu Jack, como o tempo. Após alguns minutos, a conversa cessou, e os três jantaram em silêncio.

Finalmente, Jack não conseguiu segurar:

— Por que meus pais não me telefonaram?

Clive engasgou com o bolo de carne. Mabel, nervosa, bebeu sua água gelada.

— Estou aqui há mais de uma semana. Por que eles não telefonaram? Será que não se importam comigo? — perguntou o menino.

— Bem — disse o tio, devagar, limpando a garganta —, você já telefonou para algum deles? E teve sucesso?

Jack olhou para o homem, seus olhos negros, rugas agradáveis ao longo da testa e que desciam pelo rosto. *Ele sabe*, pensou. *Ele sabe e não vai me contar.*

— Se estiver tendo problemas, talvez seja hora de começar a perguntar...

— Você não está respondendo à pergunta — disse Jack, olhando para as mãos. Era incapaz de olhar para cima.

Mabel pegou as mãos do sobrinho.

— Querido, eu sei o quão difícil essa situação é, e sei também como você sente que as coisas não estão, bem, se *desenrolando*.

Jack se encolheu ao ouvir o que a tia acabara de dizer, embora não compreendesse o motivo. Notou que a pele em seus braços pinicava dolorosamente, culminando em arrepios. *O que está acontecendo comigo?*, perguntou-se.

— Mas tudo isso é normal — continuou Mabel. — Eles estão descobrindo coisas, assim como você. Tudo vai se encaixar no devido tempo. — Ela fez uma pausa e chegou mais perto, seus olhos acinzentados enrugando-se nos cantos. — Entende o que estou dizendo, querido?

Perguntas martelavam na cabeça de Jack, embaralhando seus pensamentos. *Por que não estamos comentando o fato de eu ter fugido à noite passada? Por que você colocou aquele livro de volta no meu quarto? Por que as cartas que escrevo aos meus pais desaparecem e os bilhetes que deixo para* mim mesmo *não?* No entanto, não podia fazer nenhuma delas. Eram muito estranhas, muito... anormais. *Eu só quero que as coisas sejam* normais, Jack implorou em silêncio.

Mabel cruzou os braços com força em frente ao peito e recostou-se na cadeira.

— Clive — disse ao marido agressivamente, apertando os olhos —, isso já foi longe demais. *Olhe para ele.*

A mulher socou a mesa e continuou:

— Isso está beirando a crueldade. Esse menino está *sofrendo* e precisa saber *alguma coisa.*

Clive negou com a cabeça.

— Por acaso, algum aluno aprende a teoria da relatividade antes de saber somar? Lê um clássico antes de aprender o alfabeto? Claro que não — respondeu o tio, virando-se para o sobrinho. — Meu querido garoto, se eu lhe dissesse que uma fonte de magia existe bem abaixo de nossos pés, o que você diria?

— Não diria nada — respondeu Jack —, porque isso é *loucura.*

— Claro, querido, claro. E se eu contasse que, certa vez, uma criatura — uma "Guardiã" mágica, digamos, para o bem da discussão — costumava se mover por todas as coisas que estão vivas no perímetro dessa fonte? E que Ela depositou a Magia na terra, fazendo com que fosse abundante e verde e boa. O que você diria em relação a isso?

— Diria que não existem coisas como magia — disse o menino, dando ênfase a cada palavra. — E que, aliás, você...

— Certamente. E se eu lhe dissesse que algumas pessoas tentaram manipular essa magia visando a benefícios próprios, e que, em suas tentativas de fazer com que ela se transformasse em dinheiro e poder, acabaram fazendo com que tudo que era *bom* se tornasse algo grotesco e podre, o que você diria?

Clive tamborilou os dedos no ar e repousou o queixo sobre eles, olhando calmamente para o sobrinho.

— Eu não... — interrompeu Jack, rangendo os dentes. Sua voz vacilou perigosamente. O tio o estava fazendo de bobo, era óbvio. Respirando fundo, continuou, gaguejando: — Contos de fadas *não* são reais. *Todo mundo* sabe disso. Não entendo por que você está me dizendo esse tipo de coisa. Eu não — estou entendendo — *nada.*

Jack pegou o seu prato, levantou-se e saiu da cozinha em silêncio.

À medida que subia a escada e seguia pelo corredor em direção ao seu quarto, ouviu os tios sussurrarem:

— Está acontecendo muito rápido — disse Mabel. — É insensato o que você espera que ele faça. É só um *menino.*

— Por enquanto — respondeu Clive.

Capítulo 10
Lição

Frankie pressionou a mão no lado do rosto, tentando fazer a dor cessar. Não era a primeira vez que as suas cicatrizes esquentavam. Que pareciam queimar novamente, como... bem, era difícil dizer. Não que Frankie *não* se recordasse. Mas as lembranças eram obscuras. E aterrorizantes.

Ainda assim, havia uma pergunta que precisava ser respondida.

Sua mãe e Wendy estavam em outro quarto, aos berros uma com a outra:

— *Você quer que seu pai perca o* emprego*?* — gritou a mãe.

— *Você quer que Frankie seja atormentado pelo resto da vida por... por...* valentões*?* — gritou Wendy em resposta.

Apesar do nariz sangrando e do pedaço de carne sobre o olho roxo, Wendy não desistiria.

A mãe acalmou a voz:

— Wendy, seu irmão é *especial*; todos nós sabemos disso. Não há motivos para achar que ele...

— Não me diga que ele não entende. Ele entende *sim*!

— Eu sei que você pensa assim, querida, mas o médico...

Wendy gritou frustrada.

Aquela era uma longa discussão, um problema que nem a mãe nem a filha conseguiam resolver. Como sempre, começara quando Clayton Avery — que não só era o filho do homem mais rico e poderoso da cidade, mas também do chefe de seu pai — atirara pedras em Frankie e o chamara de Aberração. Isso fizera com que Wendy — mais uma vez — jogasse o garoto Avery no chão e enterrasse o punho na sua cara gorda e horrorosa. Para sorte dele, Mabel Fitzpatrick surgira dirigindo seu carro. Ela agarrara ambos pela gola das camisas, separara-os, e levara Clayton, Wendy e Frankie para suas respectivas casas.

— Se qualquer pessoa insultar o meu irmão... — ameaçou Wendy.

— Então você vai ter de enfrentar uma multidão — completou a mãe calmamente.

Era raro Frankie conseguir escapar dos cuidados de sua mãe superprotetora. Por sua vez, Wendy só conseguia obter atenção total da mãe quando se metia em algum apuro. O irmão, por outro lado, era observado, monitorado e amado demais. A mãe passava a maior parte do tempo conversando com ele, ou lendo histórias ou tentando estimular sua mente traumatizada com novos exercícios. Ela beijava diariamente as cicatrizes dele, e então pressionava a palma da mão sobre os lábios e saía do quarto, com os olhos marejados de lágrimas.

— Wendy, escute — disse a mãe, no outro quarto. — Isso é importante.

Frankie reconheceu a sua chance. Saiu pela porta de trás antes de ouvir qualquer outra coisa. Sua mãe, ele sabia, estava prestes a dar um sermão que Wendy gostava de chamar de "O Valor do Bom Senso", ou "Como Não Ser um Estorvo para sua Mãe". Ele sabia que teria, pelo menos, quarenta e cinco minutos — talvez mais. Abriu a porta de tela, montou em sua bicicleta e pedalou bem rápido para os limites da cidade.

Alguém o observava.

Ela estivera dormindo — um longo e perturbado sono. E *alguma coisa* — ainda não sabia o quê — A despertara. No entanto, Ela não conseguia se mexer. Por enquanto.

Observava o menino, com o emaranhado de cicatrizes, se aproximando. Sentia sua respiração. Sabia que o que ocorrera com ele não tinha sido algo normal, mas não se lembrava dos detalhes — a memória se despedaçara em cacos cintilantes e dolorosos, e o mundo se tornara escuro. Tentou bocejar, mas não tinha boca. Não possuía corpo para se espreguiçar. Queria se espreguiçar. Mais do que tudo, Ela simplesmente queria sair.

Observou o garoto com o rosto desfigurado. Ele era *interessante.*

Disseram a Ela que era retardado. E que isso era *óbvio.*

Prestou atenção nas cicatrizes dele. Elas se curvavam para dentro e para fora, como a parte interna da casa de um caramujo. Sabia que elas se encaixavam perfeitamente em uma casa de caramujo. Sabia muitas coisas. Ela própria dera a ele aquelas cicatrizes. O garoto nem ao menos se retraíra.

Um retardado, obviamente, não era o bastante para uma troca. É claro que o acordo estava cancelado, mas algo tinha dado errado e Ela caíra no sono. Ela *não gostava* de dormir.

Frankie se agachou e usou o dedo para desenhar curvas na lama, curvas que se dividiam e se juntavam novamente. Curvas que se encontravam no centro. Como a casa de um caramujo. De repente, Ela sentiu um choque. Um choque não, uma onda.

Ela engasgou.

O menino olhou para cima. Ele A viu. Olhou através Dela. Ficou de pé, virou-se e correu.

Se Ela tivesse boca, teria gritado.

Capítulo 11
Aberração

Depois de se empanturrar com o café da manhã, Jack voltou para o seu quarto. A luz da manhã passava, esverdeada, entre a folhagem do lado de fora. Alguns galhos de trepadeira forçaram entrada através da fenda entre a cortina e o batente da janela, e começavam a trilhar um caminho ao longo da parede. Isso não era bom para a casa, mas, ainda assim, ele gostava da aparência e deixou como estava.

Tirou sua mochila do guarda-roupa e jogou-a em cima da cama. No fundo, embaixo das camisetas e enrolado em uma toalha para que a mãe não desconfiasse, ele escondera o seu skate. Jack o tirou da mochila, sentou-se na cama e colocou-o no colo. Todas as bordas estavam arranhadas, as rodas, gastas, e os adesivos, com nomes de bandas ou slogans, se enrolavam nas extremidades, mal se prendendo na prancha. Mesmo assim, era pesado e real. Algo em que acreditar.

E Jack *realmente* acreditava em seu skate.

Na noite anterior à viagem para Iowa, enquanto seus pais comiam a sobremesa, comunicavam a ele e a Baxter seus novos apartamentos e a nova vida de divorciados, e que Baxter passaria a maior parte do verão com dois dos melhores amigos enquanto a família se separava (não mencionaram Jack, nem olharam para ele, e ele tivera a convicta impressão de que seus pais o haviam esquecido), Baxter fizera algo incrível.

Muito bom em ignorar Jack na maioria das vezes, ele colocara as mãos nos ombros do irmão mais novo e dissera:

— Mas e quanto ao Jack?

Após alguns momentos de um silêncio embaraçoso, algumas limpadas de garganta, uma ida apressada à sala dos fundos, onde discutiram em voz baixa, seus pais disseram:

— Iowa. Tia Mabel e tio Clive. Não vai ser maravilhoso?

E dizendo isso, sua mãe correra até a mesa para comprar passagens aéreas pelo computador.

Mais tarde, Baxter fora até o quarto de Jack com o skate.

— Não deixe a mamãe ver — dissera, entregando o objeto para o irmão mais novo. — Tive de escondê-lo depois que quebrei o cotovelo e, mesmo assim, eu disse a ela que só havia tropeçado na rua. Se ela vir isso aqui, vai começar a falar sobre estatísticas de quantos garotos quebram o pescoço, e outras coisas que não fazem o menor sentido. De qualquer forma, vai lhe dar algo pra fazer enquanto estiver em Iowa.

Jack observara o irmão — o rosto queimado de sol, cheio de sardas, o queixo e os ombros fortes, as costas robustas. Havia sido a única vez que Baxter lhe dera algo, e, embora ele tivesse certeza de já ter conversado antes com o irmão mais velho, era a única de que se lembrava de Baxter falando diretamente com ele.

— Obrigado — agradeceu o menino, com a boca seca.

— Não se esqueça de mim — respondeu o irmão, virando-se para sair do quarto.

Jack franziu o cenho.

— Como posso esquecer o meu próprio irmão? — respondeu, mas Baxter já estava no corredor e não ouvira.

Jack partira na manhã seguinte. O irmão mais velho esquecera-se de se despedir.

Agora, com a mãe a milhares de quilômetros, poderia aprender a andar de skate. *Sinceramente*, pensou, *quão difícil pode ser?*

Colocou o objeto no centro do quarto, subiu nele e se equilibrou. Normalmente, Jack tinha um excelente equilíbrio e conseguia subir nas árvores e descer pelos galhos sem problema algum. Mas se mover sobre as rodas de plástico era algo completamente diferente. *Melhor tentar lá fora*, pensou.

Andou rapidamente pelo corredor escuro, agarrando o skate com a mão esquerda. Quando passou pelo tio na escada, escondeu o objeto nas costas, sem se mexer, uma manobra evasiva que quase sempre funcionava com seus pais. Clive carregava uma enorme pilha de livros com capa de couro e letras douradas nas lombadas. Embora fossem grandes e pesados, carregava-os com facilidade, saltando de um degrau para outro.

— Saindo para andar de skate, Jack? — disse o tio por trás da pilha de livros.

— Humm, sim — murmurou o sobrinho, sentindo-se culpado, os olhos focados no tapete vermelho e surrado.

Jack agarrou o skate com os dedos, silenciosamente determinado a não deixar que Clive o tirasse dele sem ao menos terem uma discussão.

— Esplêndido! Esplêndido! Estarei no escritório, caso precise de mim. Sua tia foi cedo para a galeria, mas voltará na hora do almoço.

Eu realmente espero que você se junte a nós. Ela fez uma gelatina maravilhosa — disse Clive, depois baixando a voz: — Ela roubou a receita da sra. Emmer, mas você não soube disso por mim.

O tio piscou e desapareceu escritório adentro, fechando a porta atrás dele.

Depois de tentar andar de skate por dois quarteirões, Jack se deu conta de que havia mais ciência no esporte do que imaginara. A esse ponto, já tinha dado início a alguns hematomas no lado esquerdo do quadril e esfolado bastante o cotovelo direito, e suas mãos estavam vermelhas e lanhadas. Na verdade, sentia-se feliz por ter tentado, pela primeira vez, aprender a andar de skate ali em Iowa, e não em São Francisco, com suas impiedosas ladeiras.

Deve haver um ritmo para essa coisa, disse a si mesmo. Empurrar, empurrar, equilibrar, equilibrar. Empurrar, equilibrar, empurrar, equilibrar. O problema é que ele se pegara andando assim e tentara mudar a direção, em vez de permanecer em pé. Após a décima quinta queda, Jack se levantou, sacudiu a bermuda e tirou as pedrinhas de cascalho que grudaram na pele dos joelhos e dos cotovelos. Limpou o nariz com a parte de trás da mão.

Ele parou ao chegar ao parque, no fim da rua, andou até os balanços, subiu em um com o pé esquerdo e começou a se balançar de pé. Empurrava-se e se debruçava, fechando os olhos com o vento que criava. Aquilo era legal. Era algo que ele sabia fazer.

Sem notar, alguma coisa o empurrou com força em suas costas, lançando-o no ar por um breve e eletrizante momento, antes que ele aterrissasse no caminho de terra com um barulho surdo.

— Bem-vindo a Hazelwood, Quatro Olhos.

Era um garoto, Jack notou do chão. E, enquanto a maioria, se não todos os garotos de sua idade, era mais alta que ele, aquele era gigante:

pés enormes calçados com sapatos de couro, coxas grossas e musculosas, braços atarracados e o tronco mais ainda. Usava um boné de beisebol puxado para baixo, mas Jack podia ver que havia olhos negros observando-o por baixo da viseira.

O menino levantou-se, limpou a sujeira da calça e dos cabelos. O garoto, que estava do outro lado do balanço, não se mexeu, sólido como uma rocha. Jack esperou. No silêncio, o zumbido de cigarras nas árvores próximas parecia ensurdecedor. Nenhum dos dois disse uma palavra sequer. Finalmente, Jack não aguentou mais:

— Olá — disse, oferecendo a mão para um cumprimento —, eu sou Jack.

O garoto olhou para a mão estendida como se fosse de uma espécie bizarra de animal que acabara de sair debaixo de uma pedra. Devagar, Jack a abaixou, enfiando-a no bolso.

— Eu não me lembro de ter lhe dado permissão para falar, Cara de Verruga — disse o garoto.

— Não, na verdade é *Jack*... Calma aí, você... Oh! — respondeu, entendendo exatamente onde aquela conversa chegaria.

Sendo o único menino da turma sem nenhum amigo, Jack estava familiarizado com ocasionais encontros com valentões. Não aconteciam *sempre*, claro, já que a maioria das crianças não o notava tempo suficiente para perturbá-lo. Ainda assim, havia um número pequeno deles — os valentões, os garotos que o insultavam e os que batiam nele.

Aquele, Jack reconheceu, era um dos que batiam. *Regra número um*, pensou, *Não Estabeleça Contato Visual.*

— Bem — disse, olhando firme para o ombro esquerdo do garoto —, foi bom conhecê-lo.

Jack se virou e começou a andar devagar, de cabeça baixa, os pés quase sem fazer barulho na terra e na grama pisoteada.

— Ei, Meleca de Porco! — disse o garoto.

Jack continuou a andar. Sentiu as orelhas ficando cada vez mais vermelhas e quentes.

— Como é morar naquela casa feia? Minha mãe diz que eles curtem bruxas e vodu.

A regra número dois, Jack sabia, era Não Responda, mas ele não aguentou.

— Eles não poderiam curtir nem uma coisa nem outra — disse Jack. — Eles são metodistas.

O garoto deu um passo para trás, claramente confuso. Ele também sabia as regras e o roteiro entre valentões e covardes, e foi surpreendido pela resposta de Jack. Levantou as sobrancelhas e perguntou:

— E daí?

— E daí que são religiões diferentes, não são? Você não pode ser hindu e judeu ao mesmo tempo. Ou muçulmano e budista. São muito diferentes. É como se tentasse ser alto e baixo, ou gordo e magro, ou humano e...

— O quê? — perguntou o garoto, ainda mais confuso.

— Esquece — respondeu Jack.

O valentão tirou o boné e passou os dedos nos cabelos, encarando o outro.

— Vai bancar o espertinho comigo, imbecil? — perguntou, dando um passo à frente, fechando o punho e parecendo ávido para dar um bom soco.

— Espertinho? — retrucou Jack, tentando ganhar tempo. Ficou calado, respirou devagar e lentamente. — Não, não...

É claro que não, pensou. Seus olhos passearam pelo campo malcuidado até onde o velho skate de Baxter estava, sobre grama. Em sua cabeça, tentou calcular quão rápido teria de correr se pegasse o objeto no caminho para a casa de Clive e Mabel. Certamente, não conseguiria voltar em cima do skate. Mas, se o deixasse no campo, quais seriam as chances de voltar para buscá-lo? Balançou a cabeça. Isso não é bom, concluiu. *Meu irmão deu esse skate para mim*, pensou Jack. *E de forma alguma eu vou abandoná-lo aqui.*

O garoto avançou e Jack tropeçou para trás, os olhos alternando entre o valentão e o skate.

— Escuta aqui, Cocô de Verme, eu acho que deveria te ensinar uma lição.

Entretanto, Jack não estava ouvindo. Com uma explosão de velocidade que, francamente, não sabia de onde havia saído, driblou o garoto, pegou o skate e correu em direção à rua.

Ele não foi muito longe.

Duas mãos fortes agarraram-no por trás ao mesmo tempo que um pé dentro de uma bota atingiu as panturrilhas de Jack. Com um grunhido, o valentão o arremessou no ar. Jack manteve os olhos abertos, apreciando os borrões verde-escuros e marrons. Caiu no chão de repente, esmagando os dedos entre as rodas e a terra batida, a queda piorando a situação com o peso do corpo.

— *Ei!* — Uma voz surgiu no espaço acima da cabeça de Jack.

O menino deitou-se de barriga para cima, balançando um pouco as mãos, esperando não ter quebrado um dedo ou dois. Nada rangeu, estalou ou estourou. Encarou isso como uma boa notícia.

Uma menina apareceu dois metros à sua frente, com os pés firmes no chão, as mãos em punhos cerrados, balançando-os. Jack tentou reconhecê-la, mas o corpo dela bloqueou a luz do sol da manhã, borrando as bordas de sua silhueta, como se estivesse pegando fogo.

— É impressão minha, Clayton, ou você fica mais burro a cada ano que passa?

Clayton parou, franziu as sobrancelhas em sinal de concentração e moveu o queixo para a frente.

— Não fico, não — respondeu. Enfiou as mãos nos bolsos de trás e curvou os ombros. — *Você* é que fica mais burra a cada ano que passa.

— Sério? — disse ela, estendendo a mão e ajudando Jack a se levantar. — Ele realmente fica mais burro a cada ano — resmungou para Jack. — De verdade. Já até fizeram testes.

— *Cala a boca!* — retrucou Clayton. — E você — disse, apontando para Jack —, precisa ser salvo por uma *garota*? É assim que fazem em São Francisco?

Clayton sorriu enquanto a menina suspirava alto, batendo com a mão na testa e balançando a cabeça em sinal de reprovação.

Jack ficou calado. Ele não se importava em ser salvo. Mais do que isso, não se importava em precisar de ajuda, em primeiro lugar. É preciso se importar com uma pessoa, mesmo que só um pouco, para dar uma surra nela. É quando o deixam completamente sozinho — é aí que você passa a não existir, e, se desaparecer para sempre, ninguém vai notar.

A menina se afastou de Jack.

— Eu não estou salvando ninguém. Só estou repreendendo você. E talvez eu não tenha feito um trabalho bom o suficiente na última vez — disse ela.

Clayton levou a mão instintivamente até os olhos escuros, em um gesto defensivo.

— *Cala a boca!* — disse ele, mais uma vez.

Mas, antes que pudesse dizer qualquer outra coisa, a menina deu duas piruetas na direção dele, agarrou a gola de sua camiseta e puxou seu rosto para bem perto do dela. Jack ficou boquiaberto. Embora fosse maior e mais pesado, o outro garoto estava claramente com medo daquela menina durona e ferina.

— Escute aqui — disse ela —, fique longe de mim. Fique longe do meu irmão. E fique longe do garoto novo. A última coisa que queremos é que ele pense que esta cidade é cheia de... Oh. Eu me esqueci — interrompeu-se, soltando Clayton, virando-se para Jack e estendendo a mão. — Olá. Wendy Schumacher.

Jack a encarou. Seus cabelos eram compridos até o meio das costas em uma trança acobreada. Seus lábios rosados se abriram em um grande sorriso, revelando uma pequena separação entre os dentes da frente. O vestido amarelo balançava em torno de seu corpo, cheio de ângulos e curvas, e Jack notou que os nós dos dedos da mão direita estavam arranhados e machucados.

— Hum — disse ele, percebendo de repente que ela estava balançando a mão e que provavelmente deveria cumprimentá-la de volta. Nenhuma criança o cumprimentara assim antes. — Olá — parou de falar, mas notou que ela ainda o encarava, esperando que ele continuasse —, eu sou Jack.

Wendy assentiu.

— Eu esperava que você fosse diferente. Pensei que seria... — mordeu os lábios fazendo uma curva para baixo, tentando encontrar a palavra certa. — Sei lá. Achei que fosse diferente.

Jack não sabia como encarar tal comentário, então começou a limpar a sujeira e a grama da bermuda e da camiseta.

— Não dê atenção a ele — continuou Wendy, balançando a cabeça em direção a Clayton, que aproveitou a oportunidade para ir embora.

Clayton se virou e franziu o cenho para ela, que fechou os olhos e balançou a cabeça.

— Eu vou *contar tudo*! Acredite! — gritou Clayton.

— *Ninguém se importa!* — berrou a menina, em resposta. — Sério — disse então, em um tom mais baixo —, ele não vale a pena.

Ela pegou o skate de Jack.

— Vamos, eu acompanho você até em casa.

Capítulo 12
Valente

Havia dois meninos sentados na varanda. Um deles usava um boné de lona. Verde. O outro estava com um papagaio. Era Lancelot.

— Por que — perguntou Jack a Wendy — o papagaio do meu tio está no ombro daquele garoto?

— Aquele é o meu irmão — disse Wendy, sem responder à pergunta, a voz com um tom estranhamente cauteloso.

Jack achou que a informação não era suficiente.

O menino do boné verde se levantou. Jack notou que era o mesmo garoto que estava bisbilhotando o quintal no outro dia. Olhou para o chão. Desde que se entendia por gente, queria ter amigos. Queria que as pessoas o vissem. E *ali* parecia que todos podiam vê-lo. E ele tinha vontade de se esconder.

É só porque eu não gosto daqui, disse para si mesmo.

É só porque eu não queria nunca ter ido embora, uma segunda voz sussurrou em sua cabeça. Jack cutucou o ouvido e a calou.

— É você — disse ele. — Anders.

— Sim — retrucou o menino louro —, estou feliz em saber que você está bem.

Seu sorriso era largo, mais do que o da menina, e, assim como Wendy, ele era mais alto que Jack. Na verdade, muito mais. E o que queria dizer com *muito*, Jack não sabia.

O outro garoto continuou sentado e não olhou para cima, mas inclinou a cabeça um pouco para a esquerda, olhando intencionalmente na direção da mão de Jack.

Jack olhou para ele, com ar de dúvida, mas disfarçou. Metade do rosto do menino era uma bagunça — todo contorcido e em alto-relevo, como uma estranha fruta que via nas feiras de sua cidade. Levantou a mão para um rápido aceno e tentou desviar o olhar para outro lugar.

— É bom vê-lo novamente — disse Jack a Anders, mas não ao outro garoto.

Como se protestasse, Lancelot voou de cima do ombro de Frankie, bateu as asas no rosto de Jack com um grito indignado e voltou para dentro de casa.

— Frankie é o meu irmão gêmeo. Ele não é de falar muito.

— Ah... — disse Jack.

— Ele não... — interrompeu Wendy, virando-se para Jack e olhando bem para o seu rosto.

Jack se retraiu.

— Ele não... Bem, você nunca, hum, o *viu* antes, certo? — continuou a menina.

Jack franziu a testa. Olhou de soslaio para o rosto inexpressivo de Frankie. O lado esquerdo, protuberante e ondulado — uma complicada malha formada por cicatrizes vermelhas, ásperas e irritadas. Ele imaginou se doíam. Sem prestar atenção no que estava fazendo, levou a mão até a própria bochecha antes de enfiá-la de volta no bolso. Frankie não fez nenhum contato visual nem pareceu notar que o menino o encarava.

— Não — respondeu Jack.

Na verdade, ele podia *jurar* que já tinha visto aquele garoto antes. Mas isso não poderia ter acontecido, certo? Até onde ele sabia, jamais conhecera uma pessoa deformada. Ou muda. Ou, no caso, até dez dias atrás, ninguém de Iowa.

— Ah, não sei — hesitou Wendy. — Pareceu que ele conhecia você. Ou, bem, você sabe. Eu só achei que... talvez durante uma viagem ou algo do gênero.

Sua voz enfraqueceu, e o menino louro revirou os olhos.

— Boa tentativa, de qualquer forma — disse Anders, dando tapinhas de leve no ombro da amiga.

Ela franziu o cenho.

O que exatamente Wendy estava tentando, Jack não sabia, mas, antes que pudesse perguntar, foi interrompido pelo barulho de uma sirene de polícia. O som era alto e agudo, e atingiu os seus ouvidos com tanta força que o fez gritar. Frankie ficou de pé e, embora não tivesse olhado para a viatura ou para mais ninguém, posicionou-se entre o carro e Jack. Com um ruído nos cascalhos e um grunhido de freios, o veículo estacionou e dois policiais saíram de dentro.

— Schumacher — disse o primeiro policial, pegando um bloco de notas e escrevendo alguma coisa —, achamos que poderíamos encontrá-la aqui. Perturbou o filho do sr. Avery novamente, não foi?

O homem balançou a cabeça em reprovação e continuou:

— Garotas mais espertas do que você já teriam aprendido a lição.

Jack olhou por cima dos ombros caídos de Frankie. Anders havia pegado a mão de Wendy, e Jack notou que os dedos do menino estavam brancos, tensos e imóveis — e, não importava o quanto ela tentasse se desvencilhar, não conseguia se livrar do amigo. Em vez disso, projetou o queixo para a frente, jogou os ombros para trás e riu.

— Até parece — disse ela. — Eu acho que vocês não devem ter notado — de novo — que aquele garoto é mais pesado do que eu, tipo, uns cinquenta quilos.

O outro policial se recostou na viatura e deu uma olhada na casa.

— Você está batendo recorde, srta. Schumacher.

Wendy suspirou e tentou novamente se soltar de Anders. Ele segurava a mão dela com força.

— Seus pais foram notificados, e a assistente social é bem provável que apareça de novo. Tão legal da parte dela. O problema é que, assim que um arquivo fica pesado demais, as pessoas começam a falar sobre remoção.

Jack notou que os ombros de Frankie se curvaram e ouviu o menino engasgar. Curvou-se para a frente e viu uma lágrima escorrer do olho esquerdo do garoto.

— Eu pensei que... — começou Jack, mas, antes que pudesse perguntar qualquer coisa, Frankie pisou com força em seu dedão do pé.

Ninguém pareceu perceber.

— Ninguém vai me remover para lugar nenhum — disse Wendy, mas sua voz tinha uma certa hesitação, que pareceu agradar ao segundo policial.

— Bem, não sei disso não — disse ele. — A mim parece que seus pais já estão de saco cheio de uma delinquente que anda por aí batendo...

— Mas isso não é verdade — interrompeu Jack, saindo de trás de Frankie.

Os policiais olharam em volta por um momento para ver quem havia falado, antes que finalmente percebessem o menino. Eles levaram um minuto até isso acontecer.

— Wendy não bateu em ninguém. Aquele... Avery, ou seja lá qual for o nome dele... aquele garoto me atacou — disse Jack.

Olhou para os policiais, que o encaravam com os olhos arregalados de fascinação. Anders soltou a mão da menina, e ambos relaxaram os braços.

— E — continuou Jack, após estufar um pouco o peito, sentindo-se encorajado — isso aconteceu *sem nenhum motivo.*

— Quem é você, garoto? — perguntou o primeiro policial.

Jack se encolheu.

— Eu? — disse. — Eu não sou ninguém. Estou morando com os meus tios.

O segundo policial olhou para Jack e, então, para a casa, e novamente para ele.

— Então você é *aquele* garoto.

Wendy e Anders seguraram Jack pelos braços. Ele se enrijeceu, mas cedeu ao perceber que estavam andando de costas, em direção a casa.

— Ele não tem de dizer nada a vocês — declarou Wendy.

— Ele não fez nada de errado — completou Anders. — Nenhum de nós fez.

Os meninos empurraram Jack para a escada de madeira, fazendo com que ele caísse com uma pancada no primeiro degrau. Jack agarrou a borda do degrau. Parecia quente sob as suas mãos, mas tremia. Ou talvez fosse ele que estivesse tremendo. Não tinha certeza.

— É claro que não fez — disse o primeiro policial.

Mesmo com a barriga redonda, seu rosto era magro e comprido, com uma pequena quantidade de pelos no queixo, formando um cavanhaque. Ele se inclinou, colocou a mão dentro do bolso e tirou uma máquina fotográfica.

— Várias pessoas estão interessadas em você, filho. Sabia disso?

Jack olhou para a máquina e se encolheu quando o flash foi disparado.

— Muito, muito interessadas.

E, com uma gargalhada, os dois policiais entraram na viatura e partiram.

Wendy se abaixou e pegou uma pedra. Anders a tomou dela e jogou-a longe.

— Nem pense nisso — disse ele.

Wendy bufou e suspirou. Virou-se para Jack, cruzou os braços e o encarou de cima a baixo. Ele sentiu como se estivesse passando por um raio X. Os olhos da menina se contraíram até formarem dois pontos pretos e brilhantes.

— Você está tendo todo tipo de surpresa hoje, imagino. E tem mais coragem do que pensei — disse ela, assentindo devagar. A menina parou de falar, como se decidisse com cuidado o que dizer em seguida. — Sinto muito por você ter visto essa cena — continuou ela. Em seguida, olhou para as luzes da viatura à medida que se afastavam. — Eu gostaria de poder dizer que isso raramente acontece, mas não posso. Essa é a cidade dos Avery, lembre-se bem disso. Não é... uma cidade *legal.* Eu queria que fosse — completou. Deu um passo para trás. — Bem, provavelmente nos veremos por aí.

Jack não saiu do degrau enquanto via as três crianças irem embora.

Entrou em casa e, sem cumprimentar os tios, subiu para o seu quarto e fechou a porta. Suspirando, sentou-se impaciente à escrivaninha e pegou a sua agenda.

Como, escreveu, *é possível que uma conversa de verdade com crianças da minha idade possa me fazer sentir mais sozinho do que nunca?* Ficou olhando para a página durante quase uma hora, tentando encontrar uma resposta.

Não conseguiu.

Durante o jantar, Jack ficou em silêncio enquanto os tios conversavam alegremente sobre coisas com as quais ele jamais pensaria em se preocupar. Clive virou-se para o sobrinho e sorriu.

— Então, você conheceu o nosso Frankie? E Wendy e Anders?

Jack não conseguia deixar de olhar para a comida. Examinou o amontoado de macarrão com creme e peixe em conserva que pareciam tremer sobre o prato como um cérebro vivo e sem corpo. Tudo aquilo havia sido salpicado com batatas fritas e algo mais que tinha a mesma aparência, mas um forte cheiro de cebola. Imaginou se aquilo deveria ser considerado comida. Achou que sim, mas havia momentos em que não dava para ter certeza. Gog e Magog olhavam para cima, ansiosos, contorcendo-se sobre as patas traseiras. Pareciam ser capazes de engolir o prato inteiro de uma só vez. De repente, Jack realmente adorava aqueles gatos.

— Sim — respondeu —, eu os conheci. Wendy. Ela é meio... — interrompeu-se, tentando encontrar a palavra correta.

— Espinhosa, é isso — disse Clive. — O que não é, na verdade, uma coisa ruim.

— Elas são as melhores crianças do mundo — disse Mabel. — E corajosas.

Jack experimentou o macarrão. Tinha gosto de grude. Ele se encolheu.

— Você não acha que essa é uma descrição apropriada para os seus novos amigos? — perguntou o tio, olhando para ele de um jeito que fez Jack poder jurar que os olhos do homem cintilavam.

— Não... é que... veja bem, eles não... — respondeu, com a voz falhando e gaguejando. Deveria ter começado a frase com "Não, é só a comida que está horrível" ou "Não, na verdade, eles não são meus amigos"? De qualquer forma, não ia pegar bem mesmo. — Eu não sei — respondeu, finalmente.

— Há muitas coisas que uma pessoa pode ser neste mundo, garoto — disse Clive, em tom sério. — Ou em qualquer mundo, na verdade — completou, piscando para Jack. — Ser corajoso é tão bom quanto qualquer outra coisa. Pode me passar mais comida, meu amor? — pediu a Mabel, deixando-a corada. — Está absolutamente perfeita.

Quando os tios não estavam olhando, Jack deu sua comida para os gatos.

Naquela noite, Jack não parou de rolar na cama e suou durante o sono. Toda vez que dormia, via olhos nas paredes. Via uma mulher correndo pelo milharal. Suas mãos eram verdes; seu rosto era verde; o cabelo, amarelo e doce como palha de milho. Ela escondia um pequeno menino atrás de uma casa, e, então, ela era uma casa — uma casa com janelas adormecidas e uma boca sorridente.

Jack acordou com um sobressalto e saiu da cama. A casa estava silenciosa, como se prendesse a respiração. Um copo-d'água se encontrava sobre a mesa, cheio de gotículas na parte de fora. Pegou o copo e bebeu tudo, em quatro grandes goles. Limpou a boca com a manga do pijama e notou que a temperatura estava muito alta. O verão de São Francisco *nunca* era assim tão quente.

Ele tirou a camisa do pijama, usou-a para enxugar o rosto, o pescoço e o tórax, e jogou-a no chão. Sentou-se à escrivaninha e começou a desenhar. Sem querer, fez a imagem de uma menina, com mechas de cabelo caídas sobre os olhos e as orelhas, e que desciam pelo pescoço. Sua cabeça estava inclinada para cima e a boca, aberta, como se chamasse por alguém. Em cada mão ela segurava uma estrela. Perto do desenho, ele escreveu *Wendy no Subterrâneo.* Deitando-se novamente, Jack voltou a dormir.

Ao acordar, na manhã seguinte, não conseguia se lembrar do tempo que passara desenhando. Quando finalmente se deu conta da figura, enquanto amarrava os cadarços dos sapatos, estava tão confuso que arrancou a página da agenda e quase a jogou fora. Olhando mais de perto, não conseguiu deixar de notar que era um desenho muito bonito. E, mesmo morrendo de medo de Wendy, pelo menos no papel, ela era... Jack titubeou, bem, ela não era *feia*. Dobrou o desenho, ajoelhou-se ao lado da cama e colocou-o entre as páginas de *A História Secreta de Hazelwood.* A vidraça da janela tremeu e as tábuas do chão chiaram, embora ainda fosse de manhã e a casa estivesse quieta.

Tentou telefonar para sua mãe, mas as ligações insistiam em cair em números errados. Um homem de uma companhia de esgoto atendeu primeiro. Depois, uma mulher do necrotério da cidade de Toledo. Em seguida, uma criança falando uma língua que Jack desconhecia. Nenhum deles conseguia ouvir o menino falando e desligava. Tentou ligar para o pai, mas o telefone estava desligado.

Jack recostou-se na cadeira, esfregando com uma das mãos o nariz por baixo dos óculos e tamborilando os dedos da outra contra o livro.

As paredes estremeceram um pouco e pequenas rachaduras surgiram no gesso perto da janela.

— Não vou ler — disse em voz alta. As tábuas do chão se agitaram, a mesa cambaleou e o copo-d'água caiu no chão, estilhaçando-se. Jack segurou o livro junto ao peito, examinando o cômodo. Inspirou bem fundo. — Hum — completou —, talvez eu leia.

O chão parou de mexer, as janelas ficaram paradas e a casa parecia respirar em sinal de alívio.

Jack abriu o livro.

Capítulo 13
O Grain Exchange and Trust

Ao fim da Rua Principal ficava o edifício Grain Exchange and Trust. Era uma construção grande e imponente, localizada no quarteirão central da rua, entre duas praças bem-conservadas, mas raramente visitadas. A fachada de granito fora meticulosamente esculpida com símbolos da economia agrícola — milho, trigo, gado e maçãs. Havia imagens de árvores em crescimento, de ombros largos e de fábricas. De perto, era possível notar uma leve semelhança com uma mulher adormecida — na verdade, tão leve que seu rosto só poderia ser visto de soslaio ou com uma piscada de olho bem casual. Ela se escondia em meio às árvores, na sombra do milharal e, às vezes, entre os animais — mas desaparecia quando observada de frente.

Assim como a escola e a casa dos Avery, o Grain Exchange and Trust também havia sido construído pelo bisavô do sr. Avery, cujo retrato fora pendurado na maioria dos escritórios. Cada um deles possuía uma equipe de funcionários muito bem-vestidos e que cumpriam tarefas no Escritório de Poupança e Empréstimos, na Central de Imóveis, no Órgão de Desenvolvimento Agrícola, na Associação de Leiloeiros e na Secretaria do Progresso. Era nesses locais que a pequena renda dos fazendeiros locais e comerciantes era calculada, mantida, distribuída e sistematicamente dilapidada, enquanto a fortuna da família Avery se multiplicava como frutos maduros.

Entretanto, nos últimos quatro anos, o dinheiro dos fazendeiros não sofrera nenhuma variação em suas contas, ao contrário da renda dos Avery, que, embora enorme, começara a diminuir consideravelmente. As pessoas contavam histórias sobre as terríveis crises de raiva e até de lágrimas que se sucediam por trás das portas trancadas. Ninguém mencionava esses rumores com o sr. Avery. Ninguém mesmo.

O sr. Avery chegou antes do pôr do sol, sem a sua maleta e a pé. Tinha vários arranhões no rosto, um enorme hematoma abaixo de um dos olhos e um braço apoiado de forma confortável em uma tipoia. Ele sabia que não precisaria justificar nenhuma das lesões. Ninguém faria perguntas.

Agora, sua tentativa de expulsar o menino da cidade parecia patética até para si mesmo — ao mesmo tempo desesperada e ridícula. Ainda assim, se pudesse evitar fazer a troca... se pudesse impedir a Dama de levar o seu único... O sr. Avery sentiu um calafrio, afastando o pensamento. Seu rosto suava em profusão, mas ele não o secou. Ignorou seus subalternos enquanto ofereciam-lhe minguados cumprimentos matutinos. Sentia-se orgulhoso de sua habilidade de ignorar agressivamente puxa-sacos.

O sr. Avery escancarou as portas do Grain Exchange and Trust e caminhou sobre o opulento, porém puído, tapete vermelho, que se estendia até seu escritório no fim do corredor. Por trás da moldura de vidro blindado na porta encerada de carvalho estava o sr. Perkins, debruçado sobre uma mesa e um livro-razão, com o suor pingando de sua testa enrugada. O homem já estava trabalhando com afinco havia mais de uma hora, o sr. Avery sabia. O funcionário era pontual.

— *Perkins!* — gritou.

O homem deixou seu lápis cair no chão. Levantou-se bem rápido e enfiou a mão direita no bolso, agarrando algo.

— Sim, senhor — respondeu, embaralhando alguns papéis com a mão esquerda e olhando para o chão, à procura do lápis.

— Você tem uma missão. Quero que você reúna informações sobre o menino que está com a família Fitzpatrick. Siga-o, se necessário. Fique de olho nele. Vista algo discreto. E tome notas. Quero ficar ciente do que ele sabe. Espero ter sido compreendido — completou, com ar de ameaça. Ninguém, jamais, gostaria de ser acusado de ter entendido o sr. Avery de forma incorreta.

— Mas, senhor — começou Perkins, com a voz trêmula. — O menino. Ele não é...

Inconscientemente, o homem puxou um pequeno pedaço de couro cru trançado de dentro do bolso e pressionou-o contra a bochecha. Ele tinha amor à vida.

— Não faça perguntas — repreendeu o sr. Avery — e não se deixe ser visto. Deixarei a cidade em uma hora. Devo retornar dentro de alguns dias e espero receber um grande dossiê.

Ele sabia que a sua reunião com o governador seria bem-sucedida. O governador era... um jovem impressionante. Antes de tudo, porém, o sr. Avery tinha coisas a pesquisar. Estava perto de obter uma resposta... Podia *sentir* que sim. E, se as suas suspeitas estivessem corretas — ou mesmo *superficialmente* corretas —, então exigiria o uso da casa dos Fitzpatrick. Estava certo de que, com um pequeno incentivo legal, poderia obter a posse da estranha casa no subúrbio da cidade, seus mistérios e tudo o mais, até o fim da semana. Duas semanas, caso a família dificultasse as coisas. Melhor contar com o prazo maior.

— Não, senhor... quer dizer, sim, senhor — respondeu o sr. Perkins, tropeçando sobre a cesta de papel enquanto se apressava para pegar seu casaco e o guarda-chuva, duas coisas que ele sempre carregava consigo diariamente, fizesse chuva ou sol. A porta rangeu um som triste quando o homem a abriu e a fechou com cuidado.

O sr. Avery observou o perfil hesitante de seu assistente através do vidro até a silhueta dele ser engolida pela porta, como uma brilhante boca, e o velho ficar sozinho. Sobre a mesa estavam duas pequenas fotografias. A primeira fora tirada com uma câmera instantânea e colada em um pedaço de papel com algumas setas e palavras escritas ao redor das margens. *Posição original do sujeito*, com uma indicação que apontava para um espaço vazio em frente à casa dos Fitzpatrick. *Sujeito permanece?*, com outra seta apontada para uma sombra em forma de menino no chão.

O homem suspirou.

— Preciso de mais tempo — sussurrou.

Suas mãos tremiam à medida que alcançava a outra fotografia — essa, muito pequena, de sua esposa e seu filho — seu único filho. Seu pai lhe dissera para ter dois, que seria mais fácil. O sr. Avery balançou a cabeça. Ele não queria o *mais fácil*. Só queria aquele menino. Fechou os olhos e pressionou a pequena moldura contra o peito.

Ainda podia sentir as gélidas ondas na floresta, aproximando-se mais rápidas e mais frias do que antes.

E, embora não estivesse lá para ver, sabia que, do lado de fora do edifício, os olhos de calcário da mulher adormecida começavam a se abrir lentamente.

Capítulo 14
O Skate e o Ladrão

Naquela mesma manhã, Jack acordou logo que o sol nasceu. Apesar de cedo, podia ouvir o tinir dos pratos do café da manhã de Clive e Mabel, e o murmúrio baixo de suas conversas. *Eles nunca dormem?*, pensou.

A História Secreta de Hazelwood estava aberta sobre o seu peito. O menino olhou para a página que lera na noite anterior. Enquanto parte do livro fora escrita a partir dos diários do Reverendo Weihr, a maioria era de autoria de Clive. Aquela página em particular — a que o fizera dormir — falava a respeito de roubo de almas.

Será que alguém realmente consegue roubar *uma alma?*, Jack perguntou-se. Isso parecia absurdo, mas, sério, tudo naquele livro era mesmo absurdo.

— *Quando a alma de uma pessoa é destruída* — Jack leu em voz alta —, *a sua memória também é. Pelo menos, teoricamente. Mas e se existir uma memória mais profunda? O que acontece, então, com a alma?*

Sinto-me encorajado pelo caso da antiga escola e de seu consequente abandono. O número exato de crianças capturadas naquele ponto de erupção em particular é uma incógnita. Apesar de a cidade ter, no fim das contas, construído uma nova escola em um local mais seguro, o caso demonstra que existe, realmente, uma memória mais profunda. A cidade, sem saber por quê, agiu em nome da proteção de suas crianças. O que significa, provavelmente, que as almas daquelas crianças perdidas não estão inteiramente perdidas. Talvez seja possível, um dia, encontrá-las e libertá-las.

Jack fechou o livro com força. — Isso é loucura — disse. Ainda assim, havia algo estranho sobre aquela cidade, e, se o livro contivesse respostas, então seria melhor que ele as obtivesse ali do que se precisasse conversar com os tios. Afinal, Clive só dizia coisas esquisitas ou vagamente arrepiantes; pelo menos com um livro, Jack podia ser agressivo ao fechá-lo. Não falara com Clive a respeito da sua tentativa de fuga nem mencionara a dedicatória e a fotografia no livro, e, uma vez que o tio também não o fizera, Jack esperava que essa conversa pudesse ser adiada indefinidamente. Por que ele guardara uma foto sua, enquanto nem seus pais haviam guardado, era um mistério para Jack, mas, no momento, *não saber* era melhor do que *saber*. Por enquanto. Porque algumas vezes ele sabia, e o conhecimento machuca. Demais.

De qualquer forma, havia outras perguntas a ser respondidas, antes de qualquer coisa. O menino abriu o livro aleatoriamente em uma página retirada do diário do Reverendo Weihr.

> *Esta deve ser a última vez que escrevo neste Registro dos meus anos em Hazelwood. Amanhã, utilizarei o Portal para retornar ao Mundo-Abaixo-do-Mundo e tentar unir aquilo que a traição separou. Estou ciente*

de que a minha alma talvez se perca como resultado, mas não posso me preocupar com isso agora. Minha única esperança — se eu vier a falhar — se encontra neste diário, em minhas pesquisas guardadas, e no futuro herói que poderá usar as minhas descobertas para consertar as coisas. Rezo para que eu tenha colocado as minhas palavras nesta página da melhor maneira possível, que a minha alma e a minha memória escorram pelas garras da Dama. Eu, sozinho, possuo a culpa pela maldição que se encontra neste lugar. Consertarei as coisas, ou morrerei.

Jack balançou a cabeça e abriu a sua agenda. *É claro que o Reverendo acredita em tudo que escreve,* anotou, *mas será que Clive acredita? E Mabel? E, se sim, por que querem que eu saiba? O que isso tem a ver comigo?* Jack não sabia. Guardou o livro e a agenda na mochila e desceu para tomar o café da manhã.

Para o seu alívio, seus tios deixaram-no praticamente sozinho. Mabel entregou-lhe um prato de ovos com torradas, insistiu em dar um beijo em sua bochecha e saiu para trabalhar. Clive, antes de alçar a maior pilha de livros que Jack já vira na vida, entregou-lhe um mapa da cidade desenhado à mão.

— Eu deveria ter-lhe dado isso antes, meu querido menino. Tome: assim você não vai se perder. A loja da sua tia está assinalada. Ela estará aguardando você na hora do almoço.

— Ah — respondeu Jack —, eu achei que...

— Vá até lá de qualquer maneira — disse Clive, equilibrando os livros nos braços. — Por experiência própria, é melhor não desapontar as mulheres desta família. As reações nunca são agradáveis. Nesse meio-tempo, vários outros lugares interessantes estão marcados no mapa e devem mantê-lo ocupado ao menos um pouco até a hora de se encontrar com a sua tia — continuou, subindo as escadas. — E, enquanto somos sempre a favor de a juventude dos dias de hoje sair por aí sozinha e contestar os seus queridos mais velhos, fique atento às restrições. Existem certas coisas que eu preferiria não ter de explicar para a sua tia.

Assim dizendo, Clive virou-se para o corredor e desapareceu.

Do lado de fora, Jack sentou-se em seu skate, deslizando para trás e para a frente enquanto estudava o mapa. Era detalhado — tão detalhado que não somente todas as áreas estavam marcadas, como também o tio dera nomes alternativos para várias delas. Por exemplo, sua casa fora assinalada como *Nossa casa (sua casa) (Ponto de Erupção Terciário).* E a enorme área de floresta fora apontada como *Barranco Henderson (Ponto de Erupção Original) (Não venha aqui!).*

— Você *é* realmente louco, não é?

Como se fosse responder à pergunta, Clive abriu a porta da frente com Lancelot em seu ombro.

— Calma, calma, Lancelot, não há com o que se preocupar. Nenhum espírito maligno parece rondar o dia de hoje. Ah, oi de novo, Jack.

O homem acenou com confiança para o sobrinho, que sacudiu a mão nervosamente em resposta. Clive entregou um pequeno envelope de couro para Lancelot, que o pegou com o bico.

— Calma, não se preocupe, não é tão longe.

O papagaio emitiu um som, ansioso, antes de alçar voo.

— Lembre-se — disse Clive para o animal —, você tem de ir pelo caminho mais longo. Só por segurança.

A ave fez uma curva para a esquerda e desapareceu de vista. O homem acenou para Jack mais uma vez.

— Até logo, Jack — disse para o sobrinho e fechou a porta.

* * *

Jack olhou para o mapa, principalmente para as palavras "*Não venha aqui*". Se *realmente* existissem vulcões em erupção no centro de Iowa, então Jack, pelo menos uma vez, gostaria de vê-los. Mantendo o mapa em mãos para referência, virou-se para onde supostamente ficava o barranco, colocou a mochila no ombro e chutou o skate para começar a andar.

Hoje estava sendo mais fácil. Seus músculos, agora, lembravam-se daquele equilíbrio em ziguezague, da inclinação e dos movimentos dos quadris e da coluna. Os joelhos absorviam menos impacto, e as pernas, mesmo doloridas, pareciam responder melhor às flutuações dos pés. Chutou o chão com o pé esquerdo, imprimindo um pouco mais de velocidade e fazendo longas e suaves manobras. Era lindo, pensou. Gracioso. Ele estava conseguindo! E, mais do que nada no mundo, Jack se pegou desejando que Baxter — ou qualquer outra pessoa — pudesse vê-lo andando de skate tão bem, descendo a rua vazia.

Após fechar a porta, Clive não retornou ao escritório. Em vez disso, permaneceu à janela, observando o menino de cabelos pretos na rua. Sorriu ao ver o esforço que o sobrinho fazia para manter o controle do corpo e da pequena máquina aos seus pés, e encheu-se de orgulho à medida que a criança deslizava pelo asfalto. Logo depois, um homem pequeno e careca, que usava calça de camuflagem e botinas, começou a seguir o menino. Clive suspirou, pressionou a testa contra o vidro e levou as mãos ao coração.

— Gog — chamou —, Magog.

Os dois gatos serpentearam saguão adentro, olhando para Clive, cheios de expectativa.

— Sigam aquele garoto e sejam rápidos. Ele está indo em direção ao barranco, e o idiota do Reginald está seguindo ele.

O homem abriu a porta e os gatos saíram, saltaram o portão e se embrenharam pela grama. Clive passou a mão nos cabelos e suspirou.

— Só temos de rezar pelo melhor — disse em voz alta. — E agradecer por ele ser esperto.

Mas o chão sob seus pés estremeceu, e um gemido baixo surgiu entre os caibros e o teto.

Jack parou em um bloqueio à margem da floresta. As árvores eram enormes e antigas, com um monte de arbustos emaranhados no chão. Ele não conseguia ver nenhum caminho.

— Como alguém conseguiria entrar aqui? Não tem por onde passar.

Inseriu a mão na mochila e pegou o mapa. O papel exibia uma série de trilhas que mais pareciam uma teia de aranha que se espalhava pela floresta, mas, se elas existiam mesmo, Jack certamente não era capaz de vê-las. Na verdade, era uma pena que não pudesse ver. O local parecia fresco e sombrio, e o dia já estava quente. Pegou o skate e caminhou ao longo da floresta. Os galhos das árvores suspiravam e estalavam com a leve brisa.

Jack encaminhou-se para a área mais densa da mata, colocou as mãos sobre os finos troncos de dois choupos e tateou a vegetação rasteira a fim de encontrar um caminho. A luz do sol brilhava e salpicava o verde, e, por um momento, Jack flertou com a ideia de se embrenhar pelos galhos e pelo matagal, apenas para ver o motivo de tanto estardalhaço. E ele teria ido, não fossem os miados aterrorizantes de dois gatos e o gemido cheio de pânico de um homem amedrontado.

— Não — gritou o homem à medida que um dos bichanos se agarrava à sua botina, enquanto o outro atacava a sua coxa —, gatinho malvado! Gatinho malvaaaaado!

Jack largou o skate no chão e saiu correndo.

— Perdão — disse ele, puxando o enorme bicho da coxa do homem. O animal era incrivelmente pesado. — Eles são os gatos de estimação dos meus tios. Não sei por que são tão maus.

— *Shh, shh* — chiou um dos gatos, indignado.

O homem olhava fixamente para o garoto, boquiaberto. Segurava uma agenda em uma das mãos, enquanto a outra estava dentro do bolso. Ele deu um passo para trás.

— As pessoas nesta cidade realmente gostam de encarar umas às outras — disse Jack, forçando um sorriso. O homem ficou em silêncio, mas deu outro passo para trás. Os gatos se aninharam junto às pernas de Jack. Ronronavam com ferocidade. Jack esticou a mão, oferecendo-a para o estranho. — Eu sou Jack. Sou o sobrinho de Clive e Mabel.

O estranho tinha o rosto pálido, fino, e um pescoço ossudo. Abriu a boca como se fosse cumprimentar o garoto, mas tudo que saiu foi um grunhido. Engoliu em seco e tirou a mão do bolso. Havia algo ao redor de seus dedos, como um cadarço de couro. Jack ergueu as sobrancelhas.

— Nem pense nisso — disse o homem, tremendo.

O menino apertou os lábios, franzindo o rosto.

— Não pensar em quê?

— Você não pode pegar o que não é seu — respondeu o rapaz, andando para trás e quase tropeçando em seus próprios pés.

— O que não é meu? — perguntou Jack, dando um passo à frente. — Eu não peguei nada. Eu só queria...

— Eu sei o que você é! — gritou o rapaz.

— Eu já lhe disse quem eu sou. Meu nome é Jack. Estou morando com...

— Nem mais um passo à frente. Você não pode pegar.

O homem driblou o garoto. Em uma velocidade que parecia impossível para alguém com o seu tipo físico, correu até o skate e atirou-o no barranco ao mesmo tempo que agarrava a mochila de Jack e corria rua abaixo.

— Ei! — gritou Jack, perseguindo-o. — Ei! Devolva isso, seu filho da... — mas não conseguiu terminar a frase, pois tropeçou em uma pequena pedra e caiu de cabeça, esparramado na calçada.

Jack grunhiu, virou-se e checou os óculos. Uma das lentes havia rachado, e uma haste estava desalinhada.

— Ah, que ótimo — lamentou, equilibrando o acessório sobre o nariz e tentando fazer com que voltasse ao formato original. A camiseta rasgou em um dos ombros, e a bermuda nos bolsos. — Fantástico.

— Jack — surgiu a voz de uma menina atrás dele —, é você?

Ele balançou a cabeça. — E a minha situação está ficando cada vez melhor — murmurou. Virou-se e viu Wendy, mais uma vez, de baixo. Ficou de pé.

— Clive disse que você tinha vindo nesta direção. Eu achei que fôssemos mostrar a você uma... Eta! — exclamou a garota, olhando para a roupa rasgada e os óculos quebrados do amigo. — O que aconteceu com você?

Ela enfiou a mão no bolso do short e tirou um lenço. Jack o aceitou de bom grado, limpando a sujeira do rosto. Ele dobrou o mapa e guardou-o no bolso de trás. Flertou com a ideia de ficar dentro de casa até o verão acabar.

— Eu tropecei em uma pedra — respondeu, acanhado.

— Tudo isso por causa de uma pedra?

— Não — disse em tom defensivo, passando por Wendy para tentar enxergar para onde o rapaz tinha ido, mas não conseguiu. — Um cara me atacou e roubou a minha mochila.

Wendy abriu a boca para falar, mas, a princípio, nada saiu.

Finalmente:

— Quem?

— Como eu posso saber? Ele era meio careca, magrelo e agitado. Pescoço ossudo. Calça camuflada. Os gatos o atacaram.

Wendy assentiu de forma sombria.

— Esses gatos são espertos. O cara é o sr. Perkins. Trabalha para o velho Avery. Sabe o filho dele, Clayton, é o garoto que bateu em você ontem.

Jack bufou discretamente.

— Ele não bateu. Eu só... — Quis dizer *"Eu não chamaria aquilo de bater"*, mas não conseguiu. Afinal de contas, Wendy estava lá.

— Avery é abominável, *abominável.* O que tinha dentro da sua mochila?

— Tudo. A minha agenda, os meus desenhos, coisas de arte. Ah, e o livro do tio Clive. Ele o deixou no meu quarto e eu pensei em dar uma olhada. *A História Secre...*

— *A História Secreta de Hazelwood*? — perguntou Wendy, agarrando Jack pela gola da camisa. — O que você estava pensando quando tirou aquele livro de dentro de casa?

— Bem — respondeu —, eu quis...

— Você não tem ideia do que há *naquele* livro?

— Não é só...

— Você *nem o leu*? — perguntou Wendy, olhando para a rua vazia. — Ele nem ao menos leu — murmurou para si mesma. — E aí você simplesmente o entrega pro *sr. Avery*, dentre *todas* as pessoas. Bom trabalho, garoto. *Muito bom.*

Wendy socou o ombro do amigo.

— Por ali, certo? — disse, apontando.

— Do que é que você está falando? — perguntou Jack, esfregando o ombro. Wendy não parecia ser tão forte, mas sabia socar *muito bem*. — É só um...

Mas Wendy já havia partido às pressas. Jack forçou caminho pela densa vegetação da floresta, agarrou o skate e seguiu atrás dela. Podia ouvir os miados tristes dos gatos ecoando pela cidade silenciosa.

Jack alcançou a amiga, mantendo o ritmo de suas longas passadas, o que era difícil, uma vez ser ele mais baixo que ela. Enquanto corria, o skate escapou de suas mãos suadas e, mesmo com todo o esforço, escorregou e caiu.

— Espere — chamou por Wendy —, me deixe pegar o meu...

Entretanto, Jack não terminou a frase, pois, assim que o skate tocou o chão, começou a mover-se sozinho — traçou uma reta perfeita, descendo a rua. Jack, sem hesitar ou perceber, pulou sobre a prancha e agarrou a mão de Wendy para que ela subisse também. Ganharam velocidade, as rodas chiando sob seus pés. Embora não fosse necessário, Jack, às vezes, inclinava o corpo e chutava o chão, para manter as aparências. Se isso pareceu estranho ou não para a menina, ela não disse nada.

— Ah, meu Deus, ele está quase lá — exclamou Wendy.

Mais adiante, um enorme edifício de calcário bloqueava a estrada, lançando em sua direção uma sombra que parecia tinta. O homem careca — *provavelmente o sr. Perkins*, pensou Jack — fez várias tentativas de subir a escada do prédio, mas era arrastado de volta por dois gatos enfurecidos.

— Xô! — gritava o homem, e Jack notou que a calça dele havia sido rasgada, assim como a pele das pernas, que sangravam intensamente, encharcando as meias.

Bem-feito pra ele, pensou o menino, embora, em seguida, sentisse culpa por pensar algo assim.

— Gatinhos malvados! — uivou o sr. Perkins.

O skate começou a parar e Jack saltou da prancha, correndo em direção ao homem.

— Senhor — disse ele —, eu gostaria que me devolvesse a minha mochila, por favor.

Um dos gatos atacou as costas do sr. Perkins e se pendurou nelas. Ele cambaleou em direção à porta de entrada do edifício.

— Eu posso tirá-los de cima de você, sabe? — disse Jack, mesmo sem saber se isso seria possível. — Jogue a mochila para mim e diga que se arrepende do roubo.

Muito bem, congratulou-se Jack. Aquela, sentiu, fora uma ótima performance.

— Não venha *você* me dar lição de moral sobre *roubo* — disse o sr. Perkins, ao chegar à porta.

Wendy não suportava mais aquela situação. Subiu a escada correndo e o enfrentou:

— *Devolve isso agora, seu ladrãozinho...*

As portas se escancararam e dois policiais, os mesmos que Jack já vira, saíram correndo. *Eles trabalham nesse lugar?*, perguntou-se Jack. *Será realmente verdade que o sr. Avery controla tudo nesta cidade?* Os gatos levantaram-se e começaram a chiar para os homens que se aproximavam, antes de se misturarem aos arbustos que ficavam nas laterais da entrada, desaparecendo de vista.

— Wendy — arfou Jack —, pare com isso. Nós vamos nos meter em sérios...

— Apuros? — disse um dos policiais. — Eu diria que sim.

Um oficial segurou o braço de Wendy, enquanto o outro agarrava Jack.

— Vamos levar esses dois para casa, sr. Perkins. A não ser que o senhor queira prestar queixa.

— Isso não será necessário — respondeu o sr. Perkins, com a voz suave, enquanto limpava a jaqueta e a calça.

— Pode me devolver a mochila? — pediu Jack, mantendo a voz firme e os olhos no sr. Perkins, fazendo-o estremecer.

Recuperando-se, o homem virou-se, segurando a mochila junto ao peito.

— Eu não sei do que você está falando, rapazinho — disse ele, sem olhar para Jack. — Essa mochila é minha.

— *Mentiroso!* — gritou Wendy.

— Chega, Schumacher.

E as duas crianças, agarradas pelos braços, foram acompanhadas até a viatura, enquanto tentavam se desvencilhar dos policiais.

Enquanto o carro se afastava, Jack olhou de volta para o prédio de calcário. O sr. Perkins estava parado à porta aberta com uma expressão inegavelmente presunçosa no rosto. Acenou, virou-se e entrou.

Entretanto, enquanto a porta se fechava, Jack percebeu algo que o rapaz não vira: as sombras de dois gatos prateados esgueirando-se para dentro do prédio, com seus rabos movendo-se como chicotes.

Capítulo 15
Mais um Roubo

Antes de os policiais deixarem Wendy e Jack em suas respectivas casas, Wendy chegou perto de Jack e sussurrou em seu ouvido:

— *Hoje à noite esteja pronto* — disse.

— O quê? — perguntou ele.

— Sem conversa — disse o policial.

A viatura parou na entrada de garagem da casa dos Schumacher e a mãe de Wendy — o rosto sério e raivoso, e pronta para colocar de castigo qualquer um que dissesse uma palavra, criança ou adulto — marchou em direção ao carro. Os quatro passageiros se prepararam para o impacto. Jack notou com satisfação que até mesmo os policiais morriam de medo da mãe de sua amiga.

Por outro lado, ele foi entregue a um tio Clive com uma expressão sinistra no rosto. Jack não olhou para ele, seguiu para o quarto e fechou a porta. Passou o resto do dia sentado à escrivaninha, olhando para o lugar no qual sua agenda deveria estar. Sem nenhuma superfície na qual rabiscar, usou o dedo e o tampo da mesa, desenhando figuras imaginárias, uma após a outra — uma casa feita de olhos, uma mulher se levantando do chão, um menino que parecia uma árvore. Ou uma árvore que parecia um menino. Tanto fazia. Cada imagem flutuava em sua mente por um segundo antes de começar a esvanecer e desaparecer junto com as demais.

Mais tarde, após um jantar silencioso, Jack ficou caminhando em seu quarto. Não tinha a sua agenda. Não tinha o livro. Seus nervos pareciam chacoalhar, tremer, e o mundo inteiro, balançar e sacudir. Quando a cabeça de Wendy surgiu em sua janela, Jack quase desmaiou de tanto medo.

— Ah, pelo amor de Deus — disse Wendy —, você nunca viu alguém escalar trepadeiras antes?

Na verdade, ele *nunca* tinha visto ninguém escalar uma trepadeira. Deu-se conta de que a sua vida sempre fora muito protegida.

— Você consegue descer por aqui? — perguntou Wendy.

— Acho que não.

— Então teremos de ser silenciosos. Você contou pro seu tio?

Jack balançou a cabeça.

— Não, mas acho que ele sabe. Perguntou onde estava a minha mochila e eu disse que já havia trazido para casa.

— É — disse ela, passando as pernas bronzeadas de sol por cima do parapeito da janela e pulando para dentro do quarto —, provavelmente já sabe. Por sorte, o sr. Avery não se encontra na cidade. Ele ainda não viu o livro.

— Como você sabe?

— Meu pai trabalha no Exchange. O que significa que eu também tenho isso aqui.

Ela enfiou a mão no bolso do short jeans e puxou um molho de chaves. Balançou-as, o que fez Jack sorrir de satisfação.

— Só vamos sair por um minutinho.

O edifício estava silencioso e escuro, e todos os funcionários se encontravam em suas casas com as suas famílias. Todos, com exceção do sr. Perkins, que não tinha família e fazia do escritório a sua segunda casa. Caminhava em sua sala, o suor escorrendo pelo pescoço e pela testa. O livro estava sobre a mesa, aberto no meio. Embora não estivesse a par de todo o conhecimento que o seu chefe possuía, uma coisa ele sabia: a maior parte das informações confiáveis sobre a pessoa, a personalidade e o poder da Dama adormecida vinha das cartas escritas por um tal Reverendo Marcus Weihr, datadas do século anterior ao do bisavô do sr. Avery.

Embora o seu chefe possuísse os manuscritos e pesquisas feitas por seu bisavô (também sr. Avery — estudioso por ofício e, mais tarde, o homem mais poderoso que o município já vira), assim como as *inúmeras* cartas do bom Reverendo, ele não tinha o diário. Procurara por ele, assim como seu pai, avô e bisavô, mas sem sucesso. Acreditava-se que o diário havia se perdido.

Até então.

Certamente, o sr. Perkins sabia que Clive Fitzpatrick era um adversário poderoso, com muito mais magia à sua disposição do que deixava transparecer, mas aquilo era mais do que mágico. Era *inteligente*. O sr. Perkins folheou o livro com cuidado — para não causar nenhum estrago — e se maravilhou com a simplicidade da solução encontrada por Clive: arrancar as páginas, mudar a ordem, entremeá-las com outros estudos, artefatos, e, mais importante que tudo, laminá-las com uma resina bem fina e flexível. Recortar, colar e encadernar com uma nova capa — e tudo se *transformar* em um novo livro. O que significava que, a cada geração da família Avery, poderosa e voltada para a magia, cada feitiço de localização e cada feitiço de retorno ou qualquer outro tipo que se pudesse imaginar tornava-se inútil. Os Avery não tinham conseguido encontrar a primeira metade do diário porque ela *não existia mais*. Tornara-se o livro de Clive Fitzpatrick. Aquilo era brilhante, realmente.

O sr. Perkins não tinha dúvidas de que seu chefe iria elogiá-lo — e até recompensá-lo — por ter encontrado algo tão valioso, mas será que ele teria conhecimento de tudo que o sr. Avery sabia? Ou estaria para sempre no escuro?

Quando o sr. Perkins era criança, sua avó alertara-o sobre a malvada Dama que vivia no subterrâneo — uma criatura cujo poder era tão grande e tão ávido que seria capaz de roubar a alma de uma pessoa. Dissera a ele que nem todo mundo conseguia sentir a Magia que zumbia pela terra e através de cada coisa viva. Contara que esse tipo de característica vinha de família — como pés grandes ou cabelos cacheados. Que a Dama tinha Crianças Mágicas — uma a cada meio século — e que elas estavam marcadas para morrer, o que era uma pena, mas nada podia ser feito a respeito.

Ademais, quem *sabia* o que aconteceria àquelas crianças caso elas crescessem, o que se tornariam? Não são como *nós*, dissera sua avó, então por que se preocupar? Ainda assim, preocupavam-se. E *se* uma delas sobrevivesse? Seria como Ela? Roubaria almas também? Será que se sentiria satisfeita?

O sr. Perkins carregava consigo diariamente um pedaço de couro cru por causa de sua avó. A alma de um homem, afinal, não era coisa pouca. E escolhera trabalhar para o sr. Avery. Melhor ficar à sombra do homem que estava no comando, pensara. É mais *seguro*.

Ainda assim, Reginald Perkins era um homem curioso. Como alguém se tornara tão poderoso como o bisavô de seu chefe?, imaginara. E como esse poder se transferia de uma geração à outra. *O que a família Avery tem feito durante todos esses anos?* Ele não sabia, mas tinha a sensação de que não era algo *bom*. E a certeza de que o livro lhe daria algumas respostas.

O sr. Perkins pegou sua prancheta e a colocou sobre a mesa. A copiadora estava fora de questão, por motivos óbvios. Ninguém sabia o que poderia causar à tinta antiga, e a última coisa que ele queria era danificar alguma página. Melhor seria executar o serviço à mão. Não iria copiar o livro todo. Seria loucura. Mas uma página ou duas. Ou até vinte. Que mal poderia fazer?

> *É verdade que qualquer mal que recair sobre a Dama também atingirá a Sua Outra. Afinal de contas, são simplesmente manifestações diferentes de uma mesma Pessoa — como um asqueroso e grotesco espelho. Causar dano a um é ferir a ambos, e, se eu os destruísse, a Magia não teria nenhum Guardião. E enquanto as velhas histórias são vagas e incertas, suas descrições sobre o desastre e a desolação que se seguiriam à perda de um Guardião não devem ser subestimadas. A destruição de Atlântida, em seguida a de Leonis e a de Camelot — acreditava-se que todas estavam localizadas em pontos de erupção e haviam se perdido. Não posso permitir que o mesmo aconteça aqui.*

O sr. Perkins anotou tudo bem rápido, com precisão e clareza. Queria que fosse exato. Não havia motivos para não ter permissão de saber pelo menos um pouco. Afinal de contas, ele *merecia* aquilo.

No topo da estante, dois pares de olhos amarelos e brilhantes piscaram no escuro. Longas garras afiadas ficaram expostas, retraíram-se e alongaram-se novamente. Os gatos estavam prontos.

Wendy e Jack se mantiveram nas sombras. Ela levou o amigo até a porta lateral que os empregados de nível inferior eram obrigados a utilizar. A entrada principal destinava-se a pessoas importantes. O acesso lateral ficava próximo ao Depósito de Lixo e ao centro de reciclagem. Cheirava a refeições velhas e papéis molhados. O menino franziu o nariz.

— Você, pelo menos, sabe onde fica o escritório dele?

— Claro que sei — respondeu Wendy. — Ele é o assistente do sr. Avery. Se quiser vê-lo, terá de passar pelo escritório do Perkins. Mas ninguém vai lá, a não ser que tenha de ir. Por aqui.

Deixaram o gesso rachado e a tinta descascada da sala de manutenção e entraram em um belo corredor com paredes de granito e lâmpadas verde-escuras acesas a cada seis metros.

— Por que as luzes estão acesas? — perguntou Jack, nervoso.

— Provavelmente para o segurança.

— *Aqui tem segurança?* — perguntou ele.

— Sim, mas não precisamos nos preocupar com ele. Meu pai o conhece. Ele é legal, mas meio lerdo. E bebe.

Jack não teve como não notar falta de confiança na voz da amiga.

— E de qualquer forma, já estamos aqui — completou Wendy.

Espionaram através da porta de vidro. O escritório do sr. Perkins estava escuro, com exceção da luminária de mesa iluminando um livro.

— Ali está ele — sussurrou Jack. — E a minha mochila, no chão.

Abriram a porta — *Por que* justamente esta *não está trancada?*, pensou Jack — e correram até a mesa. Wendy pegou o livro e o colocou embaixo do braço. Jack notou uma pilha de papéis virada na mesa. Estava prestes a desvirá-la quando ouviu o som inconfundível de uma descarga sendo dada, de uma torneira aberta e da porta do banheiro se abrindo. O sr. Perkins surgiu na porta, secando as mãos. Deixou os papéis caírem no chão.

— *Você* — disse ele, apontando.

— Corre! — gritou Wendy.

O sr. Perkins começou a fazer o mesmo, mas foi interrompido quando dois gatos enormes pularam do topo da estante e pararam na sua frente, com os dorsos musculosos envergados e a postos, as patas esguias flexionadas sob seus corpos, prontos para saltar. O homem apoiou as mãos sob a mesa para se firmar e colocou as pontas dos dedos sobre a pequena pilha de papéis. Pegou-a, segurando-a bem próxima ao peito, como se fosse um escudo.

— Mande seus gatos pararem com isso! — gritou. — Mande-os parar!

No entanto, Wendy e Jack já haviam corrido porta afora e estavam destruindo o corredor vazio. Assim que chegaram à passagem dos fundos do edifício, ouviram um baque, e então um silêncio, seguido de um grito de ataque.

Wendy abriu a porta dos fundos com velocidade total, escancarando-a com uma trombada. Jack, alguns passos atrás, observou a menina descer os degraus de três em três e correr pela praça. Wendy lançou os braços para o alto e gritou para o céu. Virou-se e sorriu para o amigo.

— Segura aí! — disse ela, jogando o livro de Clive em uma parábola perfeita. Jack correu para pegá-lo.

Há muita coisa que pode acontecer, pensou ele, *entre um arremesso e uma pegada.* Durante dias e dias após terem invadido o prédio, ele repetia a cena mentalmente, tentando descobrir em que momento o mundo mudara. Nunca conseguia.

O que ele conseguia lembrar era: Wendy correndo no escuro, a lua e as luzes dos postes brilhando nas mechas dos cabelos ruivos que haviam se soltado da trança; Wendy parada sobre os calcanhares, dando piruetas, com os joelhos arranhados e os braços queimados de sol; Wendy chamando o seu nome e fazendo o livro voar até ele.

Ele o agarrara, e o chão tremera sob os seus pés (*uma falha geológica*, dissera para si mesmo).

Ele o agarrara, e o ar se arrepiara em uma rápida rajada de vento frio que cortou o ar, denso e úmido.

Ele o agarrara, e o rosto de Wendy se paralisara, boquiaberto.

— O quê? — perguntara ele. — O que foi?

Mas o chão sob seus pés ainda tremia e ondulava, e a menina olhava para ele como se estivesse vendo um fantasma.

— Como você fez isso? — sussurrara ela. Wendy dera um passo para trás, quase caindo na calçada.

— Fiz o quê? Ande, Wendy, vamos sair daqui.

— A gente se vê... — começara a dizer, dando mais dois passos para trás. — Tenho de voltar para casa.

Ela se virara e correra, desaparecendo na escuridão.

— Wendy! — chamara Jack. — Wendy, volte aqui!

No entanto, ela não voltara. E Jack subira no skate e fora para casa, ouvindo o sussurro ritmado das rodas contra a longa e escura avenida.

Capítulo 16
Saber e Não Saber

Os GATOS NÃO PERMANECERAM NO LOCAL POR MUITO TEMPO — somente o bastante para quase matarem o sr. Perkins de medo e fazê-lo esconder-se embaixo de sua mesa, presenteando-o com um arranhão horrível abaixo do olho. Em uma mancha de pelos prateados, eles se foram.

O sr. Perkins suspirou, estremeceu e se arrastou para fora do seu esconderijo.

— Ah, Deus — disse gemendo. — O que o sr. Avery vai dizer?

O homem limpou o suor do rosto com a mão, e, em seguida, colocou-a no bolso para pegar seu lenço. Mas, em vez do pano azul, bordado com várias luas e estrelas por sua querida e falecida mãe, pegou um pequeno bolo de folhas de papel. Cinco páginas escritas à mão, do diário do bom Reverendo.

— De fato, o que será que ele vai dizer?

O sr. Perkins sorriu.

Jack nunca contou para os tios sobre o roubo, e, quando o peso do livro em suas mãos lhe deu um pouco de alívio, ainda havia na boca do estômago uma pontinha de receio. E essa sensação não parava de crescer.

A fim de acalmar a mente, passou a andar de skate todos os dias. O que certa vez fora uma confusão de pernas e braços quase sem equilíbrio algum sobre quatro rodas agora era um exercício de velocidade e fluidez. Movia-se tranquilamente de um canto da cidade a outro, indo tão rápido e suave que sentia como se estivesse voando. Jack levava o livro consigo aonde quer que fosse — algumas vezes na mochila, mas, na maioria das vezes, dentro da calça, com o cinto bem apertado. Ele passou a lê-lo com avidez, anotando coisas com frequência, e sempre desenhando ao mesmo tempo em que lia.

A parte abaixo fora escrita por Clive, com sua caligrafia inclinada e rebuscada, na página 309:

> *No centro do mundo, onde a vasta terra encontra o enorme céu, residiam duas Damas, uma bondosa e outra má, que trabalhavam com afinco tecendo um pano mágico. Toda manhã, a Dama bondosa unia fios feitos de excessos de felicidade. Acrescentava resíduos luminosos de sonhos, fragmentos de exuberante esperança, e lágrimas felizes de crianças, que ecoavam pela campina. Seu tecido era lindo, mas o trabalho, doloroso e lento.*
>
> *Por outro lado, a Dama perversa considerava mais fácil colocar armadilhas para os homens, mulheres e crianças onde havia vegetação alta. Ela esperava até*

que chorassem de medo e de dor e lhes oferecia conforto com um beijo. Roubava suas almas como pagamento pela liberdade e os dispensava como frascos vazios. Rapidamente, seu tecido aumentava em tamanho e beleza. Só mais alguns pezinhos, pensava Ela, e hei de ter o suficiente para cobrir a montanha, o campo, a terra e o vasto, enorme mundo.

Em sua agenda, Jack escreveu:

1. *Clive acha que as pessoas desaparecem. O Reverendo também. E que... alguma coisa rouba suas almas. (Provavelmente não é verdade. Talvez elas deixem a cidade por tédio.)*
2. *Pessoas possuem gatos malucos. Existem gatos malucos em São Francisco?*
3. *O sr. Avery está no comando de... tudo. E ninguém gosta dele. Como ele consegue todo aquele poder? O que será que ele tem que mais ninguém tem? (Clive e o Reverendo diriam que é magia. Mas eles são loucos. O que será, de fato?)*
4. *Quando alguém se divide entre o bem e o mal, será o cérebro dessa pessoa cortado em dois?*
5. *Esta cidade me dá coceira.*

A última anotação foi se tornando mais incômoda ao longo do dia. Começou como uma leve irritação em sua nuca e antebraços. Agora, Jack se coçava todo. Era como se a sua pele tivesse se transformado em um casaco de lã quente como o inferno, que lhe causava alergia —

presente de algum parente, talvez, que ele era obrigado a usar. De qualquer forma, não parecia mais a sua pele, era como se o seu corpo estivesse tentando ser... outra coisa. Ele não sabia o quê. E isso o irritava.

O fato de ver o sr. Perkins acelerar na bicicleta toda vez que o encontrava, por dias a fio após a invasão ao edifício Exchange, não contribuía para minorar a crescente sensação de desconforto de Jack. Sempre que isso acontecia, o menino instintivamente desviava de seu caminho, o skate ultrapassando a bicicleta com facilidade, mas, ainda assim, com a distinta impressão de que o sr. Perkins ria dele. Aquele homem tinha conhecimento de alguma coisa que Jack desconhecia.

Mas quem possuía o livro era *Jack*, e não o sr. Perkins. Isso deveria ser uma vantagem — Jack estava certo disso. Ou quase certo.

O que você sabe?, ele queria gritar. Já havia checado todas as páginas, e não parecia que alguma tinha sido arrancada. Mesmo assim, o sr. Perkins havia lido *algo* que o deixara daquele modo, tão feliz. E Jack iria descobrir o quê.

Jack notou que o sr. Perkins saía todos os dias do edifício Exchange às 10 da manhã e passava de bicicleta pelo parque em direção a uma enorme e linda mansão, que ficava bem ao lado do campus da universidade. No quinto dia observando o homem passar, Jack decidiu segui-lo. Havia uma cerca emaranhada que separava o parque da fileira de casas a leste, para onde Jack rastejou, se agachando e esperando. Os galhos o envolviam suavemente, e, embora parecesse que iam arranhar e cortar sua pele, Jack se surpreendeu ao sentir quão macios eram. As folhas respiravam à medida que ele respirava. O menino observou a rua. O sr. Perkins parou sua bicicleta ao chegar ao parque, colocou um dos pés no chão e examinou o local. Jack prendeu a respiração. Os galhos da cerca viva pareceram enrolar-se ao seu redor um pouco mais forte, como se fossem um escudo, tirando-o de vista.

— Olá! — chamou o sr. Perkins.

Por que ele está me procurando?, perguntou-se Jack.

— Somente covardes e ladrões se escondem! — gritou o homem, com a voz mais alta e esganiçada. Palavras duras, pensou Jack, vindas do homem que tinha usado roupas de camuflagem enquanto o seguia.

O sr. Perkins colocou a mão no bolso, pegou uma pequena tira marrom e bateu com ela em seu rosto antes de chutar a calçada para dar impulso e começar a pedalar rua abaixo. Jack se livrou da cerca viva (Teria sido a sua imaginação ou os galhos pareciam ter segurado seus braços e pernas? E as folhas tinham se acomodado sobre a sua pele?), colocou o skate no chão e começou a segui-lo.

O skate, silencioso, deslizou no asfalto sem um impulso sequer, diminuindo a distância entre Jack e o sr. Perkins. O menino tentou colocar o pé no chão, mas a velocidade não parava de aumentar. A mansão no fim da rua — residência do sr. Avery, de acordo com o mapa que seu tio lhe dera — crescia, chegando cada vez mais perto.

— Mais devagar — pedia Jack —, mais devagar.

No entanto, o skate não diminui a velocidade, e se Jack não fizesse alguma coisa logo, bateria na roda traseira da bicicleta. Pensando rápido, pisou com força a parte de trás, fazendo com que a prancha se levantasse e soltasse faíscas. Pulou do skate com leveza, colocou o objeto embaixo do braço e se escondeu atrás de um carro estacionado. O sr. Perkins parou e se virou, mas já era tarde. Jack havia se escondido. O homem ficou parado em frente à mansão no fim da rua e esperou.

Uma caminhonete muito velha e enferrujada parou, e um homem alto e bem-vestido saiu do veículo, os lábios se retorcendo em sinal de desgosto. Alisou o paletó com as mãos como se quisesse limpar a poeira e os germes.

— *Perkins!* — grunhiu o homem.

— Estou bem aqui, senhor — disse o sr. Perkins, deixando a bicicleta cair no chão e segurando o envelope de papel pardo. — Bem-vindo de volta, bem-vindo! Estivemos perdidos sem o senhor, completamente perdidos. Estou certo de que o senhor simplesmente *esqueceu* de deixar o seu itinerário conosco, mas posso lhe dizer que foi árduo tentar remarcar suas reuniões quando eu nem sabia...

— BASTA! — gritou o sr. Avery. — Eu não tenho o menor interesse na sua petulância, Perkins.

— É claro, senhor, é claro. É que nós tivemos um pequeno contratempo, e tenho estado ansioso para dividir as minhas descobertas com o senhor. Eu tenho algo que *acredito* que o senhor vai achar...

— Chega de conversa-fiada. Entregue-me a informação e vá embora.

— Certamente, senhor, é que nós temos, creio eu, acesso a um autêntico tesouro do...

— Ah, valha-me Deus, Perkins, entre. Não. Esqueça. Pegue as minhas malas e, depois, entre. Seja útil para alguma coisa. E, no caso de eu exigir novamente o uso do seu automóvel, seria bom que você investisse em um novo. Seu carro fede.

— Com certeza, senhor, com certeza — continuou o sr. Perkins, mesmo depois de o chefe já ter saído de perto. — Eu apenas gostaria que desse total atenção a essas páginas que eu copiei... senhor? Senhor? Do livro? — Ele suspirou, relaxou os ombros e puxou um maço de papel do bolso do paletó. — Aqui está, senhor — disse para a entrada aberta. — Do diário do Reverendo Weihr.

— O que foi que você disse? — A voz do sr. Avery veio de dentro da casa.

— O diário, senhor. Eu consegui...

— *Entre nesta casa agora, seu grande idiota, antes que alguém o veja!* — grunhiu o sr. Avery. Duas mãos surgiram na porta, agarraram os ombros de Perkins e o puxaram para dentro.

Jack se levantou.

Páginas copiadas? Isso não deve ser bom. O menino se arrepiou, virou-se e estava prestes a ir embora quando ouviu o som de alguém chorando. A voz soluçava e fungava e gemia.

— Olá? — disse Jack.

O choro continuou, e a pessoa pareceu não escutá-lo. Em vez disso, quem quer que estivesse ali dizia alguma coisa em meio aos soluços.

— Faça isso parar, faça isso parar, faça isso parar — pedia a voz.

Jack pegou o seu skate e rastejou pela lateral da casa.

Um menino estava sentado em uma bola de basquete, com a cabeça entre os joelhos, as mãos pressionando os ouvidos.

— Clayton? — disse Jack, reconhecendo o menino pelas costas largas e os braços musculosos. — Clayton, você está bem?

O que você está fazendo, Jack?, perguntou a si mesmo. Para falar a verdade, não tinha certeza. Ainda assim, não parecia certo simplesmente virar as costas.

O menino assustou-se e sentou-se direito. Seu rosto estava manchado e molhado, e suas orelhas, muito vermelhas.

— O que você quer? — perguntou.

Jack deu um passo para trás.

— Nada. Eu só ouvi você... quer dizer, eu percebi que você estava...

— Não, eu não estava — respondeu Clayton, limpando os olhos e o nariz com as costas das mãos.

— Não estava o quê? — perguntou Jack.

— Chorando — respondeu o menino, com uma fungada.

— Ah, tudo bem.

— E, de qualquer forma, o que você está fazendo aqui? Esse jardim é *meu*. — Ele disse a palavra *meu* com prazer, fazendo Jack se arrepiar. O que o livro de Clive dizia mesmo? Que as palavras *meu/minha* tinham um significado especial... ou algo assim. Não conseguia se lembrar.

— Eu não... quer dizer... eu só...

— Você estava espionando, não estava? — perguntou Clayton, dando dois passos curtos e agressivos à frente.

— Não, eu só...

— Você *estava*. Minha mãe *disse* que você faria isso. Eu *sabia* que você viria.

— Não, veja bem, eu só queria... — começou Jack, mas, vendo as feições de Clayton, decidiu que seria melhor virar-se e correr. Quando chegou até a rua, pulou no skate.

— Ah, você está tão *morto* — disse o garoto, mas Jack já estava indo embora.

Duas quadras depois, ele olhou para trás a fim de ver se o menino o seguia. Clayton Avery estava parado no meio da rua, perfeitamente imóvel, emoldurado pela enorme casa às suas costas. Por um momento, Jack teve a distinta impressão de que a mansão atacaria Clayton, ou de que o chão sob seus pés borbulhava, e que o menino estava parado entre duas coisas que só queriam devorá-lo.

— Clayton — gritou Jack —, *tenha cuidado*!

— Se enxerga, mané — respondeu ele.

Virou-se para a casa, correu para dentro e bateu a porta.

Capítulo 17
A Escola

No dia seguinte, Jack voltou ao parque e sentou-se no chão, com o livro de Clive no colo e a agenda aberta ao seu lado. O sr. Perkins, pelo que sabia, não havia deixado a casa do sr. Avery. Sua bicicleta continuava no chão, e o carro — aquele que, de acordo com seu chefe, fedia — não havia saído da vaga na rua, em frente à mansão. Jack checou várias vezes — as persianas do escritório no edifício Exchange estavam arriadas e as luzes, apagadas, mesmo durante o horário comercial. Só de pensar no sorrisinho debochado no rosto daquele baixinho, Jack começou a suar e ficar ansioso. No cabeçalho da página, escreveu *O QUE ELE SABE?*. Abaixo da pergunta, anotou *E O QUE ELE ACHA QUE SABE?*. E mais abaixo, em letras bem pequenas, *Eu não faço a menor ideia.*

Jack suspirou e virou a página.

Folheou até encontrar outra página do diário do Reverendo Weihr.

— *Eu acredito* — leu Jack em voz alta — *que o professor se utilizou da artimanha e da trapaça e A convenceu de que a troca de um filho pelo outro seria reversível. Não creio que Ela tivesse a intenção de destruir a Criança Mágica ou o filho dos Avery. No entanto, a Magia quebrou-se e explodiu, e ambos os meninos foram engolidos. E, naquele terrível momento, quando Ela percebeu o que tinha feito, Seu coração partiu-se em dois, assim como Ela — Sua perversidade e Sua Bondade dividiram-se em dois seres distintos. E as consequências, temo eu, se estenderão por gerações.*

"A Dama dá à luz apenas uma única Criança Mágica a cada geração. Seriam os Avery tão cruéis a ponto de fazerem novamente essa troca no futuro? Será que a fariam para todo o sempre? E o filho da Dama? Sua metade maldosa o sacrificaria, todas as vezes, a fim de manter-se mais forte do que Sua metade bondosa. Serão tantas vidas a serem perdidas, caso eu não intervenha!"

Jack suspirou e coçou o pescoço. Estava piorando, e o que ele gostaria mesmo de fazer era levantar sua pele e deixar a coceira sair. Ou, então, arrancá-la para sempre.

— Não estou entendendo nada — disse, em voz alta.

Mas, se estava falando sobre o livro, ou sobre o comportamento bizarro do sr. Perkins, ou sobre a coceira, ou sobre a estranha troca de temperaturas da casa, ele não sabia. Aliás, não tinha certeza de mais nada.

E essa história... Jack não podia afirmar ser *verdadeira. Ainda* não. Mas a ideia de um surto de poder, quando um ser mágico fora dividido em dois. Isso não soava totalmente implausível. Se ele fosse uma pessoa que *acreditasse* em magia. O que ele *não era.* No entanto, não fazia muito tempo, tinha lido um livro sobre a fabricação da bomba atômica — como um pequeno átomo podia liberar um poder inimaginável quando dividido em dois. Poderia o mesmo ser verdade sobre uma criatura feita de magia? Um Guardião mágico? Será que poderia *acreditar* em algo assim?

Imaginou que era *possível.* Caso acreditasse em magia, quer dizer.

O que ele...

— Está pronto, Jack? — disse uma voz.

Jack olhou para cima, surpreso. Wendy, Anders e Frankie estavam de pé ao seu redor, suas silhuetas contornadas pelo vasto céu azul.

— De onde vocês três surgiram? — perguntou. — E como sabiam que eu estava aqui?

Wendy deu de ombros.

— Anders teve uma intuição. Não me pergunte como — é o que acontece com ele.

Anders abriu um sorriso, pegou o skate e o entregou a Jack.

— Encontrou o único montinho de grama, foi?

— O quê? — perguntou Jack.

Ele olhou para baixo. Poderia jurar que estivera sentado no chão de terra, mas agora, naquele determinado ponto onde seu corpo estava, havia um exuberante círculo de grama verde, com algumas violetas despontando, tímidas, à sombra.

— Como foi que isso... hum... — gaguejou. — É, acho que foi. — Mudou de assunto: — Pronto para quê, exatamente? — perguntou. Olhou para Wendy e apertou os olhos.

Considerando que ele não sabia como era ter amigos, Jack não tinha percebido até aquele exato momento que sentira saudades de Wendy e que se sentira muito sozinho nos últimos dias. Na verdade, ponderou, provavelmente havia estado sempre sozinho — desde que se lembrava —, mas nunca se dera conta disso.

— Você tem me *evitado* — disse à menina. Sua voz estava tensa, possuía um tom acusatório, o que o fez sentir vergonha. Limpou a garganta.

Wendy respirou fundo.

— Não tenho, não — disse ela.

— Quer dizer, tanto faz. Está tudo bem. É que eu pensei... quer dizer, na minha cidade natal, eu não tenho muitos... — Sua voz embargou. Jack sentiu as bochechas esquentarem, e queria fugir.

— Está bem — disse Wendy —, eu *tenho* evitado você. Feliz? E, você sabe... — olhou para o chão — eu me sinto mal por isso, de verdade. As coisas estão esquisitas ultimamente, sabe? Além do quê, a minha mãe está furiosa comigo. Mas eu estou aqui. E você, está pronto?

A menina não olhou diretamente para ele. Em vez disso, pegou sua mão e deu um puxão firme para levantá-lo, e começou a andar sem esperar por uma resposta.

— Para quê?

— A gente queria mostrar uma coisa a você — disse ela, puxando novamente o braço do amigo. Ela não soltou sua mão.

Jack tentou engolir a saliva, mas descobriu, para sua surpresa, que, de repente, cada gota em sua boca havia secado. A mão de Wendy parecia quente e seca contra a palma da mão dele, fria e suada. Nunca havia acontecido em sua vida um momento no qual uma menina houvesse pensado em pegar a sua mão. Até a mãe dele não era do tipo que gostava de andar de mãos dadas. Ou, se era, nunca havia se comportado assim com o filho.

Depois de alguns passos, Jack sentiu que o universo inteiro, de alguma forma, havia se comprimido em um espaço entre a sua pele e a de Wendy, o que, segundo ele, não dizia muito sobre a capacidade do universo. Após quinze passos, Jack começou a entrar em pânico. Quanto tempo, pensou, aquilo iria durar? Teria de segurar a mão dela para sempre? Uma desconfortável gota de suor escorreu por seu pescoço e deslizou ao longo da coluna. Imaginou se seria por causa da umidade, embora duvidasse disso.

Finalmente, não conseguia mais suportar. Puxou a mão de volta e colocou-a no bolso.

— Preciso lhe contar uma coisa — disse Jack, bem rápido. — É sobre aquele livro.

Jack falou do passeio de bicicleta diário do sr. Perkins, que ia do edifício Exchange até a mansão no fim da rua, e do enfurecido sorriso de satisfação do homem. Contou a eles sobre a chegada do sr. Avery — que o sr. Perkins parecia não saber onde o chefe teria ido ou até por quanto tempo estaria fora ou *para quê* — e sobre as páginas copiadas. Mas não contou sobre Clayton Avery chorando no jardim dos fundos. Parecia grosseiro, por algum motivo.

Wendy cruzou os braços à medida que a preocupação fazia sua testa se franzir profundamente. Anders encheu as bochechas, deixando o ar escapar com um chiado por entre os dentes, e balançou a cabeça.

— Isso não pode ser bom — disse a menina. — Você não sabe quais páginas ele copiou?

Jack deu de ombros.

— Não tem como saber. Ele não *tirou* nada do livro, se é isso que você está perguntando. — Olhou para Wendy e Anders, sentindo-se na defensiva e envergonhado ao mesmo tempo. — Quer dizer, eu chequei.

— Você leu o livro? — perguntou a menina. — Tudinho?

— Não, não mesmo — respondeu Jack. — Li partes. Algumas escritas à mão são difíceis de ler, sabe? E você?

Wendy assentiu:

— O mesmo. Partes. Algumas quando eu era bem pequena, então fica confuso na minha cabeça. Anders, talvez devêssemos desistir do que faríamos hoje.

A menina colocou o braço ao redor dos ombros de Frankie.

— Talvez eu devesse levá-lo para casa. É que eu... eu não estou gostando disso. Eu não gostaria que... é que a gente não sabe... — Ela engasgou.

Frankie apoiou a parte de trás da cabeça no ombro de Wendy. Sorriu vagamente para Jack. Ou para perto de Jack. Seus olhos eram de duas cores diferentes, um azul e o outro castanho. Jack se perguntou por que não havia percebido antes. Além disso, com as cicatrizes quase escondidas, notou que os rostos dos gêmeos eram muito, muito parecidos — como se Wendy fosse uma versão feminina de Frankie, e vice-versa. Com exceção de que ela não tinha olhos como os do menino, e Jack imaginou vagamente se Frankie havia nascido daquele jeito.

Então, Frankie piscou. Diretamente para ele. Ergueu as sobrancelhas uma vez, e tornou a se balançar para a frente e para trás com uma expressão sonhadora no rosto.

— Ei... — começou Jack.

— Está tudo bem, Wendy — disse Anders, de forma tranquilizadora, escorregando a mão ao redor do cotovelo livre da amiga e acalmando-a. Ela soltou Frankie. — Ainda temos tempo. Ele deveria ver a escola. Frankie vai estar conosco. Jack tem o livro de Clive bem aqui. Tudo vai ficar bem.

O menino inclinou a cabeça na direção de Jack e Frankie, indicando que deveriam segui-lo.

— Eu tenho anotações — disse Jack, querendo ajudar, mas Anders e Wendy não pareceram escutar.

Jack andou mais rápido, tentando alcançar os amigos.

Deu algumas olhadas para Frankie, que não retribuiu. O menino somente cantarolava e acenava. Parecia não saber muito bem onde estava. E ainda assim, seguia Wendy e Anders sem ser mandado e não se afastava. *O que exatamente tem de* errado *com esse garoto?*, perguntou-se Jack.

Frankie não estabeleceu mais contato visual depois daquilo, e Jack pensou se não havia imaginado aquela piscada.

Havia mais gente nas ruas do que no dia em que Jack chegara à cidade. Alguns carros passavam rapidamente por eles, enormes caminhões de carga transportavam suprimentos para as lojas na rua principal e havia até outras crianças. Mas ninguém parou para cumprimentar os Schumacher ou os Anders. Ou Jack. Na verdade, por duas vezes Jack notou alguém cruzando a rua e continuando a andar. Os outros meninos não mencionaram nada, então ele também não o fez.

As crianças caminharam rua abaixo, para onde a linha de árvores cinzentas separava a margem leste de Iowa dos campos. Um pouco mais à frente, dava para ver a antiga escola, um prédio em ruínas que não era maior do que uma garagem, quase a dois quilômetros da cidade. A tinta vermelha desbotada se soltava lentamente das placas cinzentas no exterior, enquanto toda a estrutura pendia levemente para o leste sobre a fundação de pedras. Pés de framboesa se espalhavam por toda parte, com brotos rosados e cheios, emaranhados, como se tentassem cobrir o local feito uma colcha.

— É impressão minha — perguntou Wendy — ou o lugar parece diferente?

— O telhado está mais baixo — disse Anders, ajustando o boné enquanto observava o prédio. — Provavelmente não é seguro entrarmos hoje.

Jack cruzou os braços sobre o peito, e ficou todo arrepiado. *Não seja ridículo*, disse a si mesmo. *Não há nada ali que possa machucar você.* A estrutura antiga parecia inchar e se retrair a cada lufada de vento, como se estivesse respirando.

— Deveria ter sido demolida há quinze anos — explicou Anders.

— Por que não foi?

— Para ser sincero, eu acho que as pessoas esqueceram que isso está aqui. Meu avô frequentou essa escola. Dizia que as crianças, às vezes, desapareciam. Simplesmente sumiam, como se nunca houvessem estado aí. É claro que minha avó dizia que era tudo besteira, e que nunca tinha ouvido falar de nenhuma daquelas pessoas. Dizia que era o uísque falando.

— E era? — perguntou Jack.

Anders deu de ombros.

— *Talvez.* Mas eu duvido. Meu avô dizia que algumas pessoas são mais... — pausou, procurando por uma palavra — *sensíveis.* Que algumas notam as coisas esquisitas que a maioria das outras não vê. Dizia que era como viver em uma cidade onde a maioria da população enxergava em preto e branco e tentar explicar o que era a cor azul. Então, ele notou que pessoas desapareciam, e que as lembranças que se tinha delas pareciam cair em esquecimento. Nada de fotos, funerais, nada de nada. Era como se nunca tivessem existido. Embora ele amasse, de verdade, uísque. Então, vai se saber?

Jack apertou os olhos e fitou Anders, criticamente. Anders tinha as mãos bem abertas enquanto falava, como se estivesse pregando um sermão. Seu rosto largo e feliz mostrava-se absorto e sincero enquanto contava a história. Se fosse qualquer outra pessoa, Jack pensaria ser um truque, como aqueles que alguém faz para assustar tanto a criança que ela chega a chorar ou — melhor ainda — a molhar a calça. Mas Anders, pensou Jack, não era desse tipo.

— Então — disse Jack, hesitante, pois não queria magoar o amigo —, você realmente acredita nisso? — E se corrigiu: quer dizer, o que você acha realmente?

Anders deu de ombros. Wendy também.

— O povo fala sobre pontos de erupção, sabe? Que existe... alguma coisa. Debaixo da terra. Magia ou poder ou vida ou sei lá o quê. E que isso incha e começa a vazar.

— O quê? — disse Jack. — Como uma espinha?

— *Não* — exclamou Wendy, enojada —, não como uma *espinha.*

Anders pensou por um momento.

— Na verdade, sim. Algo do gênero. De qualquer forma, não é grande coisa se o que vaza é usado para coisas boas — fazer a lavoura crescer ou vacas darem leite ou ajudar os cordeiros quando nascem. O povo vem usando todos os tipos de simpatias e truques para coisas assim desde sempre. Mas, às vezes, o que é bom pode ser desvirtuado por pessoas ruins, sabe? Como o seu skate é *bom* até que você decida bater com ele na cabeça de alguém. Aí vira ruim. Está me entendendo?

Jack deu de ombros.

— Mais ou menos. — Fez uma pausa. — Então, está querendo me dizer que você... vocês dois... acreditam em...

— Magia? — perguntou Anders, com um sorriso. — Você também acreditaria se vivesse aqui, Jack. — Anders parou um momento para pensar. — Na verdade, quem sabe? Não são todas as pessoas que percebem. Meu avô costumava dizer que era uma coisa de família. Como ter olhos verdes ou polegares que viram para trás, coisas assim.

Frankie sorriu e se abaixou, pegando algumas pedrinhas, pequenas como uma moeda de dez centavos. Caminhou em direção à escola. Começou a subir os degraus apodrecidos que levavam à entrada sem porta, que parecia uma boca aberta. Pegou uma pedrinha e jogou para dentro do prédio. As crianças ouviram o barulho quando ela caiu no chão. O menino virou-se e olhou para Jack. Ou, pensou Jack, para *perto* dele. De qualquer forma, notou que Frankie havia tirado algo do bolso

— uma coisa redonda e levemente brilhante — e colocado de volta. O menino virou-se para a escola e deu um passo à frente.

— Frankie, pare com isso — disse Wendy, apertando os lábios.

— Eu realmente acredito — disse Anders a Jack —, mas tudo bem se você não. A maioria não acredita. Ou, pelo menos, diz que não.

Jack colocou as mãos nos bolsos, pensando no manuscrito em sua mochila.

— É — disse ele, sem olhar para Anders e inspecionando os campos e o céu —, eu percebi isso. Alguém desapareceu lá dentro ultimamente?

— Bem, faz um tempo que isso não acontece. Wendy e eu já estivemos lá várias vezes e ficamos bem. Mas é como se algo estivesse adormecido, sabe? Tem sido assim desde... — Ele apontou com o queixo na direção de Frankie.

Frankie continuava na varanda e jogou mais três pedrinhas. Duas emitiram som ao cair. O menino deu um passo em direção à porta.

— Ele? — perguntou Jack. — Então, o que aconteceu com...

— *Frankie* — chamou Wendy, com rispidez —, não entre aí.

O menino ficou parado na entrada. Aos olhos de Jack, a estrutura inteira havia se inclinado um pouco mais, como se estivesse abraçando Frankie. Ele pareceu não notar. Caminhou bem devagar para a frente do vestiário, os cabides de metal cintilando de forma estranha à luz baixa. Ele se virou, e Jack podia ter jurado que o menino havia olhado *diretamente para* ele. Jack apertou os olhos. Frankie estava no escuro e era muito difícil enxergá-lo. Mas Jack *pensou* ter visto o amigo colocar a mão no bolso e pegar alguma coisa. Ele estendeu o braço em direção ao arco que separava o vestiário e a sala de aula, e, com um calafrio, *desapareceu.*

Não, disse Jack a si mesmo. *Ele só entrou na sombra.*

Wendy ficou parada no primeiro degrau.

— Frankie — disse ela, agora mais alto, com a voz de irmã mais velha, embora, na verdade, ela tivesse nascido apenas quinze minutos antes, o que não era suficiente para ser levado em conta.

A escada abaixo de seus pés estalou de repente, soltando nuvens cinzentas de poeira ao redor de seus sapatos. Com agilidade, a menina pulou para o terceiro degrau, que se quebrou de imediato, fazendo com que ela caísse no chão em meio às tábuas quebradas. Anders e Jack correram um para cada lado da velha escada de madeira, estenderam as mãos, mas foram ignorados. Wendy se ajeitou, ficou de pé e olhou para cima, na direção do buraco escuro onde seu irmão se escondera.

— Franklin James — gritou ela —, venha aqui agora ou vou contar tudo para a mamãe!

Não houve resposta. Wendy olhou para Anders.

— Pode me dar uma ajudinha para subir? Eu mesma vou tirar ele de lá.

— Eu não acho que você deva ir lá — disse Anders, olhando para o telhado e as paredes abauladas.

— E eu não acho que você deva me dizer o que fazer — respondeu Wendy, impondo o queixo pontiagudo para cima, os cabelos balançando ao vento como uma bandeira. Ela parecia tão durona que deveria estar empunhando uma espada, comandando um exército, ou matando um dragão. Com um movimento rápido, Wendy segurou a borda do degrau mais alto e lançou o pé para cima, escalando graciosamente em direção ao patamar. Ela agachou, olhou para dentro da casa, movendo-se bem devagar, como se tivesse medo de ir depressa e cair mais uma vez.

— Frankie — disse, sussurrando, para o silêncio empoeirado —, venha agora. Sua voz estava baixa, como se estivesse cochichando. — Meninos, eu não consigo vê-lo lá dentro.

— Talvez ele esteja se escondendo — disse Jack.

— Onde? É apenas um cômodo. Quatro paredes, quatro cantos. Não tem onde se esconder.

Wendy se levantou, agarrando o batente descascado da velha porta, por precaução.

— Frankie — chamou —, Frankie!

Sua voz ressoou nas paredes, soprando a velha escola e saindo pela porta escancarada. E, por trás das crianças, o som de alguém rindo.

— Quem é? — perguntou Jack, virando-se. — É o Frankie? Wendy, eu acho que ele saiu sorrateiramente e voltou para... *lá* — disse, sacudindo o braço em direção ao campo verde. Nada se moveu. — Eu juro que ouvi alguma coisa.

— Sim — disse Anders, observando a estrada —, eu também ouvi.

Crack. O telhado tremeu e ameaçou desabar. Um nevoeiro de poeira caiu pelo exterior das paredes e saiu pela porta. Wendy esfregou os braços nus.

— Está frio lá dentro — disse ela. — Por que está frio?

— Wendy — chamou Anders —, saia daí. Agora. O telhado está cedendo mais. — Outro estalo. E um longo e lento suspiro.

— Frankie está escondido — disse Wendy, a voz firme e sem tom, como se estivesse sonhando. — Eu só tenho de encontrá-lo, e aí nós iremos embora.

— Wendy — alertou Anders —, me escute. Frankie não está lá dentro. Você não está conseguindo vê-lo e não existe nenhum lugar ali para ele se esconder. Eu não sei como ele saiu sem que nós o víssemos, mas ele saiu, e, veja bem, Frankie é assim com você, não é?

A madeira seca estalou e rangeu. Mais poeira caiu das janelas sem vidros e da entrada sem porta.

— Eu só vou checar...

— Não, Wendy! — gritaram Anders e Jack ao mesmo tempo.

A construção estalou mais uma vez. Anders pulou na escada em escombros, segurou a amiga pelo braço e a puxou para o gramado. Ela gritou. A escola desabou, como um punho se fechando antes de dar um soco. O telhado entortou e se enroscou, e as laterais estremeceram e encolheram como um acordeão. Tudo que restou foi a entrada sem porta, o pilar e o lintel vermelho de tinta descascada e a poeira caindo de sua boca aberta.

Capítulo 18
Mais Segredos

JACK, WENDY E ANDERS OLHAVAM PARA A NUVEM DE POEIRA QUE FORA, minutos atrás, uma escola. Wendy se soltou dos braços do amigo, raspando os joelhos no cascalho.

— Frankie! — gritou ela. Virou-se para Anders e puxou sua camisa, sacudindo-o bem forte. — Tire-o de lá — ordenou.

— Mas — disse Jack, sendo razoável — ele não estava lá dentro. Você também disse que não.

— Bem — respondeu ela, andando em volta dele —, então onde ele estava? — Seu rosto se iluminou e Jack apertou os olhos. Ele sentiu como se estivesse encolhendo na frente da menina, como um pedaço de papel bem perto do fogo.

— Eu não sei — murmurou ele. — Parecia que tinha *alguém* em algum lugar atrás da gente.

Ou na frente. Ou debaixo. Não importava. Outra coisa que desafiava qualquer tentativa de explicação. *Nada nesta cidade faz sentido,* pensou Jack, esfregando a nuca com força. Tudo coçava. Tentou desesperadamente não pensar a respeito.

— Não importa onde ele estava — disse Anders, colocando as mãos nos ombros de Wendy e tirando-a de perto da escola. Ele fez com que ela andasse em direção à estrada. — Não podemos tirá-lo de lá, mesmo que ele *esteja* lá dentro. Jack, você acha que consegue encontrar a loja da sua tia sozinho?

Jack enfiou a mão no bolso para ver se o mapa que Clive havia desenhado para ele ainda estava ali. Sim, estava. Abriu o papel e viu as pequenas ilustrações bem-feitas, rabiscadas pelo velho: a casa, o colégio, a residência de Wendy e Frankie e a galeria. Havia até uma pequena imagem da antiga escola. Abaixo, como uma legenda, as palavras *Não vir aqui.*

— Ah — disse Jack —, sim, eu consigo encontrá-la.

— Ótimo. Então, corra. Conte a ela o que aconteceu. Sua tia vai saber o que fazer. Wendy e eu iremos buscar a mãe deles.

Jack correu. Passou por casas com senhorinhas sentadas na frente de portões e jardins onde criancinhas brincavam de pular corda e de amarelinha. Parecia que tudo se movia em câmera lenta. Tinha a impressão de que a cidade inteira olhava para ele. E que todos *sabiam* que Frankie havia sumido numa assustadora construção que desabara, e, o pior, que ninguém parecia se importar. E, de repente, era como se o mundo fosse feito de melaço ou cola e estivesse imperceptivelmente quase parando.

Mesmo sem o mapa, Jack não teria problemas em encontrar a galeria. O local de trabalho da tia Mabel era inconfundível. Não era difícil de reconhecer nem era comum.

A galeria se fazia notar.

* * *

As janelas haviam sido pintadas com galhos retorcidos e grandes flores, enquanto a porta informava o nome A FADA RAINHA em letras elegantes e desenhadas, que brilhavam douradas ao sol. O menino escancarou a porta e correu para dentro.

Um homem estava parado diante de tia Mabel. Era muito alto e forte, e inclinava-se para fitá-la nos olhos. Seu braço se estendeu na direção da mulher, e um dedo, longo e pálido, apontou. Jack freou. Teve vontade de jogar o homem no chão, fazê-lo apontar o dedo para outro lugar.

Ele sabia exatamente quem era o homem. Jack o vira sair do carro horroroso do sr. Perkins e entrar na casa mais bonita da cidade. Sr. Avery. Jack tremeu.

— Eu lhe dou uma semana, sra. Fitzpatrick — disse o homem. Sua voz era áspera e sem bondade. — Uma semana, e acabou. Depois disso, vai querer ter aceitado a minha oferta.

Tia Mabel sorriu, de forma doce.

— Não vou me esquecer. Muito obrigada pela visita, sr. Avery.

Jack ficou parado, observando a tia. Embora sua voz, como sempre, fosse calorosa, doce e acolhedora, como um bom prato de comida, seus olhos brilhavam afiados como facas. O menino disse a si mesmo para nunca, nunca tirar aquela mulher do sério.

O homem virou-se para ir embora e viu Jack pela primeira vez.

— Você! — disse ele. Seus olhos arregalaram-se por um momento, lívidos, antes de se apertarem como duas fendas. — Você, jovenzinho, enquanto estiver... — limpou a garganta — *conosco*, vai ficar longe do meu garoto. Ele não tem nada a ver com você.

Jack deu um passo para trás.

— Hum — disse ele, com a voz tremendo —, olá, senhor. É... um prazer conhecê-lo, finalmente.

O homem curvou os lábios em formato de gancho e dilatou as narinas, como que deixando claro para Jack que *prazeroso* seria o último adjetivo para descrever aquele encontro. Marchou até a porta, os sapatos engraxados fazendo um barulho surdo contra o piso de madeira, e foi embora.

Mabel estendeu as mãos sobre o longo balcão e fechou os olhos. Pela primeira vez, Jack notou que ela parecia idosa. E que mais alguém estava no recinto.

— Frankie? — disse ele, boquiaberto, sem poder acreditar no que estava vendo.

Mabel olhou para cima. Instantaneamente, a expressão cansada foi embora à medida que seu rosto se curvava em um sorriso.

— Sim, ele gosta de vir aqui de vez em quando.

A mulher sentou-se com força na cadeira de balanço que ficava perto da caixa registradora e suspirou. Frankie cruzou o cômodo e ficou perto de Mabel. O menino repousou a mão no ombro dela e encarou Jack com seus olhos suaves. Por um momento, mesmo que seus lábios não se mexessem, Jack sentiu como se Frankie estivesse falando. Mas ele não conseguia entender uma palavra sequer.

— Frankie, o que foi? — perguntou Jack, exasperado ao extremo, mas o momento havia passado. O menino era apenas Frankie novamente.

— Ele é o meu grande ajudante aqui — disse Mabel. — Há dias em que eu não saberia o que fazer sem...

A porta se abriu tão forte que bateu na parede com um estrondo. Wendy entrou correndo com uma mulher, que Jack presumiu ser a mãe dela.

— Ai, graças a Deus — exclamou a mulher, respirando e atravessando o cômodo, envolvendo Frankie em um abraço tão apertado que poderia lhe quebrar os ossos. O menino ainda conseguiu olhar, através da brecha entre o pescoço e o ombro da mãe, diretamente para Jack, que estava começando a se sentir irritado.

— Sra. Fitzpatrick — disse Anders —, foi a antiga escola. Ela... desabou.

— De novo? — perguntou Mabel, pálida. — Alguém estava... — engoliu em seco. — Alguém está... — Ela não conseguia continuar.

— Frankie estava lá dentro — disse Anders. — E, logo depois, sumiu. Pensamos que... — interrompeu-se, olhando para Mabel, que passou de pálida para cinza. — Mas nada... de *ruim* aconteceu, sabe? — O menino olhou nervoso para Wendy, que encarava o irmão e não percebeu.

Ele parece mais preocupado com Wendy do que com Frankie, pensou Jack. *Na verdade, ele não está nem um pouco preocupado com Frankie. Por que será?*

Mabel ficou de pé.

— Chá — disse ela, com um propósito indefinido, e a sra. Schumacher assentiu.

Enquanto Mabel servia a bebida da jarra que estava sobre uma toalha bordada, fez um sinal para que a mãe das crianças se sentasse na cadeira de balanço.

— Não está muito quente, creio eu, mas vai servir. Achei que eu gostava de beber um pouco de chá, mas o sr. Avery me prestou uma visita bastante desagradável, e o meu senso de horário ficou bagunçado.

A sra. Schumacher não se sentou, mas insistiu para que Frankie pegasse o lugar. Ajoelhando-se em frente ao menino, ela inspecionou seus olhos, o rosto deformado e as palmas das mãos. Olhou dentro de cada orelha, como se procurasse por explosivos, colocou a mão na testa do filho para sentir a temperatura e checou a pulsação dele.

— Você — disse a ele, a voz com uma combinação ameaçadora de exaspero e preocupação e amor — vai fazer com que eu tenha um ataque do coração. Está me ouvindo, jovenzinho? Você está *matando a sua mãe* — continuou, balançando a cabeça, ajeitando os cabelos e dando um beijo estalado na bochecha cheia de cicatrizes. — Você é um bom menino, Frankie. Na maior parte do tempo.

Ela se virou para Mabel.

— Será que você tem algo mais forte do que creme para pôr nesse chá?

Wendy sentou-se em um banquinho pintado que Jack achou estar à venda e pôs a cabeça sobre os joelhos, balançando o corpo levemente. Jack andou em sua direção e, sentindo que devia fazer alguma coisa, mas sem saber o quê, acariciou o ombro da amiga. Considerou falar algo como "está tudo bem, tudo bem", mas, felizmente, Wendy afastou a mão de seu ombro, com um movimento brusco.

— Eu não estou chorando — disse ela, os olhos vermelhos derramando lágrimas.

Jack olhou para Anders, que deu de ombros.

— Tudo bem — respondeu.

Mabel ofereceu um prato de biscoitos e disse às crianças para pegarem um refrigerante na geladeira se quisessem. Wendy alegou não estar com sede.

— Venha, Wendy, agora — disse Anders, e puxou a menina pelo cotovelo. Ela continuou a fungar.

Frankie encarou Jack. Não olhou para perto dele. Nem para cima. Olhou diretamente para o rosto dele, seus olhos de cores diferentes fixados na cabeça do amigo. Frankie enfiou a mão no bolso e pegou alguma coisa, segurou bem forte com o punho cerrado. Jack ergueu as sobrancelhas, e o menino assentiu quase que de forma imperceptível. Jack foi até a cadeira de balanço e se debruçou. Frankie pegou a mão dele e depositou algo duro, pesado e quente na palma, fechando os dedos em volta. Parecia uma pedra. Alongou-se para cima e colocou os lábios perto da orelha de Jack.

— *Não perca isso* — sussurrou, em claro e bom som.

Jack quase caiu.

— O que... Ai! — começou a dizer Jack, mas Frankie beliscou seu braço com força.

— O que foi, querido? — perguntou tia Mabel, dos fundos da galeria.

Frankie apertou os lábios, os olhos arregalados, suplicando por silêncio.

— N-nada, tia Mabel — respondeu Jack. — Nada não.

Sem afastar os olhos de Frankie, colocou o objeto no bolso. O menino assentiu e sorriu, de forma sinistra. Fez um movimento com a cabeça apontando para os fundos da loja, onde os outros estavam reunidos bebendo chá, e, então, olhou para Jack significativamente. Bem devagar, a boca de Frankie começou a formar palavras silenciosas:

Não conte.

Capítulo 19
Normal. Ou Não.

Naquela noite, Jack jantava sozinho em seu quarto enquanto seus tios estavam na casa do vizinho para conversar com um advogado sobre... bem, Jack não tinha certeza. Alguma coisa sobre a casa. Esperava que falassem também com um construtor, pois o imóvel estava se mexendo mais a cada dia que passava. Balançava e tremia tanto que rachaduras começavam a aparecer no teto e nas paredes, e as entradas dos cômodos esquentavam toda vez que ele tocava os batentes das portas, a ponto de quase queimar suas mãos.

— Acho que a fiação está ruim — disse Jack aos tios antes de saírem de casa. — É um milagre este lugar não ter pegado fogo ainda com a gente dentro. Ou termos sido esmagados pelo telhado.

Clive e Mabel sorriram de forma serena, e ela beijou as bochechas do sobrinho.

— Jack, querido, eu acho melhor você não abrir a porta para ninguém enquanto estivermos fora — aconselhou a tia.

— Quando é que alguém vem aqui? — perguntou Jack. E, agora que pensava a respeito, era realmente raro. As únicas pessoas que tinham ido até a casa desde que ele chegara a Iowa haviam sido ele, sua mãe e Wendy. Mas a menina entrara pela janela. Será que seus tios não tinham *amigos*?, pensou Jack.

— E, além disso, filho — pediu Clive —, acho que preferimos que você fique por perto de casa. Sem mais saídas durante a noite. Sua mãe não nos perdoaria se...

O menino balançou a cabeça.

— Ela nem perceberia.

E, antes que os tios pudessem responder, Jack se virou, partiu correndo para o segundo andar e fechou a porta do quarto, a fim de manter o pássaro e os gatos do lado de fora.

As janelas estavam escancaradas enquanto o sol se punha e a brisa soprava — quente, pesada e adocicada — em ondas. As trepadeiras do lado de fora haviam passado pela janela e entrado no quarto, espalhando-se pelas paredes, em todas as direções. Serpentearam pelo chão, embaixo da cama e desenharam formas ao longo do teto. Jack achou que deveria fazer alguma coisa, mas gostava do verde que crescia no ambiente. Fazia com que as estranhas peculiaridades da casa parecessem, de algum jeito, mais... *normais*. Recostou-se nos travesseiros, abriu o livro de Clive sobre o colo e colocou a agenda ao seu lado na cama.

Clive queria que eu lesse o livro, escreveu em seu diário. *E eu li. A maior parte. E, depois do que vi hoje..., bem, partes dele parecem não ser... completamente inventadas. Mas o que essa história tem a ver comigo? O Professor Avery — um avô do sr. Avery? Bisavô? — obviamente, ser um brutamontes assustador é coisa de família. Mas eu não sou ninguém.*

Jack se arrepiou e começou a formigar. A coceira estava piorando e, embora não visse nenhum calombo ou brotoejas, sua pele ficava vermelha toda hora por causa da constante fricção. Olhou para o livro aberto. Era outra página do diário do Reverendo, esta datada de 1854.

O que aconteceu com a criança? Querido Deus, mesmo após todos esses meses, a pergunta ainda continua alojada em meu coração como uma lasca de gelo!

O Professor Avery, juntamente com seu jovem filho e seus colegas, ficou comigo por semanas a fio, perguntando sobre a Dama que vive no subterrâneo — em Seu Mundo-Abaixo-do-Mundo. Eu disse que Ela é a Guardiã da Magia, mas que, mais do que isso, eu não saberia informar. Seria Ela fada ou anjo? Isso era um mistério. O que eu sabia era que, para uma criatura poderosa, a escolha de fazer o bem é o que há de mágico em si.

Eles colheram amostras e tiraram medidas e passaram longas horas vasculhando as páginas dos meus diários. Estavam particularmente interessados no incidente que acontecera após a perda do filho Dela — a criança no berço de bolotas de carvalho. Discutimos a minha teoria sobre uma troca mágica — o poder das palavras meu e seu *em um ponto de erupção. Pelo amor de Deus! Eu não sabia!*

Assisti a todos partirem ao alvorecer e irem em direção ao buraco na parte inferior do barranco. Nem ao menos se passaram duas horas e o céu enegreceu, e uma coluna de luz surgiu bem no centro da montanha.

Uma tempestade se formou como eu nunca vira antes e o mundo estremeceu. Então, em vez de uma coluna, formaram-se duas — uma coluna de luz e outra de escuridão. E, de repente, a tempestade cessou.

Os homens voltaram sem o filho do Professor Avery.

— Onde está o menino? — perguntei. Os homens sorriram. E, ah! Senti meu sangue gelar como nunca!

— Que menino? — responderam eles, suas bocas curvando-se em sorrisos lupinos. — Nunca houve menino algum.

Jack curvou os ombros, seus olhos apertados para ler a frágil caligrafia à meia-luz. Podia ouvir os tios voltando — seus passos lentos, as vozes baixas. O sol, que acabara de se pôr, retorceu-se em cores e luzes que se apagaram pelo vasto céu, livre de nuvens. O quarto continuava quente, e Jack pausava a leitura de vez em quando para pegar um cubo de gelo dentro do copo que estava no parapeito da janela e passá-lo na testa, na nuca e ao longo dos braços, sentindo o frescor em sua pele. Sabia que São Francisco deveria estar fria, nevoenta e úmida, e pensou por que nunca havia apreciado tais condições outrora.

Será possível que essa história seja... Jack parou. Não conseguiria escrever a palavra *verdadeira*. Cerrou o punho ao redor do lápis, agarrando-o, como se o objeto pudesse ser capaz de trabalhar por si só. Fechou o livro com força e deixou-o cair no chão, fazendo barulho. As tábuas vibraram com o impacto e soluçaram sobre os seus pés.

— Você deveria ser mais bondoso com esse livro — disse uma voz atrás de Jack. — Ele é delicado.

Jack se assustou. Sentiu sua voz travar na garganta. Virou-se. Wendy sentou-se no parapeito da outra janela. Seus cabelos estavam soltos e caíam levemente pelo pescoço. O rosto, avermelhado e quente. Equilibrou os cotovelos sobre os joelhos e debruçou-se.

— O que há com os galhos?

A voz de Jack parecia areia em sua boca.

— Nada — disse ele, tentando disfarçar. — Há quanto tempo você está me observando?

Wendy deu de ombros.

— Não muito.

Jack caminhou até a janela e olhou para baixo. Era vertiginosamente alto — pelo menos para se escalar. Uma roseira de flores alaranjadas subia em uma treliça branca naquela lateral da casa. O ar era adocicado, pesado e gostoso, mas se o aroma vinha das flores ou de Wendy, Jack não conseguia discernir. Sentiu a respiração se contrair no peito e deu dois passos para trás enquanto esfregava a nuca, nervoso.

— Tem algum espinho?

Wendy mostrou as mãos para o amigo. Estavam arranhadas e sangrando.

— Sim — respondeu. — Eu quero mostrar uma coisa a você. Seus tios estão lá embaixo, na cozinha, então a porta de entrada está fora de cogitação. Quer descer por aqui? É bem fácil.

Na verdade, ele tinha quase certeza de que não *conseguiria* descer pela treliça, mas de forma alguma admitiria isso. Além do quê, ele ficaria bem. E, de qualquer jeito, Wendy não esperou sua resposta. Com um sorriso torto e um suspiro, ela se debruçou e balançou o corpo para fora do parapeito.

Jack assistiu à cena com medo. Os braços e pernas da menina chicoteavam e se esticavam à medida que ela tentava chegar ao chão. Ele suspirou, engoliu em seco e colocou o corpo para fora da janela aberta. Na metade da descida, de alguma forma, enganchou o pé em um nó, muito apertado, de galhos grossos e velhos e, com um grunhido assustado, caiu com o traseiro em cima de um monte de grama aparada.

— Muito bom — disse Wendy.

— Será que eu preciso lembrar a você que não foi ideia minha descer pela janela no meio da noite? — retrucou Jack, levantando-se e limpando a bermuda cheia de grama, girando o tornozelo algumas vezes para se certificar de que não havia nada quebrado.

— Não é no meio da noite. — Wendy pegou a mão de Jack e começou a andar. — Mal escureceu — completou a menina.

Jack a seguiu, obediente, a imagem dos olhos roxos de Clayton Avery ainda bastante nítida em sua mente. Wendy, concluiu ele, não era o tipo de garota que ele gostaria de tirar do sério.

A pedra que Frankie lhe dera repousava pesada em seu bolso e parecia quente contra a sua perna. O motivo exato para ela estar quente Jack desconhecia, mas não havia ninguém a quem perguntar senão ao amigo, graças à sua promessa, e qualquer conversa com Frankie... bem, ninguém sabia quando ou se aquele garoto abriria a boca novamente.

Eles pararam em frente a uma casa verde-claro com dois portões e um telhado baixo e levemente inclinado.

— Esta é a minha casa — disse Wendy, soltando a mão de Jack e colocando a dela no bolso traseiro.

— Ah — exclamou Jack —, é muito... — interrompeu-se, lutando para encontrar um adjetivo — acolhedora.

Ele quase bateu na própria testa. *Sério, Jack,* criticou a si mesmo em silêncio. *Seja menos tosco.*

Wendy ignorou o seu comentário.

— Venha. É bem aqui.

Jack e Wendy atravessaram o jardim e passaram pelo emaranhado de galhos da aveleira até a extremidade do terreno. O milharal estava flexível e verde, e movia-se graciosamente com a suave brisa. As folhas ásperas chiavam ao toque. Jack esfregou a nuca.

— Para o que, de fato, estou olhando aqui — perguntou — além de pés de milho?

Ela o ignorou.

— Quando eu era pequena, Frankie desapareceu. Ninguém sabia onde ele estava ou o que havia acontecido. Minha mãe pirou. Ela ficava sentada no portão, olhando para fora, e Wendy fungou e afastou algumas lágrimas com as costas da mão.

— Sinto muito — disse Jack.

Wendy ignorou as palavras do amigo.

— A questão é que, logo após o desaparecimento do meu irmão, eu comecei a ver esse garoto no milharal — disse ela. Apontou para um carvalho jovem que ficava a quase cem metros à direita. — Foi onde eu o vi pela primeira vez. Mas ele parecia estranho. Era pequeno... bem pequeno, como um bebê, mas não tinha a forma de um recém-nascido. Tinha a silhueta de um menino, só que encolhido. E seus cabelos estavam em pé e eram verdes como folhas.

Jack bufou, embora tivesse instantaneamente se arrependido de tê-lo feito quando ela o rodeou, com o rosto incisivo e quente e lívido.

— Foi isso que eu *vi*. Não estou dizendo que posso explicar, ou que eu acredito sempre na minha visão. Mas, então, ele estava andando, sem rumo, e chorando. Mesmo quando eu não conseguia vê-lo, eu podia ouvi-lo chorar. *O tempo todo*. Ninguém mais conseguia. Eu tentei contar para a minha mãe, mas foi em vão. Meu pai simplesmente enlouqueceu. E tínhamos todos os policiais de Iowa cercando a nossa casa, e eu tentei contar a eles também. Não deu em nada.

— Que coisa — exclamou Jack. A história do garoto perdido fez com que se sentisse muito triste por alguma razão. *Pobrezinho*, pensou. — Então, o que aconteceu?

— Não sei. Por fim, decidi contar para a sua tia quando ela veio aqui com um monte de panelas e uniformes de escola. Mais tarde, ela voltou com o seu tio, e ele me fez todo tipo de perguntas. Fiquei feliz ao ver que *alguém* estava curioso sobre aquilo... que alguém acreditava em mim — respondeu. Wendy esfregou os olhos com as costas da mão e fungou algumas vezes. — Veja bem, parecia que todo mundo havia esquecido o que acontecera com Frankie. Os policiais não vieram mais. Minha mãe não falava sobre ele. E mesmo quando eu *perguntava*, as pessoas faziam caretas, como se não soubessem do que eu estava falando. E, cada vez mais, eu via aquele menino no milharal. Era como se ele estivesse tomando o lugar de Frankie.

Os braços de Jack se arrepiaram, e seus cabelos ficaram tão em pé que parecia que cada fio iria se desgrudar da cabeça e começar a voar. Ele *conhecia* aquela história de algum lugar. No entanto, não conseguia saber de onde.

— Então, Clive e Mabel vieram com umas câmeras esquisitas, livros e outros equipamentos. Falaram que estavam fazendo leituras, sabe-se lá o que isso queria dizer. Visitavam-nos todos os dias para checar como estava a minha família. Falavam sem parar sobre Frankie, até que meus pais se recordassem de que ele realmente havia existido. Pediram para que eu fizesse o mesmo. Aí, eles encontraram o meu irmão. Não sei como... eles simplesmente sabiam onde encontrá-lo. Mas, você sabe, ele estava... — interrompeu, com a voz vacilante.

— Diferente — completou Jack.

— Sim — fungou ela.

— E o outro menino? — perguntou Jack. — O do milharal?

— Nunca mais vi o garoto perdido.

Wendy repousou a mão no ombro de Jack. O céu estava completamente negro, e o brilho leitoso da lua acendeu os cabelos escuros da menina. Estava linda, pensou Jack. Ela deixou a mão cair.

— Eu era muito pequena, sabe? — Wendy se agachou e abraçou os joelhos. Manteve o olhar na suave extensão da fazenda à sua frente. Jack sentou-se ao seu lado, em parte esperando que uma criança chorasse no milharal. — Então, eu pensava em um monte de coisas bobas. Eu não sei se metade do que lembro foi um sonho. Mas achei que o menino havia levado o meu irmão ou, caso não tivesse sido ele, que talvez fosse o responsável por isso. Então, uma noite, antes de Frankie ser encontrado, eu fui atrás desse garoto no milharal e joguei uma pedra nele. Ele a pegou e, em um piscar de olhos, sumiu... e não foi só isso. Foi como se uma porta tivesse sido aberta e raízes de milho o envolvessem, levantassem e levassem-no embora. Como eu disse, eu era apenas uma criança boba e pensava várias coisas esquisitas. Mas eu juro que foi assim que aconteceu.

— Você jogou uma pedra no menininho?

Wendy deu de ombros.

— Eu era pequena também. Uma vez, quando estava na primeira série, joguei uma pedra em Clayton Avery e ele não sumiu chão adentro. Mas então, quando você veio para cá, eu pensei... — disse ela, olhando para o chão. — É idiota, mas eu pensei que você pudesse ser... bem... — interrompeu-se. Engoliu em seco e olhou para o amigo. — Pensei que pudesse me dizer quem machucou o meu irmão. E, principalmente, eu gostaria de saber se era você quem eu deveria culpar pelo acontecido. Eu só... pensei que talvez você fosse...

— Mas eu... — protestou Jack, começando a entrar em pânico — quer dizer, eu não sou...

— Eu sei, Jack. Eu *sei*. Não se preocupe. Sei que você é somente o Jack. E que é uma boa pessoa, e fico grata por ter nos ajudado hoje, e o que eu estou tentando dizer é que, bem, desculpe-me por pensar que era, você sabe...

— É — disse ele, esfregando a nuca —, não se preocupe.

Sua pele formigava, desconfortável, como se fosse partir-se em pedaços. Ele se controlou para não coçar.

— Bem, essa cidade já é estranha o suficiente. É bom ter um amigo que é, bem, uma pessoa normal — disse ela.

Deu ênfase à última parte, dando a impressão de que *gostaria* que assim fosse. Inclinou-se na direção de Jack e beijou levemente sua bochecha. E, então, limpou a garganta, se afastou e correu para a escuridão.

Capítulo 20
Não Entre em Pânico

Durante o dia seguinte inteiro, Jack não conseguia parar de pensar na história que Wendy lhe contara. Decerto os pais da amiga estavam corretos ao assumir que ela inventara a história sobre o menino do milharal... afinal de contas, ela era muito pequena. Ainda assim, Jack conseguia sentir a solidão daquele garoto como se fosse sua.

Se realmente havia um menino lá fora, por que ele estaria vagando por ali justamente na hora exata do desaparecimento de Frankie? A cabeça de Jack estava cheia de perguntas, mas não conseguia encontrar resposta alguma.

Mabel bateu à porta e entrou com um cesto de roupas limpas. Os galhos folhosos no quarto haviam crescido mais ainda durante a noite, mas, se ela os notou, não disse uma palavra. Passou por cima deles, despejou o cesto sobre a cama e olhou para o sobrinho longamente, com os dedos sobre os lábios.

— Jack, querido, está tudo bem com você? — perguntou. Colocou a mão na testa dele. Seus dedos eram frios e leves e, embora não tivesse a intenção de responder, só a sensação de alguém tocá-lo deixava-o tão feliz que pensou que fosse chorar.

— Não — respondeu ele, com sinceridade. — Não estou bem mesmo. Mas deixa pra lá. Não se preocupe com isso.

Jack virou-se, piscando os olhos com força, até a tia fechar a porta. Após secá-los com a bainha da camiseta, sentou-se à escrivaninha e abriu o livro.

Quando a criança Dela desapareceu pela primeira vez, Seus poderes diminuíram. O milharal murchou, o gado morreu, pássaros mortos caíram dos céus aos montes. O casal que havia levado a criança não tinha outra em sua posse para oferecer como troca. E a Magia se esvaiu, travada pelo luto.

— Jack? — chamou Mabel, abrindo a porta.

— Sim? — respondeu o menino, assustado.

A mulher exibia um sorriso largo e forçado no rosto.

— Minha irmã está ao telefone — disse ela.

— O quê? — perguntou Jack, olhando para ela, boquiaberto. Pensou por um momento e apertou os olhos. — Mas o telefone não tocou. *Ela* ligou para *mim* ou *você* ligou para *ela*?

Mabel deu de ombros e cobriu o bocal do aparelho com a palma da mão.

— Você quer falar com ela ou não? — sussurrou impaciente.

Embora suspeitasse que a mãe não tivesse ligado e, pior ainda, de que ela nem havia pensado nisso até que Mabel o fizesse, Jack pegou o telefone. Sentiu uma vontade súbita de chamar a tia de intrometida, mas resistiu.

— Oi, mãe — disse ele, e a tia saiu do quarto.

Aquela era a primeira vez que escutava a voz dela em três semanas. Não que ele não tivesse tentado entrar em contato antes. Além das tentativas de escrever cartas, dera uma chance ao sistema de correio de voz da mãe, ao celular do pai, ao celular dela e ao outro celular também, e aos assistentes de ambos. Todas as vezes que o fizera, ou os números eram discados errados ou sua voz emudecia. Algumas vezes, houvera erro nas torres de telefonia móvel ou as linhas ficavam loucas de repente.

Ele tinha tantas coisas para contar aos pais... ou, mais especificamente, tinha muitas perguntas a fazer. Eram tão numerosas que mantinha uma lista delas em sua agenda. A primeira era: *Por quê?* A segunda também era: *Por quê?*

No entanto, com a sua mãe falando sem parar do outro lado da linha, Jack encontrava-se agora mudo e constrangido, suas aventuras parecendo absurdas e vagamente ridículas, como se as tivesse inventado naquele momento.

— Mãe, eu estou tentando entrar em contato com você há semanas — disse.

— O que foi, querido? — perguntou ela, bocejando.

Era cedo em Iowa, então mais ainda em São Francisco. O que ela estava fazendo acordada àquela hora?, perguntou-se. Sentado à sua escrivaninha, pegou a agenda e começou a desenhar. Na beira da mesa, a pedra redonda que Frankie lhe dera cintilou. Continuava quente ao toque. Jack estava irritado e, ao mesmo tempo, fascinado por ela. Pegou-a e a manteve em sua mão.

— Papai está aí? — perguntou.

— Não, querido. Seu pai está no novo apartamento dele. É sério, docinho, a festa de boas-vindas foi ontem. Eu achei que você estivesse se divertindo.

— Que festa de boas-vindas? *Você* pode ter participado, mas *eu* não, mãe.

Mas, no outro lado da linha, a chaleira chiou e o micro-ondas apitou, e Jack não tinha certeza de que ela havia prestado atenção.

— O decorador esteve aqui ontem à noite até tarde — disse ela. — E você não vai acreditar no que esse lugar vai se tornar quando ele tiver terminado.

A mãe de Jack falou por um bom tempo sobre tecidos e mobília, sobre tarefas realizadas e que estavam por fazer. Contou sobre detalhes específicos do trabalho, pessoas que ele não conhecia. Falava como uma chefe atualizando um funcionário. Jack continuava a desenhar. Gostava de desenhar a mãe. Ela era alta e imponente, os olhos grandes e cabelos castanhos compridos, que tentava sempre manter longe do pescoço.

— Mas, *querido*... — disse ela, bocejando novamente — você *simplesmente* tem que me dizer o que tem feito...

Se ela estivesse interessada de verdade, Jack não teria sabido por onde começar. Para sua sorte, ela não estava e não permitiu que o filho falasse. Ele parou de ouvir o que ela dizia e focou sua atenção no som e no ritmo da voz da mãe à medida que o lápis fazia curvas e sombras, e formas surgiam em sua agenda. Terminou o esboço e parou quando percebeu ter desenhado uma figura passando por uma entrada escura.

Virou a página. Começou a fazer um novo desenho, desta vez da escola, mas isso o fez estremecer; então, virou a página mais uma vez. Desenhou outra imagem de Frankie, com metade do corpo esvaindo-se em uma nuvem cinzenta. Desenhou a pedra que o amigo lhe dera —

a cor brilhante de pérola com veios azuis rodopiando de forma aleatória como nuvens. Alcançou a extremidade da mesa e pegou a pedra. A sensação era boa — sólida, reconfortante e estranhamente quente.

— E só *espere* até ver o seu quarto novo. Eu sei que vai dizer que já tem idade o suficiente e que não quer sua mãe decorando o seu espaço por você, mas tem de ver o que eu escolhi.

— Eu tenho certeza de que qualquer coisa... — começou a responder.

— Coloquei trilhos ao longo das paredes para que você possa finalmente pendurar aquelas fotografias que ficam se amontoando em cima da sua mesa, e instalei uma prateleira inteira para que possa dispor os seus troféus e fotos do seu time.

Espera, pensou Jack. *Que fotografias? Que troféus?* Mas não disse nada.

— Quero que você entre em um quarto que simplesmente grite *Baxter.*

O telefone caiu sobre a mesa. Jack sentiu o sangue deixar seu rosto por um momento antes de voltar ao normal. Sentiu frio e, então, calor, suou até ficar pegajoso. Pegou o telefone de volta e segurou-o perto da orelha.

— Mãe — disse ele, tentando avidamente evitar a sensação nauseante que borbulhava em sua garganta —, com quem você acha que está falando neste exato momento?

— Hein? — respondeu a mãe, musicalmente, como sempre.

— Quem você acha que eu *sou*?

Jack ficou de pé. Ainda estava com a pedra na mão. O objeto esquentou rapidamente, até que se tornou desconfortável. Ele não se importou. Apenas a segurou com força.

— Querido, está muito cedo para esse tipo de...

— Eu não sou o *Baxter*, mãe. Eu sou o *Jack*. Jack! *Por que você não está me ouvindo?*

E ela *não estava*. Estava cantando — um som alto, leve, com palavras sendo ditas tão baixo que ele não podia entendê-las.

— Mãe — disse ele, tentando desesperadamente se acalmar —, é o Jack.

Ela parou de cantar.

— Ja-a-a-ck — disse ela, lentamente, como se estivesse pronunciando o nome pela primeira vez.

— Mãe, o que você... — Jack segurou a pedra com força em sua mão. Não aguentava mais. Batendo com o punho fechado ao tampo da mesa, gritou:

— *Clair!*

— Não há motivos para gritar, querido. Estou bem aqui.

— E onde eu estou, mãe?

— Bem, não seja bobo, docinho. Você está na casa do seu pai — respondeu Clair, suspirando em sinal de impaciência. — *Noite dos homens* — disse com deboche. — O que está acontecendo com você, afinal?

— Obrigado por telefonar, mãe.

— Do que você está falando, Baxter, querido? *Você* ligou para *mim*.

Clair contou a ele sobre a pequena senhora do primeiro andar, que dizia ser capaz de rogar pragas aos outros. Falou também sobre o seu novo motorista, as próximas eleições, o novo apartamento do ex-marido.

Eu não existo mais para ela, pensou Jack. *Eu sou o galho podre que foi arrancado.* Havia um caroço em sua garganta, pontiagudo como a barbatana de um tubarão. Ele tentou engoli-lo. Cuspi-lo. Mas a sua tristeza se enganchou profundamente em sua pele e não iria embora.

Jack não perguntou mais nada à mãe e, depois de um tempo, parou de ouvi-la também.

Capítulo 21
Liberdade, e Outros Riscos de Segurança

Ainda estava claro quando Wendy e sua família terminaram de jantar, mas sua mãe já caíra no sono, no sofá, assistindo ao telejornal. Wendy subiu, na ponta dos pés, para o segundo andar, a fim de dar uma olhada no irmão. Como sempre, ele dormia de barriga para cima, os olhos fechados, tranquilos, os lábios formando uma linha fina, e a respiração tão calma que somente quem o conhecia poderia afirmar que estava vivo. Ela calçou os sapatos e olhou a hora. Seu pai, que, além do emprego no Exchange, às vezes trabalhava no turno da noite como servente da escola, só chegaria por volta da meia-noite.

Tinha tempo, disse a si mesma enquanto fechava a porta da forma mais silenciosa possível e descia pé ante pé os degraus barulhentos de madeira. Ela era, afinal de contas, aquela com quem ninguém se preocupava. Wendy aprendera desde cedo que essa falta de preocupação se traduzia em uma abundância de liberdade. E também lhe garantia tempo para pensar.

Voltou mentalmente ao dia em que Frankie desaparecera, quando o garoto perdido aparecera no milharal, o menino que somente ela conseguia ver. Os policiais presumiram que estivesse mentindo. Diziam que ela queria ser *o centro das atenções*. O psicólogo chamava isso de *transferência*, e o pastor dizia que a menina estava construindo uma narrativa de heroísmo na esperança de encontrar o irmão ainda vivo. Adultos. Wendy sabia que eles falavam um *monte* de coisas. E, ao mesmo tempo que não seria *educado* de sua parte dizer a eles que suas ideias eram completamente *idiotas*, isso não a impedira de *pensar* tal coisa.

Wendy vira aquele menino todos os dias em que Frankie estava desaparecido. Ela o chamara, gritara para atrair a sua atenção, deixara tigelas de cereais e leite na beira de seu jardim, mas nunca o vira de perto. Quando Frankie regressara, cheio de cicatrizes e mudo, ela não contara sobre o garoto no milharal. E, de qualquer forma, depois de atirar aquela pedra, ele desaparecera; então, não importava tanto. Era melhor que algumas coisas não fossem ditas.

E, mais importante ainda, era papel dela descobrir a verdade sobre algumas coisas, porque, se esperasse pelos adultos que faziam parte de sua vida para contar-lhe a verdade, provavelmente esperaria sentada.

Dois meses antes de Frankie desaparecer, quando ambos tinham oito anos de idade, Wendy, o irmão e Anders estavam brincando com alguns garotos na antiga escola, atirando pedras porta adentro e gritando, rindo alto, quando não ouviram o barulho de uma delas atingir o chão. Em desafio, um menino chamado Anthony atravessara a porta. Ele não voltara. As crianças correram para casa, chorando, dizendo que a antiga escola havia desmoronado com o amigo dentro, mas, quando um bando de pais em pânico chegara ao local, a construção estava lá, como sempre, inclinada em sua base empoeirada.

Naquela mesma noite, os adultos esqueceram Anthony. Acusaram as crianças de terem inventado a história e um amigo imaginário. No fim da semana, a maioria das crianças havia esquecido o episódio do menino desaparecido — somente Frankie, Wendy e Anders pareciam lembrar-se — ou, pelo menos, eram os únicos a dizer que se lembravam. As pessoas chamavam-nos de malucos.

E, então, Frankie desaparecera. E, embora tivesse levado mais tempo para acontecer, pouco mais que uma semana, as pessoas começaram a se esquecer dele também. Wendy tivera de repetir o nome do irmão incessantemente, mostrar as fotografias quase apagadas para os pais, agarrar-se à memória por pura força de vontade. Eles se lembravam, ainda que vagamente.

Nos anos seguintes, Wendy retornaria à antiga escola com Anders. Passariam as mãos pelas paredes e pisos, procurando por... bem, qualquer coisa. Uma porta. Uma passagem secreta. Uma pista. Mas não havia nada. A construção se acalmara. Era somente um espaço vazio, empoeirado, iluminado pela luz do dia que permeava por entre os caibros que faltavam no telhado e nas paredes, e sem respostas em lugar nenhum. E nada havia acontecido de muito *estranho* até o dia anterior.

A antiga escola, então, decidiu Wendy.

Mesmo que não fosse por nenhuma outra razão, apenas para finalmente saber.

Ela *precisava* saber.

Capítulo 22
A Pedra

Estava quase no meio da noite e a lua brilhava como um holofote dentro do quarto de Jack. O vento ficou frio e seco de repente, e chicoteou as paredes, virando as páginas da sua agenda, que estava aberta sobre a escrivaninha. Jack murmurou e rolou na cama, abraçando o travesseiro e colocando-o sobre a cabeça.

Ouviu o som de uma batida.

Não, pensou, era mais um som metálico, em intervalos regulares. *Ding.* Silêncio. *Ding.* Silêncio. *Ding.* Finalmente, um *ding* bem alto, seguido de uma dor aguda no ombro. Jack sentou-se na cama, olhou ao redor, e viu que a dor havia sido causada por uma pedra que alguém atirara pela janela, voando facilmente pelo buraco na tela. O menino saiu da cama e cambaleou até o parapeito. Do lado de fora, o vento aquietou os grilos. Metade do céu estava iluminada pelo luar e por estrelas pálidas. A outra metade havia sido coberta por uma escuridão aveludada que se movia vagarosamente pelo céu. Logo, a lua deveria ficar encoberta. Logo. Mas não naquele momento. Em pé no quintal, iluminado por um feixe claro de luar, estava Frankie. Ele olhou para cima e acenou.

— Frankie — sussurrou Jack. — *Frankie.*

O garoto não respondeu.

— Ah, pelo amor de... não saia daí. Já vou sair. Vou levar você para casa.

Jack pegou uma bermuda e uma camiseta limpa, e estava prestes a ir até a janela quando poderia jurar ter ouvido uma voz dizer:

— *O Portal.*

— O quê? — perguntou Jack, olhando para trás, mas não vendo ninguém.

— *A pedra. Não esqueça a pedra* — disse a voz novamente, em um sussurro tão fraco quanto folhas se movendo.

— Mas quem... — disse ele, mas não continuou. Não importava quem dissera aquilo, concluiu. Era um bom conselho. Pegou a pedra — estava quente ao toque —, colocou-a em seu bolso e, respirando fundo, tentou descer novamente pela treliça. Torceu para que fosse mais fácil dessa vez. Mas não foi.

Ao chegar ao chão, Jack percebeu que fora um erro não vestir um casaco. Esfregou os braços com força, estremeceu e se aproximou de Frankie.

— O que está acontecendo? — perguntou, percebendo que o amigo não responderia. Frankie, com o corpo balançando para a frente e para trás, e as mãos irrequietas, mantinha o olhar na janela.

— O quê? — perguntou Jack. — Ah, você quer saber sobre a pedra? Olhe. Eu trouxe.

Ele notou que o amigo tinha os olhos muito vermelhos.

Frankie balançou a cabeça, impaciente, recuou alguns passos e levou as mãos até a parte de trás da cabeça, abrindo a boca.

— Frankie, o que houve?

O menino grunhiu, chutando o meio-fio. Finalmente, respirando fundo, agachou-se em frente a um montinho de terra na beira da estrada. Com o dedo, escreveu *Wendy?*

— Wendy? — perguntou Jack. — O que tem ela?

Mas, em resposta, Frankie caiu para a frente, ajoelhado, e emitiu um som gutural de dor. Levou as mãos ao rosto e apertou as cicatrizes.

— Frankie, pelo amor de... o que está acontecendo com você? — indagou Jack, alarmado. Inclinou-se para ajudar o amigo a se levantar, e sua mão tocou o montinho de terra com o nome de Wendy. Estava frio como gelo. — Mas que diabos? — disse, passando a mão sobre a escrita, apagando-a. Instantaneamente, o frio foi embora e a terra voltou à sua temperatura normal. Frankie caiu de costas sobre o meio-fio e gemeu.

— Eu vou chamar o meu tio — disse Jack, levantando-se, mas Frankie agarrou seu pulso e balançou a cabeça, bem rápido. O menino mudo ficou de pé, parou por um momento, apertou os olhos como se estivesse pensando, antes de dar um puxão bem forte no braço de Jack e caminhar com pressa rua abaixo.

— Frankie — chamou Jack —, espere um segundo, eu só vou pegar o meu... *Frankie!* Venha *aqui* agora.

Mas Frankie já estava na metade do quarteirão. A lua havia sido encoberta, assim como a maioria das estrelas. Na parte mais a oeste do céu, flashes de luz, com ocasionais raios, pulsavam e piscavam. Jack correu para alcançar o amigo.

— Este é o caminho para a sua casa? — perguntou. Jack achava que não, mas continuou andando. Frankie mantinha-se calado, nem demonstrava ter ouvido Jack falar com ele. Continuou andando firme, dando longas passadas.

Caminharam até chegar à casa da família Avery. Estava tudo apagado, com exceção de um cômodo na ala esquerda. A luz vinha da janela e refletia-se de forma estranha no gramado que ficava ao redor da construção. Mas era uma luz diferente de todas as que Jack vira. Era fria, e verde, e pesada, como metal transformado em luz. Jack afastou o olhar. Alguma coisa naquela iluminação fazia com que se sentisse enjoado.

Frankie cruzou o jardim, pegando uma cadeira do pátio e colocando-a na lateral da casa.

— Acho que não deveríamos ir lá. — Jack não se mexeu. Sua pele começou a coçar.

Frankie parou, virou-se, puxou o amigo pelo braço em direção à cadeira e subiu. Colocou as duas mãos na parede e olhou para ele, cheio de expectativas.

— O que foi? — perguntou Jack. — Você quer empurrar a parede para dentro? Isso seria bem delicado. Por que não usa logo uma granada?

Jack ergueu os braços. A chuva começou a cair.

É claro, pensou. *É claro que está chovendo.*

— Sério, Frankie. Vamos embora. Você pode dormir na casa dos meus tios, se não quiser voltar para casa. Tudo bem? Por mim está ótimo.

Frankie balançou a cabeça e enfiou a mão no bolso de Jack.

— Ei! O que você está fazendo?

Frankie sorriu e entregou a pedra para Jack. Em seguida, levou a mão do amigo e a pedra para o lado de fora da casa.

— Hum, e agora? — perguntou Jack, balançando a cabeça, e Frankie bateu os pés, impaciente. — Olhe, Frankie, apenas mostre o que quer que eu veja e poderemos ir embora. O sr. Avery me dá... ah! — Jack calou-se.

De repente, a pedra ficou muito quente. Frankie pressionou sua mão contra o punho fechado do amigo e assim o manteve, evitando que ele largasse a pedra. Uma pequena porta apareceu na parede da casa. Como se houvesse estado sempre ali. Uma porta pequena e velha, que parecia ser feita de madeira de celeiro. Jack poderia jurar que já tinha visto alguma coisa assim antes, mas não conseguia lembrar-se.

Frankie alcançou o cabo da maçaneta e a puxou, balançando-a para abrir a porta.

O lado de dentro era um cômodo muito bonito. Uma enorme mesa de mogno, brilhando de tão lustrada. As paredes possuíam painéis. Havia poltronas macias de couro com delicados pés curvos. Uma lareira com entalhes extremamente trabalhados emoldurando um estranho fogo que parecia frio e emitia um brilho verde misterioso. Jack se arrepiou.

Um homem alto, recostado em sua poltrona de couro, inspirou profundamente através de seu enorme nariz e levou o punho fechado ao tampo da mesa, com violência. Os quatro seguranças que estavam de pé na direção oposta se assustaram.

— Perkins! — rugiu o sr. Avery, assustando os homens novamente.

O funcionário passou pela porta, segurando uma bandeja cheia de comida e deixando cair um pouco no chão.

— Mil perdões, sr. Avery. Eu só queria fazer os sanduíches.

— Você pode parar de falar sobre sanduíches? — berrou o homem. — Francamente, Perkins. Na minha opinião, a sua falta de consideração é ultrajante.

Perkins fungou.

— Bem, senhor — disse, com a voz trêmula —, agora estou aqui. Podemos começar?

O sr. Avery grunhiu. Fechou os olhos por um momento, antes de abri-los lentamente à medida que inspirava o ar através das narinas infladas. Apoiou os dedos na frente do rosto, enquadrando as laterais e fazendo com que seus olhos parecessem maiores do que eram, com um estranho brilho frio à luz esverdeada que vinha da lareira. Tinha o queixo pontiagudo e as maçãs do rosto proeminentes, essas tão pálidas que tinham o tom de ossos.

Jack ficou parado do lado de fora na cadeira, a chuva fina e fria ensopando a sua camiseta, fazendo-o tremer descontroladamente. De repente, sentiu-se agradecido pela segurança que a mão do amigo, que envolvia seu punho fechado, lhe passava e não pôde deixar de perceber que ele também tremia.

Algum tempo depois, o sr. Avery tornou a falar:

— O sr. Fitzpatrick recebeu a opção de renunciar à casa para nós — disse o homem, sua voz ecoando pelo pequeno cômodo. Os seguranças, apesar de seus cassetetes e armas, curvaram os ombros e ficaram mais próximos uns dos outros, como crianças amedrontadas. — Já fizemos três ofertas, e todas foram recusadas. Existe um poder no número três, e agora esse poder está do nosso lado.

Os seguranças entreolharam-se, confusos.

— O senhor quer dizer o governador? — perguntou um deles.

O sr. Avery parou de falar.

— Claro — respondeu, com o mesmo tom de voz usado por adultos quando querem mentir para as crianças. — Obviamente. O governador.

Jack virou-se para Frankie.

— Ele está mentindo, não está? — perguntou. — Está falando sobre magia — cogitou. A palavra se agarrou em sua garganta sua como um espinho. Engoliu em seco. — Não é?

Em resposta, Frankie apertou a mão de Jack com um pouco mais de força, assentindo quase que de maneira imperceptível. O menino não parava de olhar para os homens na sala.

O sr. Perkins limpou a garganta.

— Com todo o respeito, senhor, demos a *ele* o número correto. Não a *ela*. Perguntamos à sra. Fitzpatrick uma só vez.

O sr. Avery bufou.

— A esposa não é problema nosso. Ela não pode fazer nada para nos atrapalhar.

— E o garoto? — perguntou um dos seguranças, sussurrando tão baixo que parecia o silvo de uma cobra.

Jack imaginou se era assim que uma serpente soaria caso pudesse falar.

O sr. Avery pigarreou.

— O garoto é a chave de tudo. É a razão pela qual não haverá nenhuma troca durante essa geração. Desde que ele esteja... — fez uma pausa novamente — *fora de cena*. Esse é o momento em que a Outra estará enfraquecida o suficiente para ser derrotada. Luto, amor: estes são os pontos fracos da Outra, e muito fáceis de explorar. Precisaremos estar de posse desse garoto chamado Jack imediatamente. Esta noite. Sem ele, o plano irá falhar. Alerte os policiais...

Jack deixou a pedra cair. A porta desapareceu.

— O quê? — gritou. Olhou para o rosto de Frankie, que estava em choque e tremendo. — O quê? — gritou de novo. Jack demorou um pouco para perceber que os lábios do amigo formavam palavras silenciosas.

Fique calado, diziam.

— O que foi isso? — berrou uma voz de dentro da casa.

— Tem alguém lá fora! — gritou outra voz.

Frankie se abaixou, pegou a pedra e a enfiou no bolso de Jack. O céu relampejou, abriu-se e começou a chover torrencialmente.

— *Corra!* — gritou Frankie.

Capítulo 23
A Descida

O PRÉDIO DA ANTIGA ESCOLA SURGIU, SUAS BORDAS BEM-DEFINIDAS em contraste com o céu brilhante, e Wendy diminuiu o passo. Seus sapatos de lona surrados ficavam cada vez mais pesados, e a ideia de seguir em frente de repente pareceu muito ruim. Ela parou de andar, enfiou as mãos na mochila e observou o terreno. As folhas mais altas do milharal refletiam as inesperadas cores vibrantes do céu — algumas partes brilhavam em um tom rosado, outras em roxo e outras mais em vermelho-vivo.

Na parte inferior, sombras se emaranhavam em todas as direções e ondulavam para longe dela. Era o mês de julho e o milho ainda estava baixo. Wendy podia ver o campo de um lado a outro. Em algumas semanas, a plantação estaria tão alta quanto ela, e, em um mês e meio, a estrada pareceria um túnel — um túnel muito escuro.

Wendy chutou a areia grossa da estrada, disse a si mesma que estava sendo muito boba, que aquela era apenas uma construção idiota, velha e caindo aos pedaços.

Ainda assim, o mistério se iniciara na escola e nunca fora solucionado. E, ainda mais: no fim das contas, ela precisava saber.

Wendy parou em frente aos degraus da antiga escola. Eles haviam sido consertados, reconstruídos, repintados e estavam brilhando. *Quem?*, pensou. *E por quê?* O céu multicolorido iluminou as paredes da construção e as terras ao seu redor com cores matizadas que se derramavam umas nas outras e ao redor de si mesmas como uma colcha.

De repente, Wendy sentiu-se cansada. Exausta. Tão exaurida que sabia que, se tentasse continuar de pé por mais um segundo, suas pernas não aguentariam. Lentamente, agachou-se no chão, mas, em vez de mato e terra, notou que se sentara sobre algo macio — uma cadeira, que, alguns minutos atrás, não estava ali.

Apoiou os pés nos degraus da antiga escola e afundou em almofadas feitas de penas e seda. À medida que o fazia, reparou que elas soltavam um aroma inebriante — flores ou perfume ou alguma outra coisa completamente... e, então, começou a sentir sono.

E talvez tenha dormido, talvez não.

Escutou o som de crianças rindo e gritando, o barulho de uma bola quicando, o tinido de um balde de metal sendo colocado no chão de terra, as cantigas ritmadas de pular corda e o som regular de pés. Mas não havia ninguém ali. As vozes se juntaram à sua frente e pareciam mudar de direção naquela brisa adocicada. Ecoaram pelo campo. Mas, quando a menina abriu os olhos, não viu ninguém. Somente a antiga escola, tão branca que parecia brilhar no sol forte. Tinha três andares, uma torre do sino, estreita e pontiaguda, que subia em direção ao céu como se tentasse perfurá-lo.

Wendy revirou os olhos e os cobriu. Enquanto observava a construção, letras começaram a aparecer na porta, como se estivessem sendo escritas com uma caneta invisível.

— *B... E... M...* — leu em voz alta. — *Bem-vinda, Wendy.*

— *Você não deve me deixar* — sussurrou uma voz vinda de algum lugar daquela maciez que estava ao seu redor. — *Você não deve ir embora como ele foi.*

Wendy sorriu.

— *Eu pertenço a este lugar* — sussurrou ela em resposta, como se estivesse sonhando. — *Assim como Frankie pertenceu um dia. E eu nunca, nunca irei embora daqui.*

Capítulo 24
De Novo

Jack e Frankie correram de mãos dadas, sem enxergar nada, em meio à escuridão e à chuva. Pelo menos, Jack não via nada. Frankie, graças a Deus, parecia saber onde estava indo.

Por quatro vezes, Jack olhara para trás por cima dos ombros para ver se estavam sendo seguidos, e só vira a estrada molhada, as casas em meio às sombras e as árvores pingando. Mesmo com o barulho alto da chuva, os meninos conseguiam ouvir uma sirene de carro de polícia. E outra. E mais outra. Uivavam como lobos, e estavam por perto.

Os garotos viraram em uma estrada com casas de um lado e um milharal do outro. As passadas de Frankie diminuíram um pouco quando ele olhou para a lateral da garagem de alguém. Agarrou a mão de Jack com mais força do que antes e correu para trás da primeira casa que viu. Em segundos, um par de faróis se moveu lentamente perto da esquina mais próxima e desceu a rua. Os meninos dispararam em direção ao canto escuro entre a casa e o galpão de ferramentas. Pressionaram seus corpos contra os tijolos pesados, quase sem respirar.

Jack tomou coragem e espiou pelo canto mais longe da casa. A viatura havia parado a uma distância de três casas rua acima, e dois homens saíram de dentro dela. Um deles tinha um cigarro pendurado no canto da boca, emitindo uma luz sem brilho na chuva escura. Ambos os policiais olhavam para o milharal do outro lado da estrada.

Jack se agachou, tentando manter-se na sombra. A água da chuva escorria com força do telhado, caindo em sua cabeça. Ficou mais molhado do que jamais estivera antes em sua vida. Os homens pareceram ficar observando o local por horas, mas, na verdade, não havia se passado mais do que alguns minutos. O que não fumava olhou para o parceiro e deu de ombros. O que fumava repetiu o gesto e jogou o cigarro fora na escuridão. Ambos voltaram para a viatura e partiram.

— Eles estão indo embora — disse Jack. Antes que pudesse terminar a frase, Frankie já o havia puxado para o próximo quintal. Moviam-se aos poucos, de jardim em jardim, olhando pelas laterais das casas para terem certeza de que não apareceriam mais carros. E não apareceu nenhum.

Quando chegaram à última casa do quarteirão, Frankie parou na porta de trás, checou a fechadura e puxou-a para abrir. Acenou para Jack com a cabeça, o que o fez acreditar que não havia perigos ali.

Normalmente, Jack teria se sentido extremamente desconfortável por entrar na casa de outra pessoa. Na verdade, além da casa dos tios, nunca tivera sido convidado para ir à casa de ninguém, ao que se lembrava.

Frankie guiou-o pela apertada saleta de entrada até chegarem a uma cozinha grande e limpa. Mesmo no escuro, Jack podia dizer que normalmente era iluminada e agradável. E acolhedora e seca. Frankie pegou algumas toalhas pequenas que estavam penduradas na alça do forno e ambos começaram a secar seus rostos. As luzes se acenderam e uma mulher vestida com um roupão encarava-os parada à porta. Suas bochechas eram tão pálidas que pareciam brancas, com exceção de duas bolsas avermelhadas abaixo de cada olho. Ela cruzou os braços em frente ao peito. Abriu a boca para falar, mas nenhuma palavra saiu. Frankie esticou o braço e pegou a mão do amigo.

Finalmente, Jack falou:

— O-Olá, sra. Schumacher. D-Desculpe acordar a senhora.

— Eu ainda não pensei em um castigo apropriado, jovenzinho — disse ela, em um tom de voz tão alto quanto um sussurro. Jack percebeu, com alívio, que a mulher estava olhando para o filho, e não para ele. — Mas não se engane, porque eu vou arranjar um — ameaçou. Levantou o queixo e olhou para a entrada da saleta. — E isso serve para você também, mocinha. Você acha que pode se esconder da sua mãe, mas não pode.

Frankie e Jack se entreolharam, e então se voltaram para a sra. Schumacher. Jack limpou a garganta.

— Bem... sra. Schumacher, Wendy não está com a gente.

— Ah, é o que ela gostaria que eu pensasse, não é? *Wendy! Venha cá agora!*

— Não, é verdade — disse Jack, dando um passo à frente. — Eu acordei e olhei pela janela, e foi quando vi que Frankie estava lá. Eu não sei. Só estava lá, em pé. Eu saí para trazê-lo de volta para casa e fomos surpreendidos pela chuva. Não acho que Wendy estava com ele em nenhum momento.

Jack se deu conta de que aquilo não era uma mentira. Não era a verdade por completo, mas sempre se orgulhara de nunca ter mentido antes, e ficou feliz por não ter começado naquele momento.

— E onde estava Wendy quando tudo isso aconteceu? — perguntou a sra. Schumacher. Apoiando a mão na quina da bancada, ela se debruçou. Jack pensou que ela fosse cair.

— Em lugar algum. Ela não estava lá. Eu só achei que...

A mãe das crianças empurrou Jack e começou a andar pela saleta, tirando os casacos dos cabides como se Wendy pudesse estar escondida atrás deles.

— Wendy — disse ela. — Wendy!

Jack ficou parado ao lado de Frankie, sentindo os soluços silenciosos do amigo atingirem seu corpo como ondas.

— Era por isso que você estava fora de casa — sussurrou para Frankie enquanto a sra. Schumacher procurava pela filha no primeiro andar da casa. — Você presumiu que ela estivesse comigo, mas não estava. E, então, você pensou que o sr. Avery... por que o *sr. Avery* saberia o que aconteceu com ela?

Lentamente, Frankie levou uma das mãos até as suas cicatrizes. Jack notou que elas pareciam piores do que antes — mais altas, mais vermelhas e levemente úmidas, como se tivessem infeccionado. Frankie olhou diretamente para os olhos de Jack por um rápido momento, antes de fechar os dele e começar a chorar.

— Então, você não acha que Wendy está... quer dizer, ela não poderia estar... — Jack não conseguia terminar a frase. Supôs que deveria fazer alguma coisa, talvez olhar dentro dos armários ou atrás das cortinas, mas parecia que seria em vão. Suas mãos estavam penduradas ao lado do corpo, imóveis, seus olhos não piscavam e, embora suas roupas molhadas fizessem-no sentir muito frio, ele não conseguia tremer.

A sra. Schumacher correu de volta para a cozinha, seguida de perto por um homem que Jack presumiu ser o pai de Frankie e Wendy. Ele não havia feito a barba e usava uma camisa de flanela com o short do pijama e chinelos. Parou em frente à geladeira, que estava coberta de papéis da escola e fotografias e listas de mercado e cupons da mercearia local. Com as mãos trêmulas, o sr. Schumacher pegou uma foto da filha, que estava presa por um ímã. A imagem mostrava Wendy em um campo de futebol, usando uma camiseta verde e segurando uma bola em um dos braços. Ela sorria. O que a fotografia não mostrava era a parte inferior do corpo da menina. As chuteiras haviam sumido e os protetores das pernas também. Até os joelhos redondos e machucados. A metade superior do corpo de Wendy flutuava no ar. Wendy havia sido parcialmente apagada.

— Margaret — disse o homem. Sua voz estava pesada e rouca de sono. — Ah, meu Deus, Margaret. De novo, não. *De novo, não!*

A sra. Schumacher não disse nada. Virou-se. Jack notou que os ombros dela tremiam. Ela abriu a porta de trás.

Não se via nada.

Nada além da chuva.

Capítulo 25
Quase Verdade

NAQUELA NOITE, ANDERS ACORDOU DE UM SONHO CONTURBADO. SEU quarto estava escuro, o silêncio era interrompido pelo som do ronco de seus dois irmãos que dormiam do outro lado do cômodo. Sonhou que Wendy estava sentada em um lugar que parecia uma cadeira quando visto de certo ângulo — e uma enorme mão quando vista de outro. No sonho, ele próprio estava sentado nos degraus da antiga escola. Era um menino muito pequeno, percebeu. Não passava do tamanho de um rato. Pulava para cima e para baixo, acenando com os braços, tentando chamar a atenção de Wendy, mas ela estava entorpecida e não o via.

Os degraus faziam barulho e tremiam. Anders ouviu o som de um bocejo e quase desmaiou com o odor do pior hálito matinal que já sentira. Lentamente, decidiu virar-se para trás.

Havia duas janelas, uma de cada lado da porta. Pelo que conseguia recordar, ambas tinham sido vedadas com tábuas enormes grafitadas por crianças em busca de um desafio. As tábuas foram retiradas, os desenhos não existiam mais, nem as janelas. Em vez de vê-las, Anders deparou-se com dois olhos gigantescos, que pareciam ter despertado fazia pouco tempo — olhos que estavam se abrindo. Em seu sonho, Anders pulava do primeiro degrau e aterrissava com força no chão de terra, projetando o corpo para a frente e machucando os joelhos.

Ele não parou. Foi até a cadeira (ou seria a mão?) e agarrou Wendy pelo sapato.

— Wendy! — gritou. Mesmo em seu sonho, ele sabia que a sua voz não era mais alta que um grunhido. — Wendy, você tem de se levantar daí. Precisamos sair deste lugar.

A amiga não o escutava — ou, se escutava, não demonstrava. Em vez disso, ela se acomodava ainda mais na cadeira. Os olhos na escola se abriram, e a porta não se parecia mais com uma porta. Era uma boca gigantesca, com lábios vermelhos.

— Eu *acordei*! — gritou a boca.

— Sim — murmurou Wendy. — Não é maravilhoso?

E, antes que Anders pudesse gritar *Não, certamente não é*, a cadeira se fechou ao redor de Wendy e a puxou chão abaixo. O lugar onde estiveram a cadeira e a menina começou a ondular e a formar um redemoinho, como se fosse água, suas ondas fazendo com que Anders perdesse o equilíbrio e fosse atirado ao chão.

— Wendy — sussurrou ele, mas ela já não estava mais ali.

Anders acordou enrolado nos lençóis. Estava suando e tremia.

— Volte! — gritou, mas sua voz falhou e estava rouca de sono.

Anders sentou-se na cama e olhou para os joelhos. Estavam doloridos e sangrando. Suas mãos, arranhadas também. Estalou os dedos. Esse tipo de coisa já havia acontecido antes — machucados oriundos de um sonho aparecendo em seu corpo na manhã seguinte. Seu avô sofrera de um mal parecido (embora sua avó dissesse ser besteira): certa vez, aparecera com um dedo quebrado. Anders sabia que alguns sonhos eram perigosos. Outros, *reais*. O que significava que os olhos na antiga escola, a cadeira que sumira com Wendy, o chão girando como água...

— Ah, não! — disse ele, sentindo o coração acelerar e o estômago pesado como chumbo. Wendy não tinha ido embora. Ela *desaparecera*. E não havia muito tempo para trazê-la de volta.

Capítulo 26
Pobrezinho do Reginald

O SR. PERKINS CHEGOU À CASA DA FAMÍLIA FITZPATRICK MUITO CEDO pela manhã, conforme decidido pelo grupo — ou seja, o sr. Avery decidira e todos os demais sabiam que não seria nada bom discordar. A ordem de demolição, que estava dentro de um envelope de papel pardo, tinha de ser entregue pessoalmente. Uma vez recebida pelos Fitzpatrick, eles teriam seis horas para deixar a propriedade. E, já que o tempo urgia, era essencial que os papéis chegassem a eles o mais rápido possível.

— Pegue-os quando não estiverem esperando que o façamos — disse o sr. Avery, inclinando o rosto pontiagudo para perto do sr. Perkins, tão perto que podia ver os pelos enrolados dentro do nariz de seu chefe. — O menino ainda não voltou para casa. Deixe-os pensar que ele está conosco. Faça-os *cientes* de que nós temos a última palavra. Se eles não cederem, serão esmagados. Não pararemos o progresso.

O sr. Perkins parou na porta de entrada da casa. Após uma noite ruim e chuvosa, a manhã estava linda. A avenida que dava na casa dos Fitzpatrick havia sido tão lavada pela chuva que parecia nova. Os campos de milho ao longe estavam verdejantes e o céu luminoso tinha um tom de azul que só poderia ser encontrado em pinturas.

O homem suspirou e enfiou a mão no bolso para pegar a sua tirinha de couro cru. Segurou-a com força na mão fechada ao bater à porta.

A porta se abriu antes mesmo que pudesse bater três vezes. Clive Fitzpatrick apareceu, com a barba por fazer e o rosto levemente enrugado, como se não tivesse pregado olho durante a noite — ou, se o fizera, não havia trocado de roupa. E, pela sua aparência, poderia muito bem ter passado a noite no chão.

— Olá, Reginald — disse Clive, com a voz cansada. — Faz um bom tempo que não nos vemos, não é?

— Sim, senhor — respondeu Perkins, sentindo-se repentinamente afobado e tímido. — Quer dizer, professor Fitzpatrick. Sim, faz.

Perkins fora aluno de Clive Fitzpatrick na disciplina Pensamento Mágico quando cursava Literatura Ocidental, antes de ter sido forçado a desistir na metade do curso. Clive — ou professor Fitzpatrick —, generosamente, negara-se a dar um zero a Perkins, como faria o restante do corpo docente. Em vez de reprová-lo, listara o curso como "Interrompido" e enviara a Perkins uma mensagem que dizia: *Caso queira voltar, com certeza será aprovado.* Só que Reginald não o fizera.

— Bem, garoto — disse Clive, virando-se e entrando na sala de estar, sem fazer barulho —, conversar na entrada de casa não é muito o meu estilo. Feche a porta quando entrar. Ficaríamos muito gratos se nos acompanhasse em um chá na cozinha.

O sr. Perkins ficou parado, em silêncio, chocado. Não esperava ser convidado para tomar um chá. Na verdade, mal podia se lembrar da última vez que fora convidado para alguma coisa. Ordenado, sim, mas nunca convidado.

— Obrigado — respondeu, em voz baixa, fechando a porta.

A cozinha dos Fitzpatrick era uma daquelas cozinhas bem-iluminadas que davam para o leste, a fim de receber a luz matinal. Raios de sol entravam pelas diversas janelas, espalhando-se pelas superfícies de azulejos azuis das bancadas, pelo chão e pelo tampo polido da mesa.

Clive já havia sentado ao lado de Mabel, que parecia tão cansada quanto o marido. Um enorme papagaio voou do topo da geladeira e aterrissou na mesa, entre a xícara de chá da mulher e a torrada intocada do marido. A ave virou a cabeça para o sr. Perkins e lançou-lhe um olhar enraivecido — e possivelmente mortal — com seus olhos pretos como botões. Abriu o bico em formato de gancho e emitiu um som tão alto que pareceu partir o crânio do homem em dois, fazendo-o questionar-se se tornaria a ouvir perfeitamente.

— Está bem, Lancelot — disse Mabel.

O sr. Perkins não sabia se aquilo fora uma bronca ou um elogio.

— Sente-se — convidou Mabel. O homem sentou-se. — Chá? — perguntou, derramando um pouco do líquido dentro de uma caneca azul-claro.

Reginald tentou *agradecer*, mas estava tão atônito que só conseguiu deixar sair um grunhido. Mabel revirou os olhos.

— Sr. Perkins — disse Mabel, apoiando as mãos na mesa como se procurasse por equilíbrio. Suas mãos eram muito bonitas, ele notou. — Nós tivemos uma noite longa e desagradável. Tenho certeza de que não precisamos lhe contar que o nosso sobrinho desapareceu. — Mabel fez uma pausa e olhou para o homem, de forma dura e fria. De repente, Perkins sentiu-se tão gelado que pensou que a sua pele fosse capaz de rachar. Mabel limpou a garganta e continuou: — Ou que o seu chefe parece ter providenciado que a nossa linha telefônica e a nossa energia fossem cortadas. *Isso,* sim, foi uma bela jogada. — Fez outra pausa. Bebeu um gole de seu chá e colocou a xícara sobre o pires de um jeito que o sr. Perkins achou vagamente sinistro. — Tendo em vista que provavelmente teremos um dia igualmente longo e desagradável, eu gostaria muito se o senhor pudesse nos dizer o que veio fazer aqui, para que possamos voltar à bagunça que estão as nossas vidas no momento.

— Embora — complementou Clive — estejamos muito felizes em vê-lo.

Clive olhou para a esposa como se a repreendesse. Mabel suspirou.

— Sim, sim — disse ela, rapidamente. — É sempre um prazer receber ex-alunos à nossa mesa. — Mabel pressionou os lábios com força, como se quisesse dizer algo mais, mas preferiu não fazê-lo.

De repente, o sr. Perkins sentiu os olhos começarem a marejar e o lábio inferior a tremer. De longe, fora a coisa mais gentil que alguém jamais lhe dissera. Ele limpou a garganta.

— É claro, é claro — disse, tentando soar ao máximo como um homem de negócios. — Há tanto a se fazer, não é? Ocupações, ocupações, ocupações, pressa, pressa, pressa. — Limpou a garganta de novo. Clive e Mabel olharam para ele em um silêncio constrangedor. O sr. Perkins puxou sua mala e a colocou sobre os joelhos, abrindo-a. — Como vocês estão cientes, as Indústrias Avery se ofereceram generosamente para construir uma nova estrada conectando o elevador de grãos à cidade.

— E que elevador de grãos seria esse, querido? — perguntou Mabel.

O sr. Perkins engoliu a saliva, mas sua boca ficou tão seca que ela grudou em sua garganta, fazendo-o engasgar. Tentou se acalmar bebendo um gole de chá, mas acabou queimando toda a parte interna da boca.

— Bem — respondeu ele, retraindo-se —, seria o elevador que vai ficar no terreno onde hoje é a antiga escola.

— Ah — disse Mabel, colocando um pouco de creme em sua própria caneca e bebendo um gole em seguida. — Então, o seu chefe está pretendendo demolir a nossa casa para construir uma estrada que irá até uma estrutura que ainda não existe — completou ela, repousando graciosamente a sua xícara sobre o pires, de uma forma que o sr. Perkins considerou estranhamente perigosa.

— Sim, senhora, é isso mesmo.

— E as outras casas no quarteirão. Estão também fadadas à demolição?

— Bem, não, não no momento, senhora, mas assim que o projeto...

Mabel não deixou o homem terminar de falar.

— Então, o que você quer dizer com isso é que, enquanto o restante do quarteirão está na mira desse projeto valiosíssimo, o que eu tenho certeza de que é, o seu chefe decidiu que, por ora, somente a *nossa* casa será desapropriada e demolida. Como, me diga, por favor, essa estrada irá funcionar com as outras casas em seu caminho? Os caminhões irão desviar? — perguntou, cruzando as mãos sobre o colo.

O sr. Perkins puxou papéis e mais papéis detalhando o projeto e a ordem judicial, assinada pelo governador (sob pressão, claro, mas, de qualquer forma, assinada), que permitia ao sr. Avery se apossar da casa da família Fitzpatrick.

— É claro que vocês serão indenizados — disse o sr. Perkins. Conseguiu ouvir o tom de lamentação em sua voz e sentiu-se envergonhado. Limpou a garganta. — Amplamente recompensados — esclareceu.

Mabel esticou os braços sobre a mesa para segurar a mão de Perkins. As mãos de Mabel, ele notou novamente, eram quentes e fortes, e extremamente bonitas.

— Meu querido sr. Perkins.

— Reginald — corrigiu Clive.

— Sim. Reginald. Você pode dizer ao seu patrão que nós não damos a mínima para toda essa papelada ou para as ordens de despejo, e também que eu o mandei enfiar tudo isso no traseiro.

Mabel ergueu as sobrancelhas e, por um terrível momento, o sr. Perkins preocupou-se, achando que ela fosse rir. Ninguém ria do sr. Avery e ficava isento de punição. Ninguém.

— Nós não deixaremos esta casa. Preferiríamos morrer. Sinceramente, ele é um tolo por nos pedir isso.

O sr. Perkins engasgou. Com a sua mão entre as de Mabel, sentiu que a dele começara a suar e a tremer.

— A senhora não tem ideia de com quem está lidando — sussurrou. — Ou do que ele é capaz de fazer.

— Meu querido — disse ela —, ele também não. Os planos dele irão por água abaixo. Na verdade, já foram... só que ele ainda não percebeu. Agora, se você nos der licença, tenho certeza de que consegue encontrar o caminho de saída. Meu marido e eu temos muitas coisas a fazer.

O sr. Perkins juntou seus inúmeros papéis e enfiou-os de qualquer jeito na maleta, balançando a mesa ao tentar fechá-la. Ainda assim, havia pontas de papel saindo pelas bordas de metal. Murmurou alguma coisa que parecia ser sobre negócios e vagamente perigosa, mas que acabou soando mais como um *obrigado*, e dirigiu-se à porta.

— Rapazinho, eu notei — ouviu Clive dizer enquanto caminhava pelo vestíbulo — que você anda com um pedacinho de couro cru.

Garoto esperto. As histórias sobre o couro não são verdadeiras, é claro, mas são *quase*. Não é o *objeto* em si, mas a *crença* nele que importa. A sua alma pertence a você enquanto escolher mantê-la para si. Se o couro cru o ajuda a acreditar, então, tudo bem. Só *não o perca*.

Capítulo 27
— *Parados!*

Jack viu Wendy.

Ele a chamou, mas ela não respondeu.

— Estou aqui! — gritou Jack, mas Wendy caiu sobre os joelhos.

Ele estava de pé ao lado de uma parede clara e flexível que, quando empurrada, empurrava-o de volta. Ele socou a superfície, mas não conseguia quebrá-la. Avistou uma mulher usando um vestido feito de teias de aranha e musgo inclinar-se sobre a menina, suas asas de gafanhoto farfalhando, ansiosas. Viu quando essa mulher levou as mãos à boca aberta de Wendy e puxou... *alguma coisa*. Assistiu ao corpo da amiga se iluminar, apagar e morrer como uma casca seca. Jack gritou.

— *Mãe!* — berrou ao acordar, o suor pingando do rosto, a respiração chacoalhando dentro do peito.

Embora Jack não se lembrasse de ter ido dormir na casa dos Schumacher, encontrou-se acordando em um quarto que ele não reconhecia. Sua camisa havia secado quase por inteiro durante a noite e sua bermuda também, com exceção da cintura e um pouco da parte de trás. Presumiu estar deitado no quarto de Frankie, em uma daquelas camas para hóspedes que ficam entre a cama principal e o chão. Frankie estava dormindo, de boca aberta e suspirando, com rastros secos de lágrimas em seu rosto deformado. Jack se sentou.

Algo pairava em sua mente. Algo importante.

Procurou pelos sapatos, e os encontrou, inexplicavelmente, sob o travesseiro, o que explicava a dor chata que sentia no pescoço. A pedra em seu bolso esquentou e vibrou, forçando-o a lembrar-se das narinas dilatadas do sr. Avery. Seus olhos salientes. A luz verde que o deixara enjoado. As palavras *fora de cena* penduradas no cômodo, como um laçarote. Não havia dúvidas sobre o que o velho queria dizer com aquilo.

Por que o sr. Avery queria vê-lo morto?, indagou-se. O que ele tinha a ver com o velho?

Jack olhou para Frankie, que soluçava enquanto dormia. As cicatrizes em seu rosto pareciam recentes. *Que tipo de ferimento fica assim por quatro anos?* Jack não sabia. Desceu a escada sem fazer barulho e deixou a casa.

A cidade estava calma; as ruas, vazias. Jack respirou aliviado. Para sua surpresa, encontrou seu skate na grama. Teria ele trazido para a casa de Frankie na noite anterior? Com certeza, ele não conseguia *lembrar-se* de tê-lo feito. Ainda assim, era mais rápido do que caminhar. Subiu no skate, deu um impulso com força e deslizou rua abaixo.

Tinha uma noção de onde Wendy poderia ter ido. Afinal de contas, era ela quem estava procurando respostas.

Jack aumentou a velocidade na direção da antiga escola.

* * *

Anders saiu de casa sem calçar os sapatos. Achou que assim seria melhor. A estrada estava molhada, a grama, úmida e enlameada. O lodo esguichando entre os sapatos o irritava. Mas a manhã estava muito bonita, ensolarada e sem nuvens, e logo tudo estaria seco novamente. Além disso, precisava ter os pés no chão.

Cruzou a fazenda do vizinho em direção à antiga escola.

Ou para onde ficava a antiga escola.

Ela sumira. Não estava mais ali. Nenhuma nuvem de poeira, telhas empilhadas, paredes caídas ou tombadas, escombros. Não havia nem sequer uma lasca de madeira ou um prego perdido no local onde a construção uma vez se encontrara. Apenas um retângulo perfeito de grama, curta e aveludada, como um campo de golfe, em um tom de verde forte e intoxicante.

Anders parou à beira do gramado, ponderando se deveria pisar nele. Deu de ombros e entrou no retângulo. Estava quente, seco e agradável. Muito agradável mesmo.

Colocou as mãos nos bolsos. Apoiou o peso do corpo nos calcanhares, pensando se deveria ficar ali o dia todo. Na verdade, pensou que poderia tirar um cochilo. O verde se enrodilhou em seus pés, subiu por suas pernas e envolveu o seu corpo até a cintura. Havia uma coisa que Anders deveria estar fazendo — pelo menos tinha essa impressão —, mas não conseguia lembrar o quê. Fechou os olhos, jogou a cabeça para trás, a fim de sentir o calor do sol. Viu luzes brilhando como lantejoulas e uma menina no céu, olhando para os campos ao vento acima de sua cabeça. Anders sentiu um choque agudo e repentino na sola dos pés e duas mãos agarrando sua camisa e quase arrancando-a.

— *Não!* — gritou a voz atrás dele. — *Anders também não!*

Anders sentiu como se estivesse sendo dividido em dois. Finalmente, o verde que prendia suas pernas o soltou, fazendo com que ele caísse de costas, rolando no chão de terra. Machucou seus cotovelos e joelhos, mas nem percebeu. O que percebeu, *de fato,* é que estava acordado.

Também se deu conta de que a pessoa ajoelhada atrás dele era Jack.

— Está tudo bem com você? — perguntou Jack, examinando Anders.

— Eu vi a Wendy — respondeu, olhando para o retângulo de grama verdejante. Não havia marca alguma do corpo dele, nenhuma parte amassada ou pisoteada onde ele estivera.

— Você estava *afundando* — disse Jack.

— Você não está me ouvindo — disse Anders. — Eu *vi* a Wendy. Ela está aqui... em algum lugar. Abaixo do solo, eu acho.

Jack balançou a cabeça.

— Não, *você* não está me ouvindo. Era como se fosse... areia movediça ou algo do gênero. Só que verde. E estava puxando você para baixo. Tinha envolvido o seu corpo até a cintura quando eu o tirei daí.

Jack estava ofegante e suas mãos, tremendo. No entanto, o retângulo de grama *parecia* sólido o bastante, embora ondulasse ao puxar Anders cada vez mais para baixo. E mais — quando Jack puxara Anders para fora, *algo* tentara puxá-lo de volta.

Eu sei o que é isso, uma voz se pronunciou na cabeça de Jack. O menino tentou afastá-la, mas não conseguia fazê-la ir embora. No livro de Clive, havia referências a algum tipo de armadilha — uma rede de almas. Mas *como* algo conseguiria "pescá-las"? O que se *faz* com uma alma, afinal?

Anders se agachou perto do retângulo de grama. Respirou fundo, inalando lentamente e esticando os dedos na direção do verde, deixando-os pairar alguns centímetros acima da vegetação. A princípio, nada aconteceu. Então, um talo de grama se desenrolou, esticou-se e agarrou a ponta do dedo do menino. E então outro. Até que uma porção de folhas, do tamanho da palma da mão, borbulhou para a frente, estourando na direção do menino. Anders se afastou.

— Sabe — disse ele com ponderação, pressionando os lábios com os dedos e apoiando os cotovelos sobre os joelhos —, meus irmãos gostam de caçar coelhos. Você já comeu coelho ensopado?

Jack ergueu uma sobrancelha e balançou a cabeça. Anders deu de ombros.

— Eu não posso dizer que gosto muito, mas eles adoram. A questão é que eles têm muita coisa a fazer, com a escola e os esportes e a fazenda. Não sobra muito tempo para caçar, sabe? Então, eles começaram a fazer essas redes. E são muito boas — eles fizeram um design bem bacana. Nunca falha. Mas não é o suficiente para pegar *qualquer* coelho, entende? Quando se caça, a gente quer pegar os que são *rápidos, fortes, espertos*. Se você comer um coelho bobão, o gosto não será muito bom, compreende?

— Não, não mesmo — disse Jack, ficando cada vez mais preocupado e confuso.

Anders suspirou e ficou de pé.

— Para pegar os coelhos fortes, saudáveis e espertos, você tem de realmente *saber* como eles funcionam. Tem de *querer* capturá-los. Essa coisa aqui — disse o menino, apontando para o local onde ficava a antiga escola — *atraiu* a Wendy. E nós também. E outras crianças como a gente. Crianças *curiosas*. Você acha que isso é de propósito? Acha que Ela está procurando algum *tipo* específico de...

— Ela? — perguntou Jack, entrando em pânico. — Do que você está falando?

Anders enfiou as mãos nos bolsos e inclinou o corpo sobre os calcanhares descalços. Examinou os campos, a estrada e o céu.

— Acho que o que estou querendo dizer é que precisamos sair do campo aberto. E que deveríamos conversar com o seu tio.

— Mas por que deveríamos sair do campo... — começou Jack, mas olhou para o alto.

Uma viatura de polícia acelerou na curva e cantou os pneus ao frear. Dois policiais saíram do carro.

— *Parados!* — gritaram.

— Por isso — disse Anders, com raiva.

Capítulo 28
Amanhecer

— ALVO LOCALIZADO — INFORMOU O RADIOTRANSMISSOR DO POLICIAL sobre a mesa — ao lado da rodovia 20 com outro jovem. Não precisamos de reforço. Câmbio.

O sr. Avery suspirou alto e desligou o som do rádio. Sentou-se em sua cadeira enorme e confortável. Na maior parte dos dias, ela parecia um trono e ele se sentia um rei. Mas naquele dia, não. O sr. Avery sentia diversas coisas, mas o sentimento de majestade não estava entre elas. Não dormia havia dias. Pensou se algum dia voltaria a descansar.

— *Horace* — disse o rosto na lareira. — *Hooorrrraaaacccee.*

O homem se encolheu. Odiava o nome Horace. Mesmo quando ele era criança, as pessoas o chamavam de sr. Avery.

— Horace — disse Ela novamente, e Seus lábios não possuíam mais a cor de madeira. Nem os olhos. Seus lábios estavam vermelhos. Os olhos passaram de sem vida para dourados, e então se iluminaram com um tom de verde lívido e venenoso. Ela piscou, sorriu e piscou novamente antes de sumir de volta na madeira. Ainda não estava acordada. Pelo menos, não totalmente. Mas os olhos piscavam cada vez mais, desde que o menino chamado Jack chegara à cidade. Primeiro ali, no Quarto Reservado, depois no prédio do Exchange, e até na grama, nas paredes da escola e gravados nas calçadas da rua. Certa vez, um milharal inteiro se moldara no formato de um rosto, piscando os olhos e bocejando intensamente através da boca enorme e cheia de dentes. Como se quisesse engolir todas as almas que se encontravam vivas. Ele estremeceu. A lareira se acalmou e voltou a ser o que sempre fora. O homem levou as mãos ao rosto e pressionou levemente os olhos, tentando se livrar da dor — e dos olhos Dela.

O rosto apareceu mais uma vez na lareira. Ela retesou as bochechas, olhando de um lado a outro. Sua pele continuava da cor de mogno polido. Os dentes de madrepérola, brancos como nuvens. Ela sorriu. O sr. Avery engasgou e gemeu. O sorriso Dela era, ao mesmo tempo, lindo e terrível. Era capaz de fazer com que um homem caísse de joelhos, de roubar a alma de seu corpo, deixá-lo vazio como uma casca seca. Na verdade, isso quase sempre acontecia. O sr. Avery rangeu os dentes e se acalmou para não se descontrolar.

— Garoto esperto, meu querido Horace. Muito esperto. Seu irmão era assim também, não era? Ah, tão esperto.

— Nem tanto — murmurou ele.

Mal conseguia lembrar-se do nome do irmão, embora tivesse assistido à troca, muitos anos atrás, quando era apenas um garoto. Lembrou-se do bebê no berço de bolotas de carvalho ao lado de seu irmão — uma criança com o nariz que não parava de escorrer e com o dom de fazer perguntas irritantes. Seu pai e a Dama disseram *seu* e *meu*. O chão estremeceu. A luz piscou. A Magia correu em sua pele como eletricidade estática. E seu irmão desapareceu para sempre.

É assim que tem de ser. E. O sr. Avery *deveria* ter tido dois filhos. *Deveria*, mas não teve. Isso não foi muito esperto.

— Não — concordou Ela. O cabelo esvoaçante ao redor de Seu rosto, como se estivesse ventando. À medida que ondulava, o sr. Avery podia ver milho e trigo e capim alto balançando na direção do horizonte e do céu. Ele quase chorou de tão bonito que era. — Não muito esperto, afinal de contas — disse Ela, fechando os olhos. Desapareceu. Reapareceu. — Eu estive dormindo, Horace. E eu não gosto de dormir.

— Uma consequência que não foi intencional.

— Uma consequência da sua negligência.

Ele abaixou a cabeça.

— Da minha negligência — repetiu, embora completasse para si mesmo: *da minha falta de planejamento. Da minha fraqueza.*

— Onde está o seu filho? — perguntou Ela.

— Não está disponível — sussurrou o sr. Avery.

— Estou fraca, Horace. Sinto frio. Isso, querido, é culpa sua. Minhas necessidades são poucas. Uma alma basta. Talvez duas. Talvez mil. E o seu filho. Lembra-se? *Seu. Meu.* Esse era o acordo. Sempre foi o combinado. Seu pai não era tão difícil assim.

— Não — respondeu em voz baixa. Seus pés estavam frios, suas mãos, geladas. Ele sabia que estava fazendo calor lá fora, mas, quando Ela aparecia, saía fumaça de sua boca e seus dentes rangiam. — Desculpe-me, mas isso está fora de cogitação.

— Tudo bem — disse ela. — Aguente as consequências.

— Há uma alma esperando-A no subsolo — comunicou ele.

O sr. Avery sentiu o momento em que a menina dos Schumacher caíra na armadilha. Era *sempre* capaz de sentir, como uma descarga elétrica que vinha debaixo da terra e corria até os seus ossos. Ou, pelo menos, costumava ser assim. A Magia, graças à troca que não dera certo, era apenas uma reles sombra do que costumava ser. Ainda assim, quando Wendy fora tragada pelo solo, ele pudera *sentir*. E, embora a alma da menina, por enquanto, estivesse intacta, ele sabia que seria capaz de sentir — como um chute na boca do estômago — o momento em que ela fosse levada. Ele já estava preparado.

— Uma garota — suspirou a Dama. — Garotas são *espinhosas*. Especialmente aquela. Preciso estar mais forte para ceifar a alma dela. Preciso *estar... acordada*. Diga-me, querido, onde, por acaso, está o *meu* filho?

— Seu pela metade.

— De fato — disse ela. — Uma mãe dividida em duas. Ainda assim, eu sempre tomo o que é meu, não é, Horace?

— Ele está resguardado. Se o eliminarmos na frente da Sua Outra, poderemos eliminá-La para sempre. Seus poderes aumentarão, assim como os meus. Sem mais... *mal-entendidos*. Estou pensando apenas no que é melhor, minha Dama. Serei sempre o Seu servo.

O sr. Avery passou os dedos sobre as sobrancelhas. Apesar do frio, estava suando através das roupas — um suor pesado, gotejante e fedorento, cheirando a medo.

— Bom — disse Ela, desaparecendo, adormecida, na madeira. — Irei descansar — murmurou. — Mas não por muito tempo.

Capítulo 29
Rotas de Fuga

A sra. Avery estava escutando atrás da porta fechada. Ela não deveria ter ouvido, obviamente. Mas ouviu. Como sempre ouvia. Quando Clayton era mais novo, e já estava claro que ela não poderia ter outro filho, ela ouvia todos os dias, chorando em silêncio, com as mãos no rosto, juntando o máximo de informações que conseguia para arquitetar um plano.

Acabou que o plano não saiu tão *bom* quanto imaginara, e foi uma pena o que aconteceu ao menino Schumacher, é claro, mas uma boa mãe deve proteger os seus. Myrtle Avery nunca teve ambições de se tornar uma *mulher* notável; no entanto, era e seria sempre uma mãe exemplar. Seu filho deveria ser protegido. Ela faria por onde.

Encostou os dedos na superfície polida da porta, em busca de equilíbrio. Ela era pequena, tinha a pele muito branca, feições delicadas, o corpo miúdo, e estava sempre usando roupas marrons, óculos grandes e redondos, que aumentavam os olhos castanhos e faziam-na parecer uma coruja espantada. Piscou rapidamente, lutando contra as lágrimas. A voz de seu marido tremia. Myrtle só ouvira sua voz assim em duas ocasiões: a primeira vez fora no dia de seu casamento, e a segunda, quando transmitira o seu plano para uma mulher do outro lado da porta. Uma mulher que a sra. Avery nunca conhecera. Uma mulher cuja voz assombrava seus sonhos.

Eu estive dormindo, Horace, disse a voz da mulher. *Eu não gosto disso.*

Não foi culpa minha, pensou a sra. Avery, desesperada. *Eu exigi aquilo que qualquer mãe exigiria.*

Onde está o seu filho? A mulher do outro lado da porta tinha uma voz tão escorregadia quanto uma corda no pescoço. Era sutil, baixa, sombria. A sra. Avery estremeceu.

Não está disponível, ela ouviu o marido dizer. Mas a voz dele era fraca, e *ah*, como ele parecia acanhado.

A sra. Avery se afastou da porta e desceu a escada sem fazer barulho. Foi até a cozinha na ponta dos pés, com a respiração ofegante e rápida. Forçou-se a ficar calma. Forçou-se a não gritar. Abriu a gaveta de coisas sem importância, e procurou afobada pelas chaves do carro e os óculos de sol. Correu para o quintal dos fundos, esquecendo-se dos sapatos, da bolsa e de se preocupar com o que não lembrara.

— Clayton — sussurrou. — *Clayton!*

Clayton Avery estava perto da garagem, jogando uma bola contra a porta e agarrando-a com uma luva bastante surrada. Ao ouvir a voz da mãe, jogou a bola e a luva nos arbustos de hortênsias ao lado da garagem. Jogar bola naquele lugar — ou até chegar perto dele — era contra as regras da casa.

A sra. Avery abriu o portão dos fundos e fechou-o sem fazer barulho.

— Ah — disse o menino, sorrindo para a mãe como um vencedor. — Oi, mãe. — Fez uma pausa. — Onde estão os seus sapatos?

— Entre no carro — sussurrou a mulher, abrindo a porta na direção da garagem.

— Por quê?

— Shhhh — disse ela. Olhou para casa por cima do ombro esquerdo e estremeceu. — Não fale nada. Entre no carro.

Bem, a última vez que sua mãe lhe dissera para entrar no carro sem explicar o motivo fora para enganá-lo e levá-lo a uma consulta médica, que durara uma hora, com uma mulher que queria saber tudo sobre *o que ele sentia*. Depois disso, Clayton se recusara a acompanhar a mãe a qualquer lugar em que ela fosse de carro, a não ser que lhe dissesse exatamente aonde iria e deixasse claro se haveria comida envolvida.

Mas, naquele momento, os olhos de sua mãe estavam esquisitos e vermelhos. E ela não estava levando a bolsa. E jamais sairia de casa sem os sapatos, a não ser que fosse um caso de emergência.

Clayton entrou no carro.

A sra. Avery tinha amigos em Des Moines. Companheiros bibliotecários que conhecera em conferências e que promoviam jantares adoráveis em que todos falavam sobre livros e política e tendências socioculturais. Desde que ela se casara, raramente encontrava-se com eles. Ainda assim, continuava enviando-lhes cartões de Natal todos os anos e recebia outros em resposta.

Se ela aparecesse na porta de suas casas, eles jamais lhe dariam as costas. Certamente a receberiam. Nunca alguém seria capaz de negar ajuda a uma mãe com um filho, pensou ela.

Clayton sentou-se no banco do passageiro. Sua mãe notou que ele, disfarçadamente, soltou o cinto de segurança e se acomodou. Colocou na boca dois pedaços de um chiclete fedorento e agora o mastigava com vontade, fazendo bolas enormes e deixando-as estourar com um som irritante e molhado.

— Tem um saco de lixo ali. Vamos jogar o chiclete fora.

— Não — disse Clayton, olhando para a janela. Tinha chiclete nos cabelos. Como bibliotecária, a sra. Avery era fundamentalmente contra chicletes e não se importaria se a sua venda fosse proibida na cidade, ou até mesmo no país.

A mulher olhou para o filho. Seu menino querido.

— *Agora!* — gritou.

— Tá bom, tá bom. *Deus do céu, mãe.*

O chiclete caiu de sua boca. Clayton errou o saco de lixo e o deixou cair no chão. A sra. Avery respirou calmamente pelo nariz. Decidiu deixar passar. Havia mais coisas em risco.

— Mãe, por que estamos voltando para a casa? — perguntou Clayton.

— Clayton, querido, estamos indo para Des... — Ela não conseguiu terminar a frase.

Inexplicavelmente, a mulher dirigiu o carro de volta para casa e o estacionou.

— Que bizarro — disse ela, balançando a cabeça. — Aqui estou eu, no piloto automático. Em uma hora como essa — completou. Posicionou o carro para sair e acelerou.

Cinco minutos depois, eles estavam de volta à casa.

— Mãe, por que estamos... — disse ele, com a boca novamente cheia de chiclete.

— Calado — respondeu ela. Passando os dedos pelos cabelos, ela agarrou uma mecha perto da nuca, segurando-a com a força. — Apenas dirija — disse a si mesma —, só continue dirigindo.

Decidiu ir para o norte. Não conhecia ninguém por lá, mas conseguiria chegar à rodovia, que saía da cidade em vez de entrar nela. Poderiam ficar em um hotel, talvez. Ou dormir sob as estrelas em um campo. Acelerou o carro e agarrou o volante com a mão livre. A rodovia era larga e rápida, mas, após um minuto, notou que começava a fazer uma curva — a princípio, imperceptível, mas, com o raio da curva diminuindo, tudo que podia fazer era permanecer na via em que se encontrava. Quando passaram pela placa que dizia BEM-VINDO A HAZELWOOD, só lhe restava seguir em frente e não chorar. A avenida serpenteou ladeira acima e desembocou nas ruas da cidade. Ela dirigiu devagar até o topo da colina, a floresta densa do Barranco Henderson surgindo lentamente à sua direita.

— Tudo bem — disse ela, com mais positividade do que já dissera qualquer coisa em sua vida. — Não tem problema. Sem problemas mesmo. Pegaremos a velha rodovia 20. Que dá em...

— Mãe — disse Clayton —, o que é aquilo na nossa casa?

— Filho, o que eu lhe disse sobre não falar? Não há nada em... Ai, meu Deus, *o que é aquilo?*

Era uma nuvem. Ou melhor, era alguma coisa que parecia uma nuvem. Era grande e fofa, feito uma bola de sorvete, como aquelas nuvens de desenho animado ou livros de histórias. E estava flutuando sobre a casa deles. A sra. Avery parou o carro no meio da rua. A construção estava envolta em sombra. Podia ver que quatro janelas haviam sido quebradas e as calhas, arrancadas por um vento muito forte. Enquanto olhavam, a construção parecia envelhecer rapidamente.

A pintura — efetuada havia seis meses — descascara e esfarelara no chão como neve. As tábuas estavam tortas. O portão, empenado. Outra janela se quebrara. E mais outra.

A nuvem que sobrevoava a casa escureceu, ribombou, e a chuva começou a cair. Um raio atingiu o jardim ao redor da construção.

— Mãe?

Mas a sra. Avery não respondeu. Aquilo já havia acontecido antes — o dia em que dissera que a mulher que estava do outro lado da porta não poderia levar o seu filho. O dia em que ela fizera o marido alterar o acordo. A nuvem começou a circundar o telhado e a redemoinhar. Ela olhou para a floresta escura à margem da estrada. Existiam histórias sobre o barranco, mas eram apenas *histórias*. Ninguém sabia sobre a mulher sussurrando na residência da família Avery. A mulher que queria o seu filho. Se Clayton não pudesse escapar, poderia, pelo menos, se esconder.

A sra. Avery sentiu uma vontade súbita de chorar, que ameaçava explodir em seu peito. Arfou e virou-se para o filho, segurando seu rosto entre as mãos.

— Corra. Corra *agora*. Vá até o Barranco Henderson e abaixe-se. Encontre galhos e cubra-se, e não saia de lá até que eu chame você.

O rosto de Clayton passou de branco para vermelho. O menino começou a chorar. Escorria coriza de seu nariz redondo, e a sra. Avery secou-a com as costas da mão.

— Mas...

— Eu continuarei dirigindo. Se tivermos sorte, aquela coisa achará que você continua dentro do carro e irá me seguir.

Ela beijou a cabeça do filho.

— Corra. *Não deixe ninguém ver você.*

A sra. Avery esticou o braço à procura do corpo do filho, repousou a mão rapidamente na curva de sua bochecha e inspirou com toda força o perfume do menino. Abriu a porta do carro e o empurrou para fora. Fechou a porta e partiu, deixando Clayton na estrada, chorando e com medo. Ela não se permitiu olhar para trás.

Capítulo 30
Wendy no Subterrâneo

Wendy estava no escuro. O céu havia desaparecido, o gramado havia desaparecido. A cadeira e a mão com as unhas pintadas de vermelho e a placa de boas-vindas e a linda escola haviam desaparecido, desaparecido, desaparecido. A menina tossiu e cuspiu. Havia terra em sua boca, terra em seu nariz.

Uma voz sussurrou na escuridão — seca, calma e áspera, como uma folha de outono prestes a cair em direção ao nada.

Será que ela... seria ela...

— Olá? — tentou dizer Wendy, mas engasgou. Havia cascalho entre seus dentes. Barro em sua língua. Cuspiu novamente.

Será que ela é como nós? Será?

Não, criança. Aquela ali está viva.

Como o menino? Ela é como o menino?

Ele era um garoto de verdade.

Um dia eu fui um garoto de verdade.

Você, nunca!

Eu fui! Eu sei que eu fui!

Silêncio! Não a assustem.

A última voz soava mais velha do que as outras, masculina, levemente pomposa, como a de um professor substituto. As demais pareciam de crianças.

— Onde estou? — indagou Wendy. Ela cuspiu mais algumas vezes e começou a sentir o ambiente ao seu redor. Estava encostada em uma parede curva feita de terra batida — embora não estivesse muito firme. À medida que Wendy deslizava os dedos ao longo das laterais, podia sentir um fino pó esfarelando-se em suas mãos.

Deveria ser bastante óbvio onde você está, menina.

Ahhhhhh! É uma menina! Eu acho que eu era uma menina.

Você não era nenhum dos dois.

Você não acredita em ninguém.

Eu quero tocá-la.

Para trás, todos vocês! Se ela for embora, vão se arrepender!

— Parem de falar — disse Wendy para a escuridão. — Deixem-me pensar. — Ela apertou os olhos o mais forte que pôde e abriu-os bem devagar. Nada. Breu. Tentou novamente. Dessa vez, conseguiu enxergar pontos fracos de luz — tão fracos que mais pareciam ilusão de ótica. Ainda assim, como se fosse melhor do que nada, apoiou-se nas mãos e nos joelhos, e começou a engatinhar em direção aos límpidos fragmentos de luz que brilhavam no escuro.

Volte aqui, mocinha.

— Não estou certa de que vocês sejam reais — disse ela. — Pode ser que eu esteja sonhando ou esteja acordada. No fim das contas, dá quase no mesmo. Não importa o que aconteça, você só irá conhecer metade do que está se passando. E, ainda assim, não terá certeza. Eu falarei apenas *comigo mesma*, obrigada.

Não fazia diferença, disse para si, entre falar *consigo mesma* e conversar com vozes imaginárias. De qualquer jeito, teria enlouquecido. Decidiu que encontraria uma saída, louca ou não.

Eu realmente gostaria que você parasse e ouvisse, criança. Tenho algumas perguntas a fazer.

— *Você* tem perguntas — disse Wendy, bufando e inclinando-se para examinar os pontos de luz bem de perto. Eram feitos de vidro. Pegou dois deles e segurou-os em suas mãos. Como apertou-os demais, cortou a palma da mão esquerda.

— Ai! — exclamou.

Ah! Crianças! A voz mais velha chegou perto. Ela parecia sem fôlego e animada. Em meio à escuridão, Wendy revirou os olhos. Aquela voz soava exatamente como um daqueles professores substitutos, cheios de pompa, que faziam com que ela desejasse jogar algo neles. *Observem como ela consegue segurar o espelho da Dama em suas mãos. Locomoção é um dos atributos daqueles que possuem tanto um corpo* quanto *uma alma. Vejam como a pele humana é delicada — um cortezinho, e se rasga como uma folha, e sangra.*

As vozes infantis arfaram. Exclamaram um *ohhhhh* em uníssono.

As nossas eram assim? Sangrávamos também? Outra voz de criança. Baixa e assustada. Para Wendy, aquilo era intensamente perturbador.

— Sangrar não é grande coisa. Acontece com todo mundo.

Não conosco, disseram várias vozes, tristes.

Wendy ignorou-as e examinou os cacos de vidro em suas mãos. Se aquilo era um espelho, era diferente de todos que já vira antes. Em primeiro lugar, aquilo tinha luz própria. Ela já havia ouvido falar de plantas e animais que viviam no escuro, fazendo que com que sua pele se iluminasse como se fossem seres mágicos. Mas nunca sobre um espelho como aquele. Em segundo lugar, ele parecia ter duas superfícies refletoras, em vez de uma. E, em terceiro lugar, não refletia nada que estava à sua frente. Outras imagens apareciam nas superfícies brilhantes, e piscavam e mudavam. A menina viu uma ave multicolorida sobrevoando uma rua vazia, seus olhos negros fazendo uma varredura no local, em todas as direções. Viu uma casa roxa com hera crescendo nas paredes e para dentro das janelas, suas ramificações se movendo sobre o telhado como se procurassem por algo. E viu também dois garotos parados em frente a um retângulo de grama enquanto uma viatura derrapava, a fim de parar diante dos dois.

— Anders! — gritou. — Jack! Tirem-me daqui!

Capítulo 31
O Longo Alcance da Lei

— Sabia que essa é a segunda vez que vou preso desde que cheguei aqui? — sussurrou Jack para Anders.

— Calado, garoto — disse o policial. Assim como seu parceiro, ele tinha um cigarro aceso na boca, que balançava para cima e para baixo enquanto falava. Jack imaginou se as cinzas não voavam na cara um do outro e, caso voassem, se eles se importavam. A fumaça subia ao redor de suas cabeças e engrossava o ar.

— Você pegou o Portal? — perguntou Anders, em um tom de voz tão baixo que não parecia mais do que um suspiro.

— O que foi que disse, moleque? — perguntou o policial que estava no banco do passageiro.

— Nada, senhor — respondeu o menino. — É que os cigarros estão atacando a minha alergia. — Anders tossiu algumas vezes para provar o que dissera.

— Certo — disse o outro policial, sentado ao volante, dando mais um trago. — Sem mais conversa.

O carro serpenteou pela cidade, fazendo retornos e dando tantas voltas nos quarteirões que Jack ficou tonto. O policial que estava no banco do passageiro falava ao rádio, tentando descobrir o que deveria fazer com os dois meninos, mas parecia que o equipamento não estava funcionando.

— Escuta, aqui é a viatura cinco-nove-zero. Nós...

— Não é apropriado usar o sistema de escuta para listas de mercado — disse a voz de uma mulher, em tom conciso, no rádio. — Vocês devem discutir sobre sacos de salgadinhos quando seu turno acabar.

— Não, escuta, estamos com o menino...

— Não estamos querendo *pepino*. Procuramos um *menino*.

— *Não*, estamos informando que prendemos...

— Eu não dou a mínima para o que vocês pretendem, oficial. Esse não é o momento para brincadeiras. Temos uma busca acontecendo e o emprego de todos nós está em jogo.

E assim prosseguiu.

Os policiais, nos bancos da frente, praguejavam e reclamavam.

— Preste atenção — disse o motorista. — Eles só estão fazendo isso para que a gente o leve até a *delegacia* e *eles* ganhem a recompensa.

— Não me diga — retrucou o outro —, mas podemos dançar conforme a música. Esperaremos até sabermos onde o velho Avery se encontra. Vamos entregar o garoto diretamente a ele.

Os policiais ligaram o rádio e tentavam ouvir com atenção, como se a estática do equipamento piorasse a cada segundo.

Anders e Jack se entreolharam.

— Isso é ridículo — disse um dos homens.

O outro apontou para uma patrulha que estava em frente a uma casa.

— Olhe, lá estão Johnson e Clarke. Vamos falar com eles.

— Mas eles vão querer parte da recompensa. Não vou dividir a quantia por quatro.

— Melhor do que não receber nada. E é exatamente isso que a gente vai ter se os idiotas da delegacia colocarem as mãos no garoto. Você acha que *eles* vão nos pagar?

O policial parou a viatura e os dois saíram do veículo.

Anders olhou para Jack.

— O Portal — sussurrou. — Você está com ele?

— *O quê?* — perguntou Jack.

— A pedra. Aquela que o Frankie deu a você.

— Mas como você...

Anders balançou a cabeça, impaciente.

— Pula essa parte. Você sabe como usá-la?

Jack tirou a pedra do bolso. Vibrava e esquentava em sua mão, e as veias azuis brilhavam lívidas em contraste com a superfície perolada.

— Não — respondeu Jack, finalmente. — Criou uma... não sei como dizer... janela ou algo do gênero. Frankie usou para que a gente pudesse ouvir uma conversa.

Embora soubesse que aquilo tudo era *verdade*, Jack se assustou com o fato de suas palavras parecerem tão improváveis. E com o quanto a sua voz soava como se alguém o tivesse pegado numa mentira.

— A pedra abre uma porta — disse Anders, lentamente. — É só pressioná-la contra uma parede e dizer para onde você quer ir ou o que quer ver.

Jack balançou a cabeça. — Faça você.

— Eu não consigo — retrucou o amigo. — Pelo menos, não aqui. Você vai ter de me puxar depois que passar. Frankie e eu tentamos em vários lugares. Não conte para Wendy.

Anders empalideceu só de pensar na reação da menina. E continuou:

— Ela não sabe disso. E me mataria se soubesse. Voltando ao assunto, Frankie só conseguia fazer com que a pedra funcionasse se ele estivesse bem em cima de um ponto de erupção. Eu podia ficar um pouco afastado, mas não muito. Tenho certeza de que *você* pode usá-la em qualquer lugar.

— O que você quer dizer com *eu posso usá-la em qualquer lugar*? Por que *comigo* seria diferente? E, de qualquer forma, Frankie conseguiu. *Ele* abriu a janela quando estávamos do lado de fora da casa do sr. Avery.

Jack estremeceu. O som da voz do velho dizendo *fora de cena* ainda o atordoava.

— Tem certeza disso?

Jack pensou por um momento. Frankie pressionara sua mão contra a parede, mas havia sido Jack, não ele, que segurara a pedra e pensara *"O que está acontecendo lá dentro que ele quer que eu veja?"*. Teria sido *Jack* quem fizera o Portal funcionar sem se dar conta disso?

— Mas... — tentou dizer Jack, mas sua boca estava seca. — Por que vocês não podem usá-la? Por que eu?

Anders balançou a cabeça.

— Ah, Jack — respondeu. — Você ainda não adivinhou? Será que não vê que... Ah! Rápido! Eles estão vindo. Abra uma porta.

— Mas eu não sei como.

Anders pressionou a mão do amigo contra o encosto do banco de trás da viatura.

— Você *sabe* como, mesmo que não se dê conta disso. Diga para onde deseja ir. *Concentre-se.*

— Ei! — gritou o policial mais alto. — O que vocês dois estão fazendo? *Ei! Parem com isso!*

— *Agora, Jack!*

O menino balançou a cabeça. Não havia como. *Eu só quero ver a minha mãe*, pensou em desespero. *Eu só quero ir para casa*. Fechou os olhos.

E uma porta surgiu. Abriu-se para a escuridão. Jack e Anders entraram.

Capítulo 32
O Grupo de Busca

Passaram-se quatro horas até a polícia chegar. Nesse meio-tempo, o sr. e a sra. Schumacher procuraram pela casa inteira e nos arredores. Ao entardecer, o sr. Schumacher fora até a delegacia, mas encontrara apenas uma despachante cansada, e ela lhe informara que a tropa inteira estava focada em uma busca e que precisara ficar ali até que liberassem um policial para anotar a ocorrência.

— Preencha o formulário de pessoas desaparecidas e eu farei o registro — disse, com gentileza.

O sr. Schumacher sentou-se segurando a caneta sobre o papel por dez minutos, tentando lembrar-se desesperadamente do nome da filha. Finalmente, quando a informação lhe ocorreu, preencheu a ficha da melhor forma possível (qual é a altura dela mesmo? Quanto pesa? Será que ele sabia esses dados antes?) e deixou a delegacia aos prantos, repetindo sem parar o nome da menina.

Wendy, Wendy, Wendy. A família inteira fez de seu nome um mantra. *Wendy, Wendy, Wendy*. Até que, por fim, os policiais chegaram.

Frankie não conseguia se conter. Havia esquecido seus suspiros cuidadosamente ensaiados e os sorrisos sonhadores, esquecera-se de manter o rosto vazio, com exceção das cicatrizes. Sentou-se à mesa perto dos pais enquanto dois policiais anotavam informações sobre o desaparecimento de Wendy. Frankie sabia que aquilo tudo era uma perda de tempo e não suportava mais.

— Sr. e sra. Schumacher, os senhores notaram alguma mudança no comportamento dela ultimamente? Está fora de cogitação a possibilidade de a menina ter fugido de casa?

— Não — disse a mãe, apoiando a testa na palma de uma das mãos e fechando os olhos com força. Seu outro braço estava ao redor da cintura de Frankie, como se, de repente, ele pudesse alçar voo e ir embora também — de forma alguma. Quer dizer, ela teve uma briga com o menino dos Avery não faz muito tempo.

— Isso não é novidade — grunhiu o outro policial.

O pai de Frankie empurrou sua cadeira para longe da mesa, ocasionando um barulho estridente que fez com que todos se encolhessem.

— Não posso ficar aqui sentado, aguardando. Já passamos por isso antes.

— Sente-se — ordenou a sra. Schumacher, mas o marido já havia aberto a gaveta que ficava ao lado da geladeira, procurando alguma coisa, até encontrar um molho de chaves.

— Se tivermos alguma sorte — disse ele, pegando o boné que estava pendurado no gancho —, ela deverá estar pelas ruas, vagando, à procura de confusão.

A sra. Schumacher bateu com a palma da mão no tampo da mesa da cozinha, fazendo com que os pratos tremessem, mas o homem já estava abrindo a porta.

— Vou apostar na sorte.

Os policiais não se levantaram. O primeiro pegou sua caneca e levou aos lábios.

— É melhor deixar isso por conta dos profissionais, Jed. Você só irá complicar as coisas.

— Melhor mesmo, você já me disse isso antes — respondeu o sr. Schumacher, com uma risada debochada.

Frankie olhou diretamente para o pai, algo que raramente fazia. O homem tinha os olhos castanhos, enormes, que pareciam sempre estar mais escuros por conta de cansaço, arrependimento ou mesmo dor. Lentamente, Jed Schumacher ajustou o fecho do boné e o encaixou na cabeça careca. Seus olhos estavam no emaranhado de cicatrizes.

— Franklin James, você vem comigo? — perguntou.

— É claro que não — respondeu a mulher, mas o menino já estava de pé, caminhando com pressa em direção à porta. O pai deu de ombros.

— Eu me sentiria melhor se o mantivesse sob os meus olhos. Ligue para os Jorgenson e os Rustad e... e... quem mais? Jan Hoveland. Diga a eles que irei buscá-los e partiremos para procurar Wendy. E informe o mesmo a Clive Fitzpatrick. Ele é um velhote esquisito, mas encontrou o Frankie, e isso eu jamais esquecerei.

— Frankie. *Franklin James.* Pode voltar já para dentro, mocinho. — O menino ouviu a mãe dizer, mas seu pai fechara a porta, e ela não a abrira novamente.

Ao passarem pela segunda placa de "Pare", Frankie avistou Lancelot. Estava pousado bem em cima da que sinalizava a interseção entre a Elm Street e a avenida Johnson. Ele observava tudo por cima de seu bico curvo, como se fosse um falcão. Frankie acenou para a ave, que fez o mesmo com as asas.

Frankie sabia que o pássaro estava tentando dizer-lhe alguma coisa. *Aqui. Agora. Venha.* O menino concordou com a cabeça.

E, antes que seu pai pudesse detê-lo, abriu a porta do carro e correu pelos jardins, em direção ao Barranco Henderson. Podia ouvir o pai buzinando, escancarando a porta, depois fechando-a e brigando com ele. O homem tentaria correr atrás do filho, mas jamais o alcançaria. Frankie podia estar sempre em silêncio e ferido, mas era *rápido*. Correu pelos jardins, abrindo uma trilha que uma caminhonete não conseguiria seguir, até que os sons dos gritos do pai cessaram e ele pôde ouvir apenas a sua própria respiração, além do farfalhar das asas de Lancelot. Ele sabia que a ave não o deixaria, e aquilo lhe trouxe conforto.

As cicatrizes do rosto de Frankie queimavam. Ela estava enfurecida. Ele podia sentir nos ossos.

Enfurecida era bom, pensou. Fúria significava que eles ainda tinham tempo, mesmo que pouco, e que nada, pelo menos por enquanto, estava perdido.

Frankie virou no final da Elm Street e deslizou para dentro da cortina verde que cercava a floresta. O espaço era estreito entre as árvores, mas ele não diminuiu a velocidade. Conhecia cada lacuna entre cada árvore, arbusto ou galho caído. Conhecia os caminhos escondidos, invisíveis aos olhos, mas não ao corpo. O menino escalou e correu. Tudo o que conseguia ouvir eram seus passos, a respiração ofegante, a batida constante de seu coração, lembrando-o de que estava vivo.

Mesmo que até agora.

Mesmo que *por enquanto*.

Havia uma passagem em algum lugar daquele matagal cheio de árvores e parreiras e lama ao pé do barranco. Mas a sua localização e como fazer para abri-la seriam outros quinhentos.

Capítulo 33
Conexões

Jack e Anders estavam na escuridão total e absoluta. Deram-se as mãos, temendo pela própria vida, com a pedra do Portal firme entre suas palmas.

— Sabe... — começou Jack, mas sua voz soou tão fantasiosa e distante que o fez esquecer o que estava prestes a dizer.

O lugar cheirava a flores. Não, cheirava a pão fresco no forno. Jack teve uma súbita lembrança de um menininho deitado em uma cama de pétalas e plumas, e pensou se aquilo não seria alguma pintura que já vira antes, e no porquê de a imagem parecer tão real, e fazê-lo sentir vontade de chorar.

— Jack...— sussurrou uma voz. — Ja-ack.

— Mãe? — perguntou o menino. — É você? — Mas certamente não era a sua mãe. A mãe de Jack tinha o tom de voz claro, agudo. E aquela voz não era clara nem aguda. Era macia, aveludada e mórbida.

— Anders, você ouviu isso? — perguntou Jack. Mas o amigo estava em silêncio. Se não fosse pela sensação da mão de Anders na sua, ele poderia jurar que estava sozinho.

— Jack, tenho sentido sua falta — disse a voz enigmática.

— Onde você está?

— Abra a porta.

— Que porta? Não consigo enxergar nada.

— Abra a porta, querido.

Sem nenhum aviso, Jack sentiu seu corpo bater contra alguma coisa dura e áspera. Tateou a superfície à procura da maçaneta.

— Anders! Ajude-me!

O menino se aproximou e o ajudou a empurrar.

— Não deveria estar emperrada assim — disse Anders.

— E como *deveria* estar? — perguntou Jack, irritado. A porta emitiu um rangido. — Por que isso é tão difícil?

— É sempre árduo colar os cacos de algo que se quebrou. Mas isso não significa que é impossível — disse a voz.

— Nem ao menos sei o que você quer dizer com isso — retrucou Jack, ofegante.

— *O que* será que isso significa? — perguntou Anders.

— Apenas abra a porta, querido — respondeu a voz.

Atrapalhado em meio à escuridão, Jack percorreu a madeira esburacada com as mãos.

— Estou tentando. Ai! — exclamou. Uma farpa bem afiada entrou em seu dedo indicador.

Finalmente, suas mãos encontraram um encaixe fundo e uma fechadura de metal. Levantou a maçaneta, que emitiu um chiado arrastado, e sentiu a porta sendo arrancada de sua mão, como se tivesse sido escancarada por um vento muito forte. Jack e Anders viajaram pelo espaço, pelo tempo, passando porta atrás de porta, até aterrissarem com um barulho surdo em uma estreita faixa de tapete em um corredor cheio de quadros e estantes. A casa de Clive e Mabel. Estavam deitados sobre uma pilha amassada no chão.

— Estamos mortos? — perguntou Jack, sem se mover.

— Acho que não. Pessoas mortas não ligam se alguém se sentar bem em cima do joelho delas. Dá pra sair de cima, por favor? — disse Anders.

Jack tentou erguer o corpo na mesma hora em que alguém arfou.

— Ah! Meu Deus! — exclamou a voz de uma mulher. — Clive, querido. Ele voltou. E Anders está com ele.

Mabel ajoelhou-se ao lado do sobrinho. Seus olhos estavam muito vermelhos, com olheiras enormes, e suas bochechas, pálidas e molhadas de lágrimas.

— Graças a Deus! — disse ela, enrolando tão forte os braços ao redor do pescoço de Jack que o fez engasgar.

No entanto, Jack não estava prestando muita atenção. A voz que escutara na escuridão continuava falando com ele. Estava abafada e quieta, como se viesse de trás de uma parede muito grossa, mas ainda assim ele era capaz de ouvi-la.

Meu querido, disse a voz por trás das paredes.

Tenha cuidado, continuou; agora, como se viesse do chão, dos rodapés, do teto.

Seja corajoso, meu destemido menino. A voz engrossara e engasgara. *Meu corajoso, destemido menino.*

Jack apoiou as mãos no chão para se levantar. As tábuas estavam quentes. Então, tocou a parede à sua direita. Também estava quente. Ele não afastou a mão.

Não é calor, pensou Jack. *É amor. Esta casa me ama.*

Por alguns instantes, o menino tateou o piso com a ponta dos dedos. A madeira quente estremecia ao seu toque. Os livros, os quadros, até as miniaturas nas estantes, tudo balançava e emitia sons.

— A casa — disse ele lentamente. — Por que ela...

Não conseguiu continuar.

— Ah — disse Clive enquanto subia as escadas —, ele está começando a entender.

Capítulo 34
Quando uma Casa Deixa de Ser uma Casa

Gog e Magog se posicionaram no topo da escada, olhando para baixo. A luz do sol invadia o espaço pela janela atrás deles, criando um longo retângulo de luz que fazia com que suas pelagens prateadas ficassem com um brilho curioso. Os gatos estavam sentados, imóveis, e, se não fosse pelo leve balançar de suas caudas, Jack poderia jurar que eram estátuas.

— Chá. Farei um pouco de chá — disse Mabel, finalmente. Passou por cima dos gatos e desceu a escada.

— Deixe-me ajudá-la, sra. Fitzpatrick — sugeriu Anders rapidamente, apressando-se para seguir a mulher.

Os animais não se moveram. Clive se agachou e apoiou as costas na parede. Sentado daquele jeito, sem se mexer, como era de praxe, fez com que Jack notasse quão pequeno, de fato, o homem era. E *velho*.

— O que Anders sabe? — perguntou Jack. — Sobre mim. E... — vacilou. — Todas essas... coisas estranhas.

— Difícil dizer, na verdade — respondeu Clive. — Aquele garoto sempre sabe mais do que diz. Deve saber de tudo, provavelmente. E, embora machuque o meu ego profissional, devo admitir que ele certamente sabe mais do que eu. Mas ele jamais admitiria.

— O sr. Avery quer me matar — disse Jack. Sua voz estava extremamente calma, depois de tantas horas de pavor. Tinha certeza de que ainda estava *sentindo* o medo... em algum lugar bem profundo de si. Mas, depois de tanto tempo, não conseguia *se sentir* temeroso.

— De fato ele quer, Jack — retrucou o tio, balançando a cabeça. — Ele tem desejado isso desde o dia em que você nasceu. No entanto, as motivações dele são diferentes. Antes, ele almejava o poder, mas agora eu não estou certo de que *queira* isso. Não como antes. Tudo o que ele quer é o filho dele... uma vontade completamente compreensível, claro, e natural, mas o preço a ser pago por nós é terrível. Para salvar o filho, ele deve matar você, ou pelo menos é nisso que ele acredita. Se matar você agora, ele matará a sua mãe também. Ou metade dela, de qualquer forma. A metade *boa*. Isso significa que o que restará de magia abaixo de nossos pés será maléfico para sempre. Não teremos escolha. Nenhuma bondade. Nenhuma esperança. Nada.

Jack sentou-se ereto.

— Eu *não faço ideia* do que você está falando. Minha mãe está em São Francisco. Ela é esperta e ocupada, e apenas um ser humano. Não há nada de mágico sobre ela. E... — gaguejou, sua voz presa na garganta, afiada como um arpão. Engoliu em seco. — Ela nem se lembra mais de mim.

— É aí que você se engana, garoto. Sua mãe sabe *exatamente* quem você é. Soube no momento em que você colocou a mão na porta. Na verdade, foi nesse momento que ela começou a acordar.

— Esta casa idiota não é parte da *família*. Esta casa não é minha *mãe*.

Sob seus pés, Jack podia sentir o chão tremer levemente, como se estivesse reprimindo um choro.

Clive olhou para o sobrinho, com firmeza.

— Bem, é claro que não — disse.

Jack relaxou.

— À primeira vista, você está sentado em uma coisa feita de madeira, gesso e vidro. A casa nunca deu à luz um menino, e, por causa disso, podemos concluir que nunca foi mãe de ninguém.

Jack olhava para a parede. Era feita de gesso, havia sido pintada várias vezes, e a tinta era grossa e cheia de bolhas. Parecia suficientemente sólida. Mas duas bolhas começaram a inchar e a esverdear. Cílios surgiram e piscaram. Estavam molhados de lágrimas. Jack não conseguia se mexer.

— Clive... — sussurrou ele.

— E — continuou o homem, como se o sobrinho não tivesse dito nada —, por outro lado, *é claro que ela é.* Não a casa propriamente dita, mas o que há dentro dela — as fibras do chão, as pedrinhas de gesso, as vigas, as portas. Tudo. Ela, bem, está *dentro* da casa. Presa. De alguma forma, Jack, você sabia. Sempre soube.

Jack pressionou a mão sobre a parede, e a sentiu fazer o mesmo na mão dele.

— Eu não...

— Ouça, Jack, não temos muito tempo. Sua amiga Wendy está em perigo. E Clayton Avery também, embora ele não saiba disso. E você. Existe magia no subterrâneo. Bastante, na verdade. Você já sabe disso. Eu sei que tem lido o livro que lhe dei. Sei que tem feito anotações. E sei que tem sido *difícil* acreditar, mas, mesmo assim, você acreditou. É verdade que existia uma Guardiã da Magia que a protegia daqueles que desejavam manipulá-la. Mas, após um terrível erro de julgamento, a Guardiã se dividiu em duas e tornou-se a Dama e a Outra, a má e a boa. É tudo verdade, Jack.

— Mas isso tudo é... — Jack parou de falar. Estava prestes a dizer que tudo não passava de *uma história*, mas não conseguiu. Limpou o nariz com a mão livre, mas continuou a manter a outra na parede. Conseguia sentir o formato e o calor de outra mão, vinda de trás do papel de parede. — Mesmo que *seja* verdade, não tem nada a ver comigo.

Clive balançou a cabeça, impaciente.

— *Tem tudo a ver com você* — disse ele. Fechou os olhos e inspirou até se acalmar. — Por mais de cem anos, em cada geração, a Dama trocou Seu bebê por um filho da família Avery, e a cada vez, ambas as crianças — uma delas humana e a outra, Mágica — eram tragadas na transferência de poder, e perdidas para sempre. Você *leu* isso, Jack. Quatro anos atrás, Jack, essa criança era *você*.

Clive parou de falar. Jack balançou a cabeça. *Wendy me disse que eu era normal*, pensou enfurecido. *Eu me* sentia *normal*.

— Eu estava lá, garoto. Eu *vi* tudo. A Outra — a metade *boa* da Dama — tentou, em gerações anteriores, impedir a troca, mas Ela não *pensava* como a Sua metade má. Não conseguia formular um plano. Então, estava fadada ao fracasso. Quatro anos atrás, Ela veio até mim, buscando ajuda para esconder você. Eu conhecia alguns feitiços, sabe? Juntos, preenchemos com magia todas as fibras da casa, criando um mundinho mágico, seguro de todos os poderes e conhecimentos da Dama. Escondemos você bem debaixo do nariz Dela, e você cresceu. Eu sei que não se recorda de nada disso.

Clive afastou todas as dúvidas do sobrinho.

— E eu *conseguirei*? — perguntou Jack. — Lembrar, quero dizer.

— Se tudo correr bem, suas lembranças voltarão com o tempo. Ou, pelo menos, assim diz a teoria. Receio que as minhas teorias não sejam cem por cento corretas — respondeu o tio, balançando a cabeça e suspirando. — Achei que seríamos capazes de esconder você até que estivesse crescido. Mas a Dama descobriu os nossos planos. Ela prendeu a Outra dentro desta casa, uma consequência inesperada dos meus feitiços mais remotos. Então, Ela pegou você e se preparou para a troca, pretendendo lidar comigo depois. A Dama amarrou-me com parreiras e forçou-me a ir junto. Queria que eu presenciasse a destruição de uma criança a qual eu aprendera a amar — disse ele, fechando os olhos enrugados, deixando lágrimas pesadas rolarem por suas bochechas.

O gesso pressionou as costas de Jack. Ele conseguia sentir o contorno das mãos. Fechou os olhos.

— O que a Dama *não* sabia era que Horace Avery é um mentiroso. Ele não pretendia trocar o seu único filho. Sequestrou o jovem Frankie Schumacher, deu a ele algo para dormir e disse à Dama que Frankie era Clayton. A Dama colocou você dentro do berço de bolotas de carvalho, aos pés do sr. Avery. "Seu", disse ela. O sr. Avery colocou Frankie adormecido nos braços da Dama. "Seu", disse em contrapartida. Mas Frankie não era o filho dele. A Magia explodiu antes do tempo. A terra sacudiu e brilhou. A Dama emitiu um grito à medida que uma fenda se abria no chão, puxando a Ela e a Frankie para dentro. Os galhos que me amarravam soltaram-me rapidamente e eu lancei meu corpo em direção ao chão. Tentei agarrar Frankie, mas não consegui. E você, assustado com o barulho, fugiu para o milharal.

— Eu era o garoto no campo — sussurrou Jack. Sentia-se vazio, como se houvesse um buraco em seu peito. Uma casca oca. — Aquele que Wendy disse ter visto. Era *eu*.

— Sim, era você.

Jack fechou os olhos e, de repente, lembrou-se de um sonho. Ou o sonho de um sonho. Conseguia lembrar-se de duas mãos guiando seus pequenos ombros por um campo de girassóis. Eram verdes, assim como o rosto da mulher cujas mãos mostravam-lhe o caminho. Mãos verdes, rosto verde, olhos verdes, cabelos de um amarelo vibrante com cheiro de palha de milho. Em seu sonho, a mulher dizia-lhe para correr.

Mabel chegou com uma bandeja de chá com leite e entregou canecas para o marido e o sobrinho. Jack bebeu um gole, mas não conseguiu tomar o resto. A ideia de comer ou beber o fez sentir-se mal.

A tia ajoelhou-se perto de Jack e segurou o rosto dele com as mãos. Ele se encolheu, mas ela não se mexeu. As mãos dela eram quentes e macias, e seu rosto, bondoso e triste ao mesmo tempo.

— Nós queríamos ficar com você, sabe? — disse ela, e Jack notou que seus enormes olhos acinzentados estavam marejados. — Fizemos com que você se parecesse com um menino, um pouquinho mais jovem que seu irmão, Baxter. Pensamos que seria fácil inseri-lo em uma família constituída. Demos a você lembranças e uma vida. Você parecia um garoto, pensava como um garoto, mas não era um garoto — continuou. Engoliu em seco. — Não sabíamos quão solitário você seria, Jack. Sinceramente, não tínhamos ideia. Clair... bem, ela é minha irmã e eu a amo, mas ela é... — fez uma pausa — *complicada*. E o seu pai, Deus o abençoe, é um idiota. Nenhum dos dois tinha capacidade de preparar você para isso. Para o que você deveria fazer.

E eu era tão sozinho, Jack queria dizer, mas as palavras não vinham à tona.

Clive limpou a garganta.

— Tenho estudado esse problema há mais tempo do que qualquer outra pessoa, mas existem partes que não consigo compreender por completo. Eu estava certo de que as duas metades permaneceriam dormindo desde que você se mantivesse longe daqui. Pensamos, filho, que você estaria seguro até que tivesse idade suficiente para ajeitar as coisas.

Você ainda não tem, claro, mas a sua família se desfez, o que significa que o meu feitiço para prender você a *eles* também se desfez. Eu não sou mais tão sábio quanto era antes. Ou, talvez, eu nunca tenha sido tão sábio assim. De qualquer forma, isso não muda o fato de que a única pessoa que pode libertar Wendy é *você*, e, se não agir rapidamente, toda a esperança em relação a ela será perdida.

— Mas o que *eu* posso fazer? — perguntou Jack, tentando encontrar sua voz, mas nenhum dos dois conseguiu responder, por causa dos gritos que vinham do primeiro andar.

— Sra. Fitzpatrick! — gritou Anders, de lá de baixo. — *Sra. Fitzpatrick!*

E Jack notou que o barulho não era somente a voz do amigo.

O chão abaixo e o ar acima ribombaram com o som de rodas e dobradiças e metal. Uma fumaça de diesel entrou pelas janelas, fazendo o menino engasgar. Ele olhou para fora e viu caminhões se aproximando. E tratores. E uma bola de demolição.

E, sob os pés de Jack, as tábuas do piso estremeceram de medo.

Capítulo 35
Divisão

— Que lugar é este? — perguntou Wendy.

Lugar nenhum, respondeu uma dúzia de vozes.

Todos os lugares, disse outra dúzia, os dois grupos vocais tornando-se um só.

— Isso não ajuda muito — resmungou Wendy.

Ela se sentou na sujeira, em frente aos cacos de vidro, cada grupo projetando uma luz fraca para dentro da escuridão. Cada grupo mostrando um rápido flash de... alguma coisa. Pessoas e lugares que Wendy achou que deveria conhecer, mas o mundo fora daquele espaço negro e apertado parecia se afastar dela a cada respiração. Como se a sua memória estivesse esvaindo-se, desenrolando-se como um carretel de linha à medida que ele ia rolando no chão. Segure-se, disse para si mesma, segure-se em nome de sua vida.

Como o morador mais antigo deste lugar, proclamou a voz pomposa de professor substituto, *lembro-me de que a Dama do reino tinha um nome para ele. Ela o chamava de Mundo-Abaixo-do-Mundo. Não sei como Ela o chama agora. De qualquer forma, não se parecia com isto aqui.* Ele suspirou. *Temo informar que não é mais um mundo.*

— Como era esse lugar? — perguntou Wendy. Ela podia escutar a respiração seca, jovial das... o que quer que aquelas vozes fossem, aproximando-se no breu. Curvou os ombros e sua pele se arrepiou. Certamente, não havia por que temê-las. Ainda assim, a *alteridade* delas a incomodava.

Era tão grande quanto o mundo, sussurrou uma voz.

Maior, disse a voz pomposa. *E duas vezes mais belo. A Magia fluía pelo Mundo-Abaixo-do-Mundo e transbordava. Abençoava a terra, veja você, e todos eram felizes.*

Várias vozes começaram a chorar. *Ele não se lembra*, disse uma delas. Um menino, pensou Wendy, da mesma idade dela. *Ele só está inventando. Nenhum de nós consegue lembrar-se de nada. Nem ao menos recordamos nossos próprios nomes.*

Um som parecido com o amassar de papel interrompeu as vozes friamente.

Eu me lembro, disse a voz pomposa. *Pode acreditar. Lembro-me provavelmente mais do que a própria Dama. Eu... me recordo Dela. Eu... não consigo lembrar exatamente a capacidade, sabe? Ou... quer dizer... eu não sei por que eu procurava saber. Sei somente que o fazia. Eu possuía um diário, e considerava extremamente importante relatar os meus achados. Foi tudo antes, bem, antes de...* ele procurava a palavra. *Foi antes disso...* A voz do homem ficou fraca.

Wendy se abaixou e pegou vários outros cacos de vidro. Eles tilintavam e reluziam em suas mãos. Podia ver como as formas conseguiam ser colocadas juntas, encaixando-se perfeitamente como um quebra-cabeça.

Não havia nada mais que os mantivesse juntos, sinto dizer. A Magia vem vazando deste lugar há anos, disse a voz pomposa.

— Mas por quê? Para onde tem ido?

Por mais de um século, existiu somente meia Guardiã. Sua metade boa tem sido mantida presa, entende? É uma forma horrenda de se controlar as coisas. Somente metade do planejamento, da ideia, das previsões e da criatividade. Meu palpite é que a outra parte foi roubada. Transformada em dinheiro, ou poder humano. Uma perda e uma vergonha, se quer saber. Ela deveria *evitar que esse tipo de coisa acontecesse. Era o* trabalho Dela. *A Magia foi feita para abençoar a terra, não para enriquecer homens gananciosos. Mas, tendo-se em mente que Ela é apenas metade de Si Mesma, Ela não consegue enxergar isso. Veja o que Ela fez com aquele pobre espelho.*

— Você quer dizer com *isso*? — perguntou Wendy, deixando os cacos caírem no chão.

Exatamente. Foi uma das minhas primeiras descobertas — uma descoberta muito inteligente, devo dizer. Pensei que isso me tornaria famoso como um... um... bem, seja lá o que eu fazia antes. Quando Ela estava completa, possuía um espelho que quase alcançava o céu, no qual podia observar a Magia derramando-se sobre o mundo. É obvio que poderia fazer isso sem o espelho e, de fato, muitas vezes, Ela caminhava pela superfície, vigiando as coisas. Ainda assim, é difícil para qualquer um estar em vários lugares ao mesmo tempo. Até mesmo para um ser mágico.

Então, Ela usava o espelho para ver. Mas, quando Ela partiu a Magia — e a Si Mesma — em pedaços, o Mundo-Abaixo-do-Mundo começou a encolher e a sumir. O primeiro a não existir mais foi o céu. Em seguida, as árvores e tudo aquilo que era verde. Ela quebrou o espelho, dizendo que não conseguia suportar a feiura do mundo acima, mas nós sabíamos o que estava se passando. Ela estava envergonhada.

— Isso me parece bastante idiota — disse Wendy, olhando para o formato dos cacos de vidro. — Um espelho perfeitamente bom desperdiçado.

Pareciam tão tristes, estilhaçados daquele jeito. Wendy mexeu os dedos. Pensou que talvez o espelho pudesse ser uma melhor fonte de luz se conseguisse juntar os cacos novamente. Se fosse um objeto inteiro, grande e luminoso. Aí, então, ela seria capaz de enxergar. E, talvez, de encontrar uma saída.

De fato. Como eu disse, apenas metade do planejamento. Se isso continuar, não sei o que acontecerá a todos nós. Não que Ela se importe. E daí que estamos todos soterrados sob seu blefe? Ela tem o que precisa. Tirou a nossa força de viver, abandonou o que ainda existia a esse ponto de infantilidade e conversinhas insignificantes até o fim dos tempos, suponho.

Não fique assim, malvado, disse outra voz.

Isso mesmo, Sr. Mau Hálito, provocou mais uma.

Entende o que estou dizendo?

De repente, Wendy sentiu sua pele ficar fria.

— O que você quis dizer ao falar que você é o que sobrou depois que Ela tirou a força... — parou de falar. — O que *são* vocês, afinal?

Um dia nós tivemos nomes. E famílias. Mas agora tudo se foi e fomos apagados... ou, pelo menos, na maior parte. Tenho certeza de que você sabe o que somos, minha querida, mesmo que não queira dizer. De fato, ouso dizer que você ainda irá se juntar ao nosso clube, assim que a Dama voltar.

Wendy sentiu algo seco e leve pressionar suas costas e sussurrar em seu ouvido:

Nós somos almas.

Capítulo 36
Jornada ao Subterrâneo

FRANKIE SEGURAVA NAS ÁRVORES JOVENS EM BUSCA DE EQUILÍBRIO, enquanto procurava por um caminho em direção à parte mais íngreme do barranco. Lancelot, aparentemente cansado de desviar-se dos galhos, pousou no ombro do menino, e, embora as garras o machucassem, ele deixou que a ave ficasse ali. O pássaro cacarejava e murmurava um constante zunido de assobios e sílabas que Frankie não conseguia entender, a não ser que se concentrasse por mais tempo.

Mas não havia tempo. De forma alguma.

No momento em que Frankie chegou à beira enlameada do barranco, suas cicatrizes estavam tão quentes e brilhantes que ele teve certeza de que brilhavam. Imaginou se cicatrizes daquele tipo seriam capazes de reabrir, ou se eram apenas lembranças dolorosas.

Se eram assim, elas não eram as únicas.

A cada passo, ele conseguia ver mais vividamente a figura grosseira do sr. Avery parado ao lado de uma mulher, ou, pelo menos, à primeira vista, achava que fosse uma mulher. A pele dela era como a casca lisa de um broto de bordo e macia como musgo. A voz do sr. Avery dizia "*É claro que ele é meu filho, é a minha cara*". E ela esticou a mão para tocar sua bochecha com o dedo.

Seu toque queimava.

Queimava.

Ele talhava curvas e mais curvas de cicatrizes na pele de Frankie, mas ele não conseguia chorar nem se mexer.

Até que alguém gritou. Uma mulher, talvez. Ou alguma coisa que parecia ser uma mulher.

E o chão sob os pés do menino ribombou terrivelmente, como se a terra tivesse se transformado em água.

E, então, a luz sumiu, e ele estava sozinho em um quarto cheio de cacos de vidro. Houve um dia — após inúmeros outros, com os sussurros desencarnados na escuridão e dedos feitos de madeira e raiz apertando o seu rosto, segurando-o — em que um homem apareceu, como se estivesse do outro lado de uma tela. Um homem velho, com o rosto bondoso que Frankie reconhecia ser da sua cidade. *Eu posso tirá-lo daí, garoto*, disse o homem, *mas vai doer.*

Você foi enganada, Dama, alertou ele. *A troca não aconteceu. Está vendo? Eu a trouxe de volta para Você.*

Frankie observava o homem enquanto ele entrava e colocava algo nas preguiçosas mãos de madeira da Dama. Os dedos soltaram o rosto do menino e seguraram um cesto de bolotas de carvalho — mas estava vazio. Sua Criança — Sua Criança Mágica — não estava mais ali.

Um truque!, disse a voz da Dama. *Outro truque!* Rapidamente, o velho agarrou o menino pela parte de trás da camisa e o puxou.

Um grito. Em seguida, o silêncio. Frankie olhou por cima dos ombros e viu as mãos de madeira afundando no chão e, de repente, não havia mais nenhum rastro da Dama.

Volte aqui! Sua voz invadiu a terra, invadiu as paredes da caverna subterrânea. *Volte para mim!* Mas Clive já havia enrolado o menino em um cobertor e não parecia tê-la ouvido. *Volte!*

E realmente doeu. Demais. E continuou a doer, mas bem menos a cada dia que passava.

Você deve permanecer em silêncio, disse o homem a Frankie. *Ela está adormecida, mas não profundamente. Sua voz não irá funcionar agora, devo lhe dizer, mas voltará com o tempo. E você não deve falar. Não podemos nos arriscar. Seu silêncio nos será muito útil. Chegará um momento em que a sua voz também será, mas não agora. Compreende?*

O homem o envolveu em um cobertor e o carregou até a delegacia, onde seus pais estavam. Mais tarde, o prefeito, o pastor e o Comitê das Mulheres organizaram um encontro com muito sorvete, que aconteceu no pátio em frente à prefeitura. Todos compareceram, com exceção do homem mais rico da cidade, e sua esposa, e seu filho. As pessoas notaram a ausência deles, mas não comentaram nada. Sabiam que era melhor assim.

Frankie pressionou a mão contra as cicatrizes. Elas queimavam intensamente agora, o que significava que ele estava perto. O menino franziu o cenho, trincou os maxilares para conter a dor, convencendo-se a não chorar. Não tinha certeza se a sua voz iria funcionar caso tivesse de sair do silêncio. Além das únicas palavras que havia dito a Jack — e que agora mal pareciam reais, como um sonho, ou sonho de um sonho —, Frankie mantivera a promessa que fizera a Clive, permanecendo mudo.

Ajoelhou-se à beira de um riacho cuja água corria lentamente e repousou as mãos no solo enlameado. Aquele local escuro estava em algum lugar abaixo de seu corpo. Isso significava, com quase toda certeza, que sua irmã também estava ali. Ele a encontraria e trocaria de lugar com ela. O truque, é claro, seria fazer isso antes que Ela se desse conta disso. Ele teria de agir rápido.

Lancelot circulou um ponto na grama uns quinze metros à frente de Frankie e pousou em uma pedra. O pássaro olhou para o menino com uma expressão de certeza. Frankie soltou o punhado de lama e limpou as mãos nas laterais da bermuda. Ficou de pé, andou até a pedra onde estava Lancelot e olhou para baixo.

Havia um buraco.

Não era particularmente grande, apenas o suficiente para uma pessoa passar e, julgando pelas pegadas na lama e pelas marcas de dedos arranhando o solo lamacento, alguém recentemente descera por ali. Frankie se debruçou e olhou para dentro da escuridão.

— Ah, graças a Deus! — gritou uma voz do fundo. — Ajude-me! Estou preso aqui embaixo. Minha mãe. Alguém tem de telefonar para ela — disse, soluçando e chorando, as consoantes lutando para ser ditas, como se a pessoa estivesse com o nariz entupido. — E... e... ligue também para o Corpo de Bombeiros. E para a SWAT. Só me tire daqui.

Frankie virou-se para Lancelot, que abriu as asas e balançou-as levemente.

Exatamente o que pensei, quis dizer o menino, mas permaneceu calado.

— E... e... ah, meu Deus. É você, Aberração?

Frankie suspirou, balançou a cabeça e se levantou. Lancelot lançou-lhe um olhar inquisitivo. O menino desejou poder falar com o pássaro. Desde o dia em que Clive se tornara dono daquela ave, ela havia sido a melhor amiga de Frankie. Embora tivesse certeza de que fora Clive quem instruíra Lancelot a isso, ainda assim Frankie lhe era grato. Não era todo dia que uma pessoa fazia um amigo. Especialmente quando tal pessoa não falava.

Do fundo do buraco, a voz em pânico de Clayton Avery ecoou:

— Não, não, não. Desculpe-me, perdão, perdão. Eu sei que o seu nome não é Aberração, é... é... quer dizer, eu sei qual é, eu juro! É... Frankie! O seu nome é Frankie! Ah! Eu sabia! É sério, Frankie, por favor, me perdoe pelo lance de Aberração, mas você tem de ir buscar ajuda. Eu tenho, deixe-me ver... dinheiro! É! Dinheiro! Você quer?

Frankie se debruçou e colocou o rosto perto do bico brilhante do papagaio. Lancelot fechou os olhos e encostou a cabeça nas cicatrizes do menino. Depois de terem esquentado constantemente enquanto ele se aproximava do barranco, agora queimavam a ponto de fazer bolhas. Frankie não se surpreenderia se estivessem soltando fumaça. Assustado, o pássaro chiou, deu alguns passos para trás e foi embora. Após acenar um triste adeus, Frankie balançou os pés para dentro do buraco e deslizou para baixo.

Capítulo 37
Alegria e Outras Armas

Mabel, antecipando a vinda dos caminhões, já havia passado em algumas casas, dando ordens. A vizinhança estava pronta. A sra. Schumacher ativou a rede de comunicação entre os vizinhos e a sra. Nilsson deu lugar para alguns vizinhos em sua van. Ela também trouxe o seu trailer de churrasco e um leitão para a ocasião. O pai de Anders e dois de seus irmãos mais velhos bloquearam três lados da casa com tratores enormes. Vizinhos chegavam com toalhas e cestas de piquenique e sentavam-se na grama. As amigas de Mabel, do Comitê das Mulheres, andavam em meio à multidão, dando apertos de mãos, beijinhos nas bochechas e tapinhas nas costas. Todos se mostravam felizes em vê-las.

Jack e Anders estavam de pé, um ao lado do outro, em frente à janela, assistindo à comoção. Mabel caminhou em direção à porta.

— Não os deixe saírem — disse ela, sem olhar para trás.

Clive pôs as mãos nos ombros dos meninos.

Jack colocou os punhos sobre o parapeito da janela. Estava quente e estranhamente tranquilizador. Observou os rostos dos vizinhos que se aconchegavam no pátio. Alguns conversavam e acenavam para a tia do menino. Faziam cara feia para as escavadoras que estavam a caminho enquanto passavam xícaras de café e pratos de papel repletos de rosquinhas, frutas frescas e quatorze tipos de tortas diferentes. As crianças brincavam de pega-pega, rabo no burro e pique-bandeira. Havia até uma pichorra.

Havia, porém, outras pessoas que não estavam sentadas em toalhas, mas caminhando, sem rumo, quase esbarrando umas nas outras, como se fossem sonâmbulas. Jack virou-se para o tio.

— Algumas delas não escolheram vir para cá, não é?

Clive deu um passo para trás.

— Não, filho. Nem todo mundo.

Jack concordou.

— Então, quem fez isso? Tia Mabel? A casa? — perguntou. — Será que fui eu?

— Foi a casa, ou seja, a outra metade da Dama, Sua metade boa, que está *dentro* da casa. Desde que você regressou, Ela foi capaz de enviar pequenas ramificações de Sua Magia para o mundo exterior — não muita, sabe? Raízes bem finas e galhos que se alongam e se retraem.

— Certo — concordou Jack, examinando cuidadosamente o rosto do tio. Clive tinha uma expressão travessa, como se a sua face tivesse sido talhada com a polpa de uma maçã e deixada para secar, enrugada e doce ao mesmo tempo. — Sem querer ofender, tio Clive, o que você é?

Seu rosto se iluminou com um largo sorriso.

— Eu? Sou uma pessoa. Um homem.

Jack olhou para Anders, que fitava o chão, encabulado. Tornou a olhar para o tio.

— E o que eu sou, então? Quer dizer, o que é que eu sou?

— Você, Jack, não é nem uma coisa nem outra. Uma criatura da terra e da Magia e da vontade de sua mãe — uma Criança Mágica.

Anders tirou o boné da cabeça, passou os dedos pelos cabelos claros e assobiou.

— Você sabia, não é? — perguntou Jack, com veemência, cutucando o peito do amigo e fazendo-o se retrair.

— Um palpite — respondeu Anders, encolhendo os ombros, nervoso. Colocando as mãos nos bolsos, olhou para os pés descalços. — Nunca tive certeza. Mas, verdade seja dita, estava mais inclinado a dizer que sim do que não.

Do lado de fora, a escavadeira mais próxima liberou uma nuvem alta de fumaça. O motorista abriu a porta da cabine e desceu. Gritou alguma coisa para as pessoas que estavam no gramado, mas elas não se mexeram. Acenou com a mão repetidas vezes, mas elas nem ao menos pareciam vê-lo. O homem tirou o boné, esfregou a cabeça careca e voltou para a cabine. O chão sob os pés de Jack parecia tenso e alongado, como um músculo prestes a estirar. Acima, o céu rodopiava verde e vermelho e roxo. Um ponto negro abriu-se acima do horizonte e começou a se mover em direção à casa. Clive agarrou Jack pelo colarinho da blusa e pegou Anders pelo braço.

— Prestem atenção — disse. — Se a sua mãe — ou a mulher que você sempre acreditou ser a sua mãe — tivesse nos escutado, você saberia de todas as histórias e estaria, no mínimo, um pouco preparado.

O chão ribombou sob seus pés.

— Histórias? — perguntou Jack. — O que elas têm a ver com encontrarmos Wendy?

Clive balançou a cabeça.

— Wendy não precisa ser encontrada. Já sabemos onde ela está. Foi arrastada para o mesmo local onde estava Frankie. Ela tomou o lugar do irmão. Se o sr. Avery conseguir capturar você e destruir essa casa, a metade boa da Dama, ou seja, a metade boa de sua mãe também será destruída e espalhada aos quatro ventos. Somente a Sua parte má restará. E nada impedirá que a alma da sua amiga seja levada embora junto com todas as lembranças que temos dela. Ficaremos apenas com uma sombra, uma lacuna que incomodará a nossa mente para sempre.

Jack começou a andar, as mãos na cabeça. Pensou que fosse vomitar. Não conhecia Wendy havia muito tempo, mas a ideia de a menina *sumir* — todas as lembranças sobre ela, tudo, tudo —, bem, era mais do que podia suportar. Anders soltou um grunhido bem baixinho. Seu rosto tinha adquirido um tom cinza e parecia ter se retorcido em um nó.

— Isso não pode acontecer, Clive, *não pode*. O que eu tenho de fazer? — perguntou Jack, desesperado.

— Empatar o jogo — respondeu o tio.

O piso rimbombou e estremeceu sob seus pés. Dois vasos despencaram da mesa, e uma estante inteira lançou seus livros ao chão. As paredes tremiam e balançavam enquanto rachaduras se espalhavam pelo gesso. O ambiente foi tomado por um som de vento e a voz de uma mulher chamando seu nome — *Jack, Jack, Jack.*

— Mas...

— Jack, há um poder inacreditável no espaço que existe entre o bem e o mal. Inacreditável mesmo.

Oito carros se aproximaram lentamente, marcando território na rua. Um homem muito alto estava à frente. Secou as sobrancelhas com um lenço de mão e tocou os olhos. Sob seus pés, o chão borbulhava e inchava; girava em círculos concêntricos e brilhava como petróleo.

— Eu vou lá fora — disse Clive. — A metade boa de sua mãe — a Outra — vive e se alimenta de felicidade. Todas aquelas pessoas felizes que estão lá fora? Aquilo é para Ela. Transborda de nós e a fortalece. A Dama, por outro lado, fortaleceu-se *no passado*, roubando almas —

o truque mais sujo e baixo que pode existir. Mas eficaz. No entanto, agora, Ela se encontra muito fraca. Ouso dizer que essa é a única coisa que está mantendo Wendy a salvo — ela é uma garota muito... espinhosa, se você me entende. Em Sua condição, a Dama não seria capaz de se apoderar da alma de Wendy mesmo se tentasse. Sua amiga irá lutar contra Ela, Deus a abençoe.

Jack lembrou-se dos dois círculos escuros em volta dos olhos de Clayton Avery. E aquilo fora somente por conta de um insulto. O que uma garota como Wendy seria capaz de fazer para proteger sua *alma*? Jack encolheu os ombros. Fosse o que fosse, ele sabia que poderia doer.

— Se eu conseguir atrair a metade má para a casa, nós temos armadilhas suficientes para juntar as duas partes — ou, pelo menos, para pôr perto uma da outra. Você tem o direito, Jack, de ver as duas partes. *Ambas* são sua mãe, sabe? No entanto, não podemos dar um jeito nessa situação enquanto Wendy estiver aprisionada no corredor abaixo da colina. — Clive olhou para Anders. — Saia pela porta dos fundos. Corte caminho pelo milharal. Siga as pegadas de Wendy — ordenou. Olhou para o sobrinho. — *Alguém* tem de tirá-la de lá, Jack. *Alguém* precisa salvá-la. Mas não cometa erros, haverá consequências.

E com isso o menino disparou porta afora.

Capítulo 38
Outra Porta

Nas profundezas do subterrâneo, naquela imundície de goteiras e lama e folhas apodrecendo, Clayton Avery deu-se conta de duas coisas:

Primeiro, ele aprendeu que, ao contrário do que acreditava, não era mais forte do que o esquisito Frankie Schumacher. Embora houvesse sido muito fácil bater nele antigamente (Clayton, na verdade, dissera aos amigos que espancar a Aberração não era mais um desafio), Frankie desviara com categoria de todos os socos que Clayton tentara lhe dar após ele se negar (*se negar!*) a empurrá-lo para fora do buraco (depois de Clayton ter prometido — ou quase — ajudá-lo a sair de lá depois). E, então, para somar insultos às lesões, Frankie lançara Clayton para cima, fazendo o garoto atingir o chão enlameado com um baque nauseante e forçando-o a marchar para dentro de um túnel longo e escuro, provavelmente para a sua morte.

Em segundo lugar, o que era, decerto, a lição mais desconcertante, Clayton se dera conta de que Frankie era um impostor sujo, podre, mentiroso e *falso*. Frankie Schumacher, com seu rosto arruinado, sempre chamando atenção, que estupidamente aceitava todas as provocações que ele podia imaginar, sem chorar ou ameaçar ou discutir... o Mudinho Frankie Schumacher podia falar. O *pivete* mentiroso.

— Eu não sei por que devo seguir um mentiroso... Ai!

Na verdade, Clayton não estava seguindo ninguém. Caminhava à frente, abrindo caminho túnel adentro e, de vez em quando, sendo empurrado por Frankie com um rápido chute no traseiro.

Frankie, por outro lado, desde que gritara — *gritara!* — pela primeira vez um *Pare com isso!* bem na cara de Clayton, não havia parado de falar. No entanto, não estava falando com o garoto — ou com qualquer outra pessoa. Às vezes, gritava, mas com ninguém em particular, coisas como "Eu voltei! Você não precisa mais dela!" ou "Eu tenho certeza de que Você se sente bastante estúpida por deixar um velho e uma criancinha enganarem Você assim! Por que não vem me trocar por ela? Ninguém vai saber!" Mas, na maior parte das vezes, Frankie apenas resmungava.

E, independentemente do que aquilo quisesse dizer, para Clayton era incrivelmente irritante. Imaginou que, talvez, depois de tantos anos sem dizer uma palavra sequer, Frankie simplesmente não sabia como as pessoas normais falavam.

— Eu quero o meu pai — choramingou Clayton.

— Não, não quer — disse Frankie, tentando enxergar na escuridão à sua frente. — Você acha que quer, mas não quer. Confie em mim.

— Por que eu confiaria... Ai! Não me chute!

Mas Frankie não respondeu.

— *Ela costurou uma alma após a outra em uma colcha tão grande quanto o mundo* — balbuciou Frankie. — *E essa colcha era o que mantinha a Magia a salvo... ou quase a salvo. Mas o que a Dama não sabia era que um rasgo havia se formado na extremidade da bainha* — continuou. Percorreu a parede úmida com os dedos. — Um rasgo na extremidade da bainha — disse novamente.

Clayton queria socar a cabeça do garoto, usar seu corpo como escada e alcançar o topo daquele buraco. Queria estar com a sua mãe. Havia poeira em seus olhos, em sua boca. E a pior coisa — *a pior* — era o zumbido em seu ouvido. Um zumbido que havia começado no dia em que o novo garoto viera para passar uns dias com os Fitzpatrick e que nunca mais sumira. Só que agora o som era diferente. Em vez de sinos tocando, era uma voz que dizia *Agora, agora, agora!* Clayton quase chorou de desespero.

— Eu sou alérgico a alguma coisa aqui embaixo — disse ele, lutando contra as lágrimas.

— Magia — respondeu Frankie, enganchando os dedos em um sulco da parede. — A Magia sabe que você está aqui. Meu garoto, seu querido pai está com um problemão.

— O quê? — perguntou Clayton, mas Frankie não respondeu.

Tudo que ouviu foi um som cortante, alto, como se alguém estivesse rasgando de ponta a ponta um lençol com as mãos. Houve uma lufada de vento, e esse vento cheirava a trigo, a pólen, à seiva dos caroços de milho verde quando amassados à mão.

Clayton sentiu-se caindo novamente.

E caindo.

E caindo.

Como se ele e Frankie jamais fossem parar de cair.

Capítulo 39
O Preço de uma Alma

O SR. PERKINS ESTAVA DE CARONA EM UMA DAS ESCAVADEIRAS, SENTADO ao lado de um homem chamado Tim, que usava um brinco de ouro em uma das orelhas e tinha tatuagem no braço de um porco com uma coroa de espinhos e um slogan dizendo CARNE É ASSASSINATO. Tim passou o caminho todo explicando que ele trabalhava no abatedouro durante o outono para ganhar um dinheiro extra para pagar as contas e que tinha de usar mangas compridas para que o chefe não visse a tatuagem. O sr. Perkins não dava a mínima, mas concordava educadamente enquanto olhava a paisagem pela janela.

Podia ver o sr. Avery andando atrás deles, o chão ondulando sob seus pés e um lenço pressionado contra o nariz. A fumaça devia ser horrível, pensou o sr. Perkins, e limpou o suor das sobrancelhas, dos olhos e das bochechas.

O chão sob os pés do sr. Avery parecia se acumular, brilhar e se desdobrar como um tecido. Na verdade, quanto mais Perkins pensava que se parecia com um tecido, mais, de fato, se assemelhava — uma colcha multicolorida, desdobrando-se, feita de milhares e milhares de retalhos de seda costurados dolorosamente uns aos outros. A cada passo, era capaz de ouvir a colcha gemer e suspirar. E pensou com tristeza nas histórias que sua avó lhe contara.

Ela contara sobre *o que acontecia* com as almas roubadas pela Dama.

Mandara-o manter-se longe da antiga escola.

Contara-lhe que, sem uma alma, nada restava — não havia lembranças, luto, nenhuma marca na terra verde para mostrar que, um dia, alguém estivera vivo. Apenas uma lacuna. O sr. Perkins se arrepiou.

A colcha sob os pés de seu chefe brilhou e lampejou como lágrimas.

Lembre-se de nós, gemia cada retalho.

Salve-nos, choravam as costuras.

O sr. Perkins colocou a mão no bolso, pegou o seu pedacinho de couro cru e o segurou com força.

O sol estava alto no céu e o dia, quente, mas não tanto quanto o interior da cabine apertada, com o ar-condicionado funcionando precariamente, soprando uma reles quantidade de ar frio. Se o sr. Perkins posicionasse a mão em frente às ventoinhas, o suor de sua palma quase se secaria — quase. Sua mão esquerda agarrou o couro cru com mais força, embora estivesse suada e pegajosa, e ele sabia que cheiraria a couro por dias a fio. *Não importa*, pensou. *Melhor ficar fedendo do que perder a minha alma.*

Tim inclinou-se para a frente e repousou o queixo gordo no para-brisa, apertando os olhos por causa da luz do sol.

— Quem, diabos, são aquelas pessoas no jardim? E aquilo? São balões?

— Não, tenho certeza de que são apenas o mestre de obras e sua equipe — começou a dizer o sr. Perkins, mas não terminou. Não era o mestre de obras no pátio dos Fitzpatrick, ou nenhum tipo de equipe de profissionais.

Vizinhos estavam sentados em toalhas e conversavam no portão. O sr. Fitzpatrick enchera balões coloridos e os amarrara aos pulsos das crianças, que gritavam ao vê-los subindo e descendo, correndo pelo jardim. A sra. Fitzpatrick caminhava pela multidão com uma pilha de copos plásticos brancos e uma enorme jarra de limonada. Servia copos e mais copos, mas a bebida nunca acabava.

Isso poderia ter parecido estranho para o sr. Perkins, mas ele estava muito ocupado prestando atenção em outra coisa.

— Eles estão vindo do... — disse ele, a voz frágil e seca. — Eles *não poderiam* estar vindo do campo.

Mas estavam. O milharal se abriu como uma cortina e várias pessoas saíram de lá. Examinavam o lugar, piscando, como se estivessem espantadas por estarem onde estavam. Olhavam surpresas para o vermelho e branco das toalhas penduradas em seus braços e para as cestas de piquenique que carregavam na mão esquerda.

Um a um, todos davam de ombros, estendiam as toalhas e se sentavam. Abriam as cestas e tiravam dela tigelas de cerâmica enormes com salada de batatas, gelatinas e vagens cozidas. As comidas passavam de toalha em toalha, e as pessoas serviam grandes porções em seus pratos brancos de papel.

Tim virou-se para o sr. Perkins.

— Alguém tem de telefonar para o xerife. Propriedades que serão demolidas devem ser evacuadas com antecedência. Não tem como colocar abaixo um piquenique do qual todos os moradores da cidade estão participando.

— Verdade — concordou o sr. Perkins, olhando, nervoso, para trás.

O local onde o seu chefe estivera havia alguns minutos estava agora obscurecido pela grande nuvem negra que crescia em meio à enorme coluna de fumaça sobre a rua. De dentro da nuvem, a voz de uma mulher berrou.

— Tire essas pessoas daqui — rosnou o sr. Avery. — Elas estão estragando *tudo.*

Capítulo 40
Pontos de Erupção

Jack e Anders correram pela trilha que passava por dentro do milharal. Enquanto corriam, Anders notou que o campo ficava com aparência cada vez pior à medida que se aproximavam da antiga escola. A cada passo, o milho passava de amarelo a marrom e murchava. As espigas, de cheias e suculentas, passavam para miúdas e sem vida, doentes e emboloradas. Anders, assim como seus irmãos, sua mãe e seu pai, seus avós e todas as gerações anteriores, possuía um coração de fazendeiro, que se partiu ao ver o milharal morrendo. Entretanto, não parou de correr ao lado de Jack até chegarem ao brilhante retângulo de grama verde onde, um dia, a antiga escola fora construída.

Jack parou.

Lentamente, um esboço da antiga construção começou a surgir no ar — os degraus primeiro e, em seguida, o telhado irregular, as janelas fechadas com tábuas e o contorno da porta.

— Você está vendo isso? — perguntou Jack, apontando.

— Claro — explicou Anders. — Veja bem, é grama, mas não do tipo normal, se é que você me entende.

Anders falou lenta e pacientemente, como se estivesse explicando algo complicado para uma criança muito nova.

— Não, não — retrucou Jack. — Eu sei o que é essa grama. Não é... *comum*. Nem sei mais o que essa palavra significa. Mas estou falando sobre o *ar*. Aquele *contorno*. Você não consegue ver?

Mas o amigo não via o mesmo que Jack.

— Um contorno de quê?

— Da escola. Ou do exterior dela. Está vendo? Ali estão as escadas. E ali, o telhado — apontou. Jack colocou as mãos nos bolsos e olhou para o chão. — Você não enxerga, não é?

— Não, mas isso não quer dizer que não esteja lá — disse Anders. Respirando fundo, esfregou os cabelos louros. — As coisas ficam meio confusas quando se trata de um ponto de erupção. Este lugar é um deles. A casa dos seus tios fica em cima de outro. E, logo abaixo do Barranco Henderson, há mais um. Foi de lá que tiraram Frankie. Eu era pequeno, então não me lembro de muito do que aconteceu, mas ele estava bem antes de tudo acontecer e, então, do nada, sumiu. E ficou, você sabe... *devastado*.

— É verdade.

Jack estava em silêncio. Pensou em Wendy. Quando a vira pela primeira vez, ela bloqueara o sol e pairara sobre ele como se fosse um anjo. Sua primeira amiga.

— Temos de tirá-la daqui.

Naquele momento, vindo de onde ficava a cidade, surgiu um grito muito agudo, que pareceu planar no ar por um segundo, antes de explodir em uma onda sonora que varreu a terra como um vendaval. Uma nuvem negra e densa emergiu das copas das árvores e cresceu, sem parar. Jack se arrepiou. Sua nuca suava e coçava. *Ela está procurando por mim*, pensou várias vezes. Colocou a mão dentro do bolso e puxou a pedra do Portal.

— Você sabe onde está indo — disse Anders. — Mesmo achando que não sabe.

Jack segurou a mão do amigo e bateu com a pedra no chão. Sem saber o que fazer, abriu a boca e gritou para a terra, o céu, a nuvem negra e crescente.

— Wendy! — berrou.

O chão se partiu, bocejou e os tragou para o subterrâneo.

Capítulo 41
Enterrado Vivo

Apesar de estarem nas profundezas do subterrâneo, Clayton e Frankie tinham luz suficiente para enxergar. Uma das paredes era feita de um tipo flexível de resina... e havia luz do outro lado. Não muita, mas o bastante para fazer com que o local ganhasse um brilho, ainda que fraco. E, movendo-se do outro lado daquela parede, havia a sombra de uma menina.

— Wendy! — gritou Frankie, socando a superfície. A parede vibrou e tremeu como o couro de um tambor, mas não se quebrava. E a silhueta de sua irmã parecia não notar.

Frankie se afastou, esfregando as mãos no rosto e grunhindo frustrado.

As paredes do buraco eram úmidas e fediam. De vez em quando, o chão ao redor dos meninos se agitava e estremecia, e pedaços enormes de terra molhada caíam do que servia de teto no que eles achavam ser o chao. Clayton apoiou a cabeça entre os joelhos e tentou cobrir os cabelos com as mãos.

— Eu não sei por que você está se dando o trabalho — disse o mentiroso Frankie Schumacher. — Você já é sujo por natureza.

— Nós seremos enterrados vivos e isso é tudo culpa sua — resmungou Clayton.

A terra era negra e viva. Arrastava-se para dentro dos olhos do menino, fazia com que suas orelhas coçassem e entrava em seu nariz. Clayton espirrou.

— Não seremos enterrados vivos — disse Frankie.

Suas mãos pressionavam a membrana que servia como parede. Quanto mais fazia força, mais um odor penetrante e vivo atacava seus narizes e recuava. Cheirava como seiva, pensou Clayton. Odiava seiva. Grudava nas mãos, juntava poeira e não saía de forma alguma.

Frankie balançou a cabeça.

— Existe uma história que é bem parecida com essa aqui — disse ele. — Você sabia?

Clayton decidiu não responder. Se Frankie conseguia se passar por um mudo estúpido, então, para variar, ele também podia. Não se deixaria levar por um garoto que parecia ter saído de um circo de aberrações.

— Os heróis foram enviados para resgatar a donzela, que havia sido capturada por uma criatura malvada. Eles queriam saber como chegariam até a donzela, já que ela não estava em lugar nenhum. Aprenderam que, para encontrar o covil da criatura, deveriam ir para baixo. Teriam que ir para dentro e para o meio. Mas nós estamos em um tipo diferente de história. Eu não acho que somos heróis.

— Então, o que somos, se não somos heróis? — choramingou Clayton.

Frankie deu de ombros.

— Podemos ser figurantes inocentes — respondeu. — Ou apenas obstáculos.

Clayton apertou os lábios.

— Essa história não é de verdade — disse ele.

— Claro que é. E, de mais a mais, como você poderia saber? Você não lê.

— Eu sei *ler* — disse Clayton.

Frankie balançou a cabeça e se virou novamente para a parede de membrana.

— E você também não ouve direito.

Frankie colocou o rosto bem perto da membrana. Era flexível e resistente. Cedia ao mínimo toque, mas logo voltava para o lugar. Não se partia. Ele tentou olhar através dela. A luz atrás de Wendy estava mais forte do que antes, deixando o contorno do corpo dela mais visível enquanto se abaixava e pegava alguma coisa repetidas vezes.

— O que você está fazendo? — sussurrou Frankie, balançando a cabeça. — Por que não consegue me ouvir?

— Afinal, o que é aquela coisa? — perguntou Clayton, apontando para a parede de resina.

— Acho que é uma membrana. Isso tudo é como uma semente — respondeu Frankie, cutucando a parede.

Clayton bufou:

— Essa é a coisa mais estúpida que eu já ouvi. Uma semente é pequena. Além do quê, elas não estão *vivas*.

— Você deveria prestar mais atenção na escola. Existe um universo inteiro dentro de uma semente. Um mundo sem limites que se anela em si mesmo como uma mola. Uma semente é poderosa e infinita. E, por sinal, você é um idiota — disse Frankie, arfando. Depois de tantos anos ouvindo e lendo e *pensando*, falar era incrivelmente bom. Além disso, ele se deu conta bem rápido de que tinha muito a dizer. E, mesmo que isso não fosse muito legal, insultar Clayton Avery era *melhor* ainda. Sorriu.

— Eu odeio você — disse Clayton, cruzando os braços e olhando para longe, enquanto Frankie voltava a encarar a parede de membrana.

— Olhe para cá, Wendy — sussurrou Frankie, com urgência. — Olhe para cá, estou *bem aqui*.

Clayton começou a chorar. Frankie grunhiu em sinal de frustração.

— Escute aqui — disse ele, nervoso. — Nós *não* vamos ser enterrados vivos. Vamos sair daqui, está bem? Apenas finja estar em uma história. Finja que nada disso é real. É mais fácil ser corajoso quando pensamos que não haverá consequências, entende?

— Não — respondeu Clayton, limpando o nariz com as costas da mão, que deixou um rastro negro e enlameado em seu rosto.

— Escute, a história é assim: os heróis saem para uma missão. Eles vão para baixo, para dentro e para o meio e, ainda assim, não conseguem chegar até a donzela. Mas o que eles não sabem é que outros dois heróis também estão nesta mesma missão. Eles estão chegando de outra direção. Viu? A ajuda está a caminho.

— Que história é essa?

— A nossa história. Está acontecendo neste exato momento.

— Você é louco — disse Clayton, hiperventilando. — Você é completamente louco.

Ele ficou de pé e bateu na membrana o mais forte que pôde. O cheiro de seiva quase o fez desmaiar.

— Estamos a vários quilômetros da superfície, e tudo o que você consegue fazer é citar um conto de fadas idiota? Escute aqui, Aberração, *ninguém mais está a caminho*. Estamos aqui *por nossa conta* e *encurralados*. Não temos comida nem água e eu não sei quem você acha que está do outro lado disso — Clayton apontou desmotivado para a membrana —, o que quer que isso seja, mas ninguém conseguirá atravessar. As paredes vão desmoronar, ficaremos sem ar e morreremos. F...

Ele estava prestes a dizer *fim*, mas foi interrompido por uma ruptura repentina na parede de terra, e dois garotos caíram bem em cima dele.

— Ai, caramba! — reclamou Clayton.

— Frankie! — disse Jack.

— Ah! — exclamou Frankie. — Viu? Eu disse!

Capítulo 42
O Conserto

Não demorou muito para Wendy tomar uma decisão: se a Dama — ou o que quer que Ela fosse — já usara o espelho para ver o que se passava no mundo acima, então ela tornaria a fazê-lo. Wendy não era o tipo de garota que se deixava abater por ninguém, ainda mais por uma ladrazinha de almas como a Dama.

Após anos a fio enchendo aquele "mala" do Clayton Avery de socos, ela havia aprendido algo importante: valentões perdem a pose quando alguém revida. Nenhuma daquelas pobres almas tinha força para dar o troco, mas Wendy sabia que tinha. Decidiu que ninguém iria roubar a *sua* alma. E ninguém faria com que *ela* ficasse no subterrâneo para sempre. Ela ia sair de lá e ponto final.

Usaria o espelho. Mesmo que fosse apenas para iluminação, já que não conseguiria fazer nada no escuro. E, se calhasse de ser mágico... bem, melhor ainda, pensou. Começou a juntar os cacos do espelho, vendo-os crescer, tornarem-se um só.

O que ela está fazendo?

E isso importa? Ela também irá nos deixar.

Ela não faria isso!

Olhe para o espelho! Eu conheço aquela casa. Já estive lá.

Não esteve, não. O único lugar que já frequentamos é aqui.

Mentiroso.

Wendy fez o que pôde para ignorar as vozes na escuridão. Suas mãos estavam cortadas e machucadas, mas ela não parou de juntar os cacos. O espelho — ou pelo menos *parte* dele — flutuava, estável e imóvel, como se estivesse pendurado em uma parede. Mas não havia nenhuma. As bordas eram afiadas, mal-acabadas e *dolorosas*. Wendy pegou outro dos vários cacos que ainda estavam no chão. Cada um deles brilhava mais intensamente quando chegava perto do caco no qual se encaixava e, assim que era colado, soltava uma faísca, unindo-se tão perfeitamente que parecia nunca ter-se quebrado. Caco após caco brilhava, faiscava e se unia, e Wendy continuava o trabalho. Depois de um tempo, ela mal sentia a dor nas mãos. Não se importava com os cortes profundos na pele ou com a maneira como seu sangue escorria dos dedos até as palmas e pingavam de seus pulsos no chão. Enquanto isso, o espelho crescia e crescia.

No reflexo, um milharal passou de exuberante e dotado de um lindo tom de verde a amarelo e depois marrom. Uma mulher também verde e um menino pequeno se escondiam atrás de uma casa — e então, a mulher *era* a casa. Ou vice-versa. De qualquer forma, isso não importava, porque a construção estava desmoronando, soltando partes de si mesma como uma ave troca de penas. Em outra parte do espelho, outra mulher apareceu, dirigindo um carro em círculos, e um menino rolava uma encosta cheia de mato e caía em um buraco. Essas imagens apareciam e piscavam na visão periférica de Wendy e ela não prestou muita atenção.

Você precisa se apressar, sussurrou a voz mais velha no ouvido da menina. *Ela estará de volta em breve. Voltará para buscar você.*

— Ela vai se arrepender se vier — murmurou Wendy enquanto montava o espelho. — Eu não me dou bem com valentões.

O espelho vibrou e soltou um zumbido, as imagens se formando, cada vez mais claras. Wendy percebeu que contavam uma história. Podia ver uma mulher linda tendo de tomar uma terrível e difícil decisão. Como Ela, em Seu luto e Sua vergonha e Seu triunfo, tivera de se dividir em duas metades, uma boa e outra má.

— Essa história é real? — perguntou Wendy.

Claro que sim. Todas são. Ou a maior parte *delas é.*

— É horrível.

Horrível, concordou uma voz. *E eu acho que isso é culpa minha... mas eu... eu não consigo me lembrar.*

Wendy continuava a olhar para o espelho, mas o seu reflexo nunca aparecia. Acenou para ele, mas nada aconteceu. *Bem, isso não pode ser bom*, concluiu.

— Será que eu morri? — perguntou. Olhou para as mãos. Ainda sangravam, embora não doessem.

É claro que não, disse a voz masculina. *Mortos não sangram. Eles se decompõem.*

Você tem razão, pensou Wendy. — E você? Está morto? — perguntou.

Quer dizer o meu corpo? Ah, certamente. Ela tirou a minha força vital e eu morri. Assim como vai acontecer com você. Mas a minha alma... Almas continuam a existir, como pode ver. Elas vão... para outro lugar. Ou pelo menos deveriam ir. *Mas não a gente. Nós estamos presos aqui.*

— Eu posso salvar vocês?

Não sei. Certa vez, uma alma se agarrou à saia Dela quando Ela atravessou o espelho. Nunca mais a vimos novamente, e a Dama chorou por dias a fio. Eu não sabia que a maldade podia ficar de luto, mas Ela pareceu ficar. Ou, talvez, fosse apenas a lembrança do luto — um vácuo no qual, certa vez, houve um sentimento.

Wendy continuou a colar os cacos do espelho.

— Eu vou sair daqui — disse ela. — Vou sair daqui.

A menina podia sentir as almas chegando mais perto, amontoando-se atrás dela, pressionando as mãos frágeis e os rostos delicados em suas costas. Wendy não as afastou. Wendy não se virou.

— Nós *todos* vamos sair daqui.

Capítulo 43
Destroçados

Galhos surgiram das paredes do espaço subterrâneo.

— Erva venenosa! — gritou Clayton.

— Não é *erva venenosa* — disse Anders, desdenhoso. — Caramba, será que dá para se conter? — Apesar da calma em sua voz, os galhos se enrolaram rapidamente em volta de suas pernas e cintura e machucaram a sua garganta.

— É Ela — disse Frankie, debaixo de um monte de folhas. — Ela sabe que estamos aqui.

Jack olhou para baixo. Havia tantos galhos se enrolando em suas pernas que faziam-no parecer um tronco de uma árvore, lenhoso e coberto de folhas, marrom e verde.

Mesmo estando apavorado, havia algo peculiar com relação àquela situação.

Parecia *certo*, de alguma forma.

— Não — disse ele. — Não é Ela. Eu acho que sou *eu*.

De algum lugar — fosse um sonho ou uma lembrança, ou o sonho de uma lembrança de um sonho, ele não sabia —, Jack se lembrava de olhar para baixo, para as suas mãos, suas pernas e seu tronco, e não ver pele, nem camiseta, nem bermuda cáqui. Em vez disso, via folhas, casca e madeira.

— Eu era assim — disse ele, mais para si mesmo do que para os outros. — Folhagem e madeira.

Ele se retorcia sob os galhos. Podia senti-los movendo-se sobre o seu corpo — perfurando as suas roupas, enrolando-se em seus joelhos, atravessando sua pele, como se ele fosse feito de papel. Pedaço por pedaço, podia sentir sua pele sendo arrancada e se soltando de seu corpo. Para a sua surpresa, não doía. Em vez de dor, a sensação era de alívio — como se estivesse se livrando de um terno ou de uma camisa muito desconfortável, que lhe dava coceira.

Clayton começou a chorar:

— As plantas estão matando o garoto novo!

— Não, elas não estão... — começou a dizer Jack. Então, flexionou e estendeu os dedos de madeira. — Acho que elas estão me *consertando*.

— Eu quero ir para casa — choramingou Clayton.

Anders, grudado na parede, não se sentia mal. Pelo contrário, os galhos envolviam-no com cuidado, quase com carinho. E, enquanto a magia das plantas zumbia em contato com a sua pele e, às vezes, o espetava, no geral, ele considerava a experiência mais *interessante* do que assustadora. Observava, fascinado, os galhos serpenteando. Notou que eram inteligentes. Eles se movimentavam como se tivessem um plano, uma intenção. E, então, gentilmente, começaram a se enroscar no corpo do menino com mais força do que deveriam, e fizeram-no engasgar.

— Está muito apertado no seu pescoço — disse Jack, assustado. — Parem com isso — pediu.

Para sua surpresa, os galhos que estavam sufocando seu amigo cederam e desfaleceram.

— Jack! — exclamou Anders. — Elas obedecem você! Viu isso? Tente de novo.

Jack não tinha tempo para não acreditar no menino — ele apenas *sabia*, assim como soubera que aquela pele de madeira era a sua pele *real* e que os cabelos de folhas eram os seus cabelos *verdadeiros*.

— Parem com isso — disse ele, mais alto, fazendo com que os galhos soltassem o menino e deslizassem pelo chão. — Não — ordenou Jack, mais alto ainda. — Eu disse *parem com isso!*

Sua voz ecoou e explodiu. Ao mesmo tempo, as plantas foram lançadas para a lateral da pequena caverna. A parede se quebrou, causando um barulho ensurdecedor e doloroso, desencadeando uma revolução de poeira, cascalho e pedras. Jack, Frankie, Anders e Clayton cobriram os rostos com as mãos e esperaram o teto desmoronar.

Mas nada aconteceu. Os galhos cobriram o alto da caverna e suas paredes. Criavam linhas e se ondulavam, em uma espécie de andaime estreito, retendo a terra. Enquanto isso, mais plantas se retorciam e atravessavam até a parede que estava mais ao longe, aumentando a abertura a ponto de os meninos poderem ver um túnel de folhas estendendo-se até a luz do dia.

Anders assobiou.

— Bom trabalho, Jack — elogiou ele.

Clayton, certo de que já havia se sufocado, fraturado algumas partes de seu corpo e morrido, ficou surpreso ao ouvir uma voz chamando o seu nome. Parecia estranhamente a de sua mãe, que ele sabia — ou pelo menos tinha quase certeza — que não estava morta, o que lhe dava um motivo convincente para acreditar que ainda estava vivo. Clayton fungou com força.

Frankie, que já estava no túnel, virou-se e voltou até a estranha membrana que os separava do local onde se encontrava Wendy. Ele se arrepiou. Fazia quatro anos desde que estivera pela última vez no covil da Dama, no Mundo-Abaixo-do-Mundo, mas ainda assim assustava-o estar tão perto. Podia ver a irmã ajoelhada perto de um enorme espelho.

— Wendy! — gritou Frankie. — Wendy, estamos aqui!

Os galhos que envolviam o corpo de Jack não desfaleceram e ele não os arrancou. Em vez disso, recuaram em sua pele, que os absorveu rápido, como uma loção. A maior parte da pele que cobria suas pernas desaparecera. Ele olhava para baixo, examinando o corpo. Estava maleável e forte com uma muda de árvore. Sabia que não deveria acreditar no que estava vendo ou que, se acreditasse, deveria estar apavorado.

Mas, de fato, ele *acreditava* e não estava com medo.

Suas pernas pareciam *boas*, melhores do que sempre haviam sido. Do outro lado da parede de membrana, Wendy se aproximou. Ajoelhou-se perto da fenda e repousou a mão no espaço. Ela também não era capaz de perfurá-la.

Jack se levantou e esticou os braços. Sua antiga pele caiu como folhas velhas e secas, e a nova era verde e viva. Cada vez que se movia, o menino liberava uma essência de seiva.

— Eca! — disse Clayton. — Que cheiro é esse? E a gente não deveria estar indo *naquela* direção?

Ninguém respondeu. Clayton observava, duvidoso, os grossos galhos que delineavam o novo túnel. Eles *pareciam* fortes o suficiente para serem escalados, mas preferiu esperar que alguém fosse à frente.

Jack ajoelhou-se ao lado de Frankie. O menino olhou para o seu corpo de cima a baixo, mais marrom e verde agora do que pálido e pastoso, mas não disse nada. Sério, o que havia para ser dito?

— Então Ela me deixou sair e pegou você? — perguntou Jack.

Frankie assentiu e engoliu em seco. — Mas não foi certo, entende? O sr. Avery deveria dizer "meu filho em troca do seu filho" — e *assim* o fez. Só que ele escondeu Clayton e me usou no lugar dele. Então, como era uma mentira, a Magia saiu pela culatra.

— Sim... — disse Jack, lutando com uma lembrança que surgiu em sua mente. — Eles deveriam dizer *seu* e *meu*. Não é isso?

— A Magia não sabia para onde ir. Então, se espalhou. Eu acordei ali. — Frankie apontou para a parede de membrana. — Mas Ela estava muito fraca para tirar a alma do meu corpo. Foi como se Ela estivesse ficando dormente bem devagar, ou algo do tipo. Ou talvez eu tenha me agarrado à minha alma. E, então, Clive me puxou, e Ela ficou completamente imóvel. Mas a Dama não estava morta. Apenas dormindo.

Jack prendeu a respiração e expirou lentamente, emitindo um longo chiado. Passou os dedos pelos cabelos folhosos.

— Clive disse que eu tenho de empatar o jogo. Wendy pegou o *seu* lugar, então devo trocar de lugar com ela, certo?

Frankie repousou a mão sobre o emaranhado de cicatrizes na lateral do rosto e Jack se perguntou se doía. Imaginou também se deveria sentir-se culpado pelo sofrimento do amigo. Provavelmente, concluiu. Muito culpado.

— Alguém tem de trocar — disse Frankie, fechando os olhos. — Por isso vim até aqui. Para libertá-la.

Jack balançou a cabeça. — Não, Frankie. Não pode ser você. Ela vai sugar a sua alma e se fortalecer. E, então, roubará outras. Se eu estiver aqui... não sei. Talvez eu consiga dar um jeito Nela. Alguém tem de conseguir. Certo?

— Você precisa escolher — disse Frankie. — Tenho certeza de que não posso obrigar você, se é isso que está me pedindo.

— Mas, se eu não escolher, nem você nem Wendy conseguirão sair daqui.

— Verdade — concordou o amigo. — Mas, se optar *por isso, também* não poderá ir embora. Você vai pertencer a este lugar, ao subterrâneo. Ou o subterrâneo pertencerá a você. Qualquer um dos dois.

Jack olhou para Anders, que tirou o boné e coçou a parte de trás da cabeça, pensativo. Pensou em sua mãe e seu pai, como pareciam sempre surpresos em vê-lo pela casa, como raramente estavam cientes de que havia outro filho na família além de Baxter, o que, pensando bem, era verdade. Não existia outro filho na família. Havia apenas o Jack, que era, bem, *outra coisa*.

Jack assentiu.

— Assim que Wendy sair daqui, voltem para a casa dos meus tios. Eu não sei como consertar as coisas e tenho medo de fazer alguma burrada. Só sei que, enquanto Ela está fraca, a Dama faz com que as coisas saiam errado. Se tudo estava bem antes de Ela se dividir em duas, talvez voltem ao normal se eu conseguir reuni-las — disse. Limpou a garganta. — Quer dizer, no fim das contas, as *duas* são minha mãe, entende? São *minhas* — completou. A palavra "minhas" fez com que ele se arrepiasse. *Por quê?*, pensou. — Obviamente, *Elas* não conseguem *se* unir de novo — fez uma pausa. — Do contrário, já o teriam feito.

— Use o espelho — sugeriu Frankie. — Era o que Ela fazia. Passava por ele quando queria roubar as almas das pessoas e as puxava para o subterrâneo, deixando os corpos para trás. Se você conseguisse trazê-la de volta para dentro — ambas as metades. Eu não sei. Funcionou em uma história, certa vez.

Jack concordou: — Minha mãe e meu pai. E o meu irmão. Bem, eles eram de mentira, eu sei, e provavelmente nem se lembram de mim. Mas eu me lembro deles. Eu os amei, sabia? Diga isso a eles por mim, está bem? E repita quantas vezes puder para que eles não se esqueçam.

O menino não esperou pela resposta e, secando os olhos com as costas da mão verde e marrom, entrou pela fresta. Pressionou sua mão na direção da mão de Wendy, que estava do outro lado na parede de membrana. Apoiando a pedra do Portal na superfície, disse:

— Preciso de um lugar para fazer a troca. Preciso de um lugar *intermediário.*

A membrana ondulou, e Jack entrou nela.

Capítulo 44
Empatando o Jogo

O interior da parede de membrana era maior e mais largo do que Jack poderia acreditar. Na verdade, olhando por cima do ombro, conseguia ver as figuras de Frankie e Clayton, mudas, os olhos arregalados, as mãos sobre a superfície de resina. Pronunciavam o nome dele, mas Jack não conseguia ouvir suas vozes. Olhou ao redor. Embora soubesse — e *sabia* — que estava *dentro* da parede, era como se estivesse no meio de um corredor comprido e reto — paredes escuras, teto negro e o chão de terra batida. Jack olhou para Wendy e acenou.

Wendy, olhando curiosa para uma imagem bidimensional de Jack na parede, pressionou a testa na superfície. Para sua surpresa, a membrana se abriu ao redor de seu rosto, como se fosse feita de água. Olhou para o espaço, maravilhada.

— Jack — chamou. — Jack, você está aqui mesmo?

E onde é que aqui fica?, pensou.

— Sim, sou eu. Venha, entre. Vou lhe mostrar como chegar ao outro lado.

— Mas eu não posso. Acho que ninguém consegue fazer isso.

Wendy tentou inserir as mãos na superfície e sentiu as extremidades da parede ondularem ao longo de seus braços.

— Agora você pode. Venha. Eu tenho de lhe explicar algumas coisas.

Ela se agachou, gemeu um pouco e aterrissou no chão frio de pedra com os tênis velhos. Jack a observou correr em sua direção e se deu conta de que não havia nada a ser explicado. Não poderia explicar todas as mudanças que haviam acontecido com ele nem o fato de os tios, assim como seus pais e o irmão, não serem uma família de verdade. Não poderia explicar a mãe dividida em duas, ou o aprisionamento, ou a casa que falava, ou as intervenções sorrateiras de Gog e Magog. Tudo que ele sabia era que ela estava correndo em sua direção, que ela ficaria livre e ele não, mas que não se arrependeria disso.

Ele *queria* que ela ficasse em liberdade.

Parecia certo, assim como o seu novo corpo e a verdade sobre si mesmo.

Wendy correu até ele e o abraçou com força. Ela cheirava a grama verde e terra de verão e muito sol. Jack inspirou e sentiu um nó, verde e tenso, apertando o seu coração.

— Jack — disse ela —, você não vai acreditar...

— Pois é — respondeu ele. — Você ficaria surpresa. Preste atenção, corra até a outra extremidade do corredor e siga em direção à luz. Não sei onde você vai sair, apenas vá para a casa dos meus tios, bem rápido.

— Do que é que você está falando? Você vem comigo.

Mesmo que ela tivesse dito aquelas palavras, Jack podia ouvir na voz de Wendy que ela sabia que isso não iria acontecer.

— Ah, *Jack*... — começou Wendy. Olhou para o amigo e engasgou. Sua voz pareceu partir-se em sua garganta. — Mas não posso ir embora! Eu tenho de ajudar. Eu prometi. Há pessoas aqui... ou não, apenas almas. A... o que quer que Ela seja... a Dama, Ela as aprisionou aqui e...

— Está tudo bem, eu vou dar um jeito. As coisas parecem... me *ouvir* aqui embaixo. Não consigo explicar. Só sei que devo estar *aqui*. Assim como acho que *devo* consertar as coisas.

— Eu não posso deixar você para trás. Não posso deixá-las também. Segure a minha mão e nós correremos. Havendo dois de nós, provavelmente poderíamos forçar a passagem. Talvez possamos deixar um espaço para as almas saírem.

Jack balançou a cabeça.

— Não é assim que a coisa funciona.

Wendy bateu com o pé no chão e grunhiu frustrada. Deu as costas para Jack e limpou os olhos com força, com as costas das mãos.

— Wendy — disse ele, colocando sua mão (ou aquilo que um dia *havia sido* a sua mão, mas era um emaranhado de raízes e caules em formato de mão) no ombro da amiga. — Eu tenho de ficar. Preciso consertar...

— Então, você está desistindo? — perguntou a menina, andando em círculos ao redor de Jack. Seus olhos estavam vermelhos. Sua respiração era curta e nervosa. — Simples assim? Você não vai nem ao menos tentar sair?

Jack balançou a cabeça.

— Escute, Wendy, você foi a minha primeira amiga. Eu nunca soube o quanto era sozinho antes, mas eu *era* e agora não sou mais. Foi a primeira vez que eu me senti como uma pessoa — uma pessoa de verdade, como você e Anders e Frankie. Eu sei que eu não sou um ser humano

— não *de fato* —, sei disso há pouquíssimo tempo e teve um significado para mim. Eu nunca vou me esquecer disso, Wendy. *Nunca*.

E, sem perceber, ficou nas pontas dos pés e a beijou, rapidamente, na boca.

Envergonhado, deu as costas e correu para a escuridão.

Não olhou para trás.

Capítulo 45
Emergências

Wendy foi à frente.

Afastou-se dos abraços de Frankie e Anders e, embora o som da voz do irmão chamando por seu nome quase a tenha partido em duas, ela não podia parar e pensar naquilo agora. Tinha de se *mover*, independentemente do quanto seu coração aos poucos se quebrava.

— Temos de falar com o sr. Fitzpatrick. Jack está preso dentro do... o que quer que seja aquele lugar. Clive saberá como tirá-lo de lá.

— Mas, Wendy — disse Anders —, eu não estou certo de que isso é o que devemos...

— *Suba* — ordenou ela, enfurecida, alcançando as heras grossas e balançando as pernas na direção da parede do túnel vertical. — São só uns... o quê... *talvez* oito metros até o topo. Nós já escalamos coisas mais altas antes.

— Eu não — disse Clayton.

— Bem, então, você vai ficar aqui.

E, sem olhar para trás, Wendy começou a escalar, Clayton subindo atrás dela.

Frankie e Anders observavam os dois, esperando para terem certeza de que ninguém cairia.

— Depois de você, Frankie — disse Anders, fazendo um floreio e curvando-se.

Frankie escalou, bem mais lentamente do que a irmã; seus movimentos eram cuidadosos e pensados.

Anders examinou de perto a estrutura dos galhos. Balançavam com leveza, embora não houvesse nenhuma corrente de vento no subterrâneo.

— Você é uma coisinha curiosa, hein? — murmurou Anders para a planta. — Você é parte de Jack ou ele faz parte de você? Não sei se o tomou ou se estava dentro dele o tempo todo. De qualquer modo, espero que não se importe de eu fazer isso.

Com delicadeza, Anders levou os dedos até a base de um galho pequeno e o arrancou. Encarou a planta para saber se ela havia se incomodado, mas as folhas continuavam a balançar ao vento inexistente. Anders assentiu, satisfeito.

Pensou que poderia ser útil ter uma planta mágica na fazenda. *Se* conseguisse fazê-la crescer.

— Além do quê — disse para os galhos enquanto eles balançavam sozinhos ao redor de seu braço, três vezes, antes de se enrolarem em seu pulso, agarrando-se —, se realmente fizer parte de Jack, acho que gosto da ideia de manter um pedaço de você enraizado à superfície. Só no caso de precisar.

E, com isso, Anders lançou-se para cima e escalou em direção à abertura que dava para o céu azul-claro.

* * *

Os gatos aguardavam na beira do buraco. Lancelot também estava lá. Wendy escalou para fora de túnel, embora tivesse a sensação de que os galhos a estavam ajudando. Durante todo o percurso, sentiu como se eles se movessem quando ela precisava e se apertassem quando necessário. Era como se as plantas *quisessem* que ela chegasse inteira ao topo.

— Pffft — soltou um dos gatos. Gog ou Magog. Ela não sabia diferenciá-los.

— Como vocês três sabiam que era para me esperar aqui? — perguntou ela e, então, balançou a cabeça. — Quer saber? Esquece. Não estou nem aí.

Wendy não esperou pelos outros, saiu correndo do barranco, com os gatos um pouco à sua frente e a ave pairando acima das copas das árvores.

Clayton surgiu em meio à vegetação, arranhado e lanhado por espinhos e galhos. Ouviu a voz de sua mãe vinda de... algum lugar. Engatinhou para longe do buraco, apoiado nas mãos e nos joelhos, e deitou-se de barriga para cima, olhando para o céu. Nunca havia prestado atenção antes, mas aquilo era extremamente bonito. E as árvores estavam lindas. E as pedras e os bandos de aves que sobrevoavam o local. Até aquela menina dos Schumacher era bonita, quando não estava socando a sua cara. Ele nunca havia sentido nada por Wendy, então sua repentina felicidade ao vê-la saindo da parede de membrana pegara-o de surpresa. Clayton não era o tipo de garoto que passava muito tempo preocupado com o bem-estar dos outros.

— *Clayton!* — ouviu a mãe gritar. — *Ah, por favor, não!*

O menino tentou se sentar, mas sua mãe surgiu do nada, lançando-se sobre o seu corpo e imprensando-o no chão. Ela chorava e sorria e apertava os olhos.

— Você está vivo — disse, arquejando. — Está inteiro e vivo.

— É claro que eu estou *vivo*. Como eu estaria? Caramba, mãe, se recomponha!

No momento em que Wendy chegou à estrada, Frankie e Anders já a haviam alcançado. Os três correram em direção à casa dos Fitzpatrick.

— Quem trouxe os gatos? — perguntou Anders.

Wendy ignorou sua pergunta.

— Anders, os tios de Jack sabiam que eu estava lá embaixo?

O menino assentiu.

— E Avery reuniu toda a equipe de construção de Iowa em frente à casa deles. Ouvimos o velho dizer que, se pudesse matar Jack e destruir a casa ao mesmo tempo, a metade boa da Dama ficaria tão fraca que pereceria e morreria. Mas eles não têm Jack.

Wendy balançou a cabeça.

— Então, faremos apenas a primeira parte.

— O quê?

— Eu vi isso no espelho. A casa precisa ser destruída. Tem de acontecer enquanto Ela está forte. Quer dizer, a Sua metade *boa*, quer dizer.

Wendy correu mais rápido, sem dar outras explicações, deixando os meninos para trás, imaginando o que exatamente tinha visto enquanto estivera no subterrâneo.

Capítulo 46
O Espaço entre o Bem e o Mal

JACK OLHOU AO REDOR O ESPAÇO ESCURO E APERTADO. OBSERVOU o teto e terra caiu em seus olhos. Estava completamente, totalmente sozinho.

— Ah, não — disse. — Isso não vai funcionar.

E, mesmo sem tentar, Jack criou o mundo.

Grama, verde e grossa como musgo, desenrolou-se como um tapete sob seus pés enquanto as paredes se tornaram horizontes que se estendiam mais e mais a cada respiração. Enquanto caminhava, colinas surgiam do chão, florestas brotavam como ervas e lavouras abundantes tomavam conta das terras. Acima, a terra batida do teto ascendeu, brilhou e se expandiu até formar um céu.

— Eu conheço este lugar — disse ele.

Aves voavam em bandos sobre campos intermináveis e descansavam perto dos lagos recém-formados, que já estavam repletos de peixes prateados.

— É claro que você conhece, meu garoto, é claro que sim — respondeu a voz de um homem velho atrás de Jack. O menino se assustou e, quando viu a imagem do homem à sua frente, gritou. — Ah, o que é isso? — censurou o homem. — Sua amiga era bem mais gentil.

— Bem, agora eu sei que você está mentindo — retrucou Jack, a voz tremendo. — Wendy quase nunca é gentil.

Uma multidão se formou à sua frente — cada um com formato humano, mas transparente e vazio, como se fosse feito de papel vegetal. A maioria era de crianças, mas havia alguns adultos, incluindo a primeira pessoa que falara com ele, um homem com ar antigo, usando um colarinho de sacerdote. Cada figura chegou mais perto para tocar os braços, o rosto ou os cabelos folhosos de Jack. O menino cerrou os maxilares, pois não queria tremer. O toque deles era leve, como sementes de dente-de-leão; suas peles farfalhavam e sussurravam à medida que se moviam.

— Vocês são almas, não são?

— Ah, pare com isso agora — disse a alma do pastor, a voz pomposa e impaciente. — Não há tempo para conversinhas. Venha ver o que a sua amiga fez.

O homem flutuou, seus pés pairando bem acima do chão, e Jack o seguiu correndo, parando em frente ao espelho. Era alto e largo, as bordas mal-acabadas, e estava pendurado no ar sem se prender a nada. À medida que Jack ia chegando mais perto, os cacos que haviam sobrado no chão começavam a flutuar em harmonia, grudando-se ao espelho, emitindo um show de luzes.

— Veja bem — disse a alma do pastor —, sua casa já está respondendo à sua presença. Ah, como eu esperei por esse momento!

— Preciso tirar você daqui — retrucou Jack, embora não fosse para beneficiar as almas, mas a si mesmo. Saiu de perto do homem e encarou o espelho.

Não enxergava o seu reflexo, mas a imagem de uma casa roxa, com janelas faltando e uma porta que tremia à sua frente. Telhas voaram do telhado irregular e os caibros chacoalhavam e balançavam, como se a casa estivesse sufocando.

— É a casa do tio Clive e da tia Mabel — disse. — O que aconteceu com ela?

— Não vai durar muito tempo. Sua mãe, bem, metade Dela, a metade boa, está ganhando força. Estava presa lá, mas agora está pronta para sair. Alguém reuniu muitas pessoas felizes em um mesmo lugar, percebe? Toda essa felicidade causa um tipo de aquecimento de almas. Criaturas como a sua mãe se alimentam disso. Veja como a construção está tremendo. Se Ela conseguir obter poder suficiente, poderá se libertar. E está vendo aquela protuberância no chão? Aquela é a metade ruim. A Dama — disse a alma, tremendo.

— O que vai acontecer se ambas saírem ao mesmo tempo?

Jack tocou o espelho. Era frio, mas sua respiração não embaçou a superfície. E as seivas que percorriam suas mãos não deixaram marcas. No entanto, percebeu que o objeto não era rígido como um espelho comum. Jack pressionou o vidro com mais força e notou que agia como um trampolim.

— É difícil dizer. Desde que cheguei aqui, elas têm se evitado. Mas, agora que você chegou, enxergo o aparecimento Delas como uma coisa só.

A alma limpou a garganta.

— O quê? — perguntou Jack.

— Uma oportunidade.

Do lado de fora da residência dos Fitzpatrick, uma tempestade se formava, raivosa. A Dama urrava da protuberância no solo, e a Outra cantava e cantava dentro da casa. As pessoas que estavam no pátio chegaram mais perto umas das outras e abriram guarda-chuvas em busca de abrigo. Continuavam a passar umas às outras os pratos com torta de merengue de limão e gelatinas coloridas e biscoitos amanteigados com cobertura cor-de-rosa. Ainda sorriam e gargalhavam e contavam piadas. Era como se soubessem da chuva, mas não percebessem a tempestade.

Wendy, Anders e Frankie mal podiam ver a casa por causa da poeira e dos escombros que voavam. Nuvens pesadas sobrevoavam a construção. Raios e chuva, granizo do tamanho de bolas. E até neve.

— Precisamos fazer alguma coisa — disse Wendy.

— Eu não achei que... — disse Frankie, a parte lisa de seu rosto tornando-se cinza de tanto medo. — Não achei que Ela fosse estar tão forte assim. Não sei o que... quer dizer, não acho que poderemos...

Frankie engasgou com o choro. Seu rosto estava tomado pelo terror.

— *Dê-me o garoto* — disse uma voz. Surgia do chão e rimbombava pelos céus. — *Dê-me o garoto e poderão ter a menina de volta.*

— Ela não sabe que eu estou livre — sussurrou Wendy. — Então, Ela também não sabe que Jack está lá dentro. Isso é bom, eu acho.

A menina segurou a mão do irmão e a apertou. Segurou-a como se a sua vida dependesse daquilo.

Jack ficou parado em frente ao espelho, pressionando as mãos sobre a superfície. Não era vidro, ele sabia, embora as bordas fossem tão afiadas quanto. Mas havia uma coisa da qual ele tinha certeza absoluta: o espelho estava *vivo.*

A alma pomposa limpou a voz.

— Ambas as metades da sua mãe estão no mesmo lugar. Se você entrar pelo espelho, talvez seja capaz de agarrar as duas. É assim que Ela faz — disse ele, com tom de amargura. — Roubou boa parte das almas que estão aqui através desse espelho.

— Mas como posso libertar vocês?

— Não acho que poderemos ficar livres, meu garoto. Veja bem, estamos presos aqui.

— Talvez. Mas se Ela conseguia sair pelo espelho e puxar pessoas *para dentro*, certamente eu conseguirei puxar vocês *para fora*. Se chegarem ao outro lado, para onde você acha que irão?

— Eu não sei de nada, filho. Suspeito que, como almas que foram separadas de seus corpos, agiremos como tal. Seguiremos adiante — disse o pastor. Seu rosto, de repente, foi tomado por uma expressão melancólica. — Ah! Seguir *adiante*!

Gog e Magog pularam no teto de um carro e olharam para Frankie e Wendy com uma expressão inegavelmente irritada.

— *O quê?* — perguntou a menina, exasperada.

— *Pfft* — chiaram os gatos. Viraram-se e pularam para o chão antes de entrarem na cabine de uma escavadeira que estava parada.

— Gatinhos malvados! — sussurrou Anders enquanto os animas batiam com as patas nos controles. — Eles vão se machucar se continuarem a... ah! Entendi — disse, virando-se para os amigos. — Sei como poderemos ajudar o Jack.

O menino saiu correndo para dentro da escavadeira e, depois de algumas tentativas, conseguiu ligar a máquina.

— O que você está *fazendo*? — gritou Wendy.

Anders dirigiu a escavadeira diretamente até a casa. Ela concordou. *Ótimo plano*, pensou.

— Ei! *Ei, garoto!* — Um dos motoristas correu atrás da máquina enquanto três outros homens o seguiram, deixando seus caminhões sozinhos. Wendy balançou a cabeça. *Às vezes, os adultos sabem ser burros*, pensou ela enquanto entrava em dos veículos abertos, dando a partida. Frankie sentou-se ao seu lado e ela começou a pisar na embreagem. Dispararam em direção à casa. Fecharam os olhos e agarraram-se aos assentos enquanto os caminhões invadiam o lado oeste da casa com um estrondo.

O Mundo-Abaixo-do-Mundo oscilou, curvou-se e tremeu. O céu escureceu; a terra entrou em erupção, causando ondas, fazendo com que Jack caísse de joelhos.

— O que está acontecendo? — gritou o menino, mas não teve muito tempo para imaginar. Duas vozes surgiram em meio tremor.

Estou livre!, gritaram em uníssono — uma voz cheia de raiva e triunfo harmonizada estranhamente com outra, tomada de felicidade e amor.

Jack olhou para o espelho. Exibia, em flashes, a imagem de uma casa — ou o que um dia fora uma. Agora, era um monte de pedras coberto por plantas densas e flores enormes, e havia máquinas pesadas em sua lateral. Duas mulheres estavam perto dos escombros, esfregando os olhos. Elas eram indescritivelmente altas, os cabelos feitos de grama e a pele, de folhas jovens, cheias de seiva. Olharam uma para a outra com total repulsa.

— Olhe para elas — disse Jack. — Estão *divididas*.

O sentimento de pena atingiu seu coração como uma faca afiada.

— Agora, garoto — ordenou a alma do pastor. — Passe pelo espelho agora.

Jack pressionou a pedra do Portal contra a superfície.

— Depois de vocês — disse o menino, deixando as almas passarem à frente.

A casa era um emaranhado de madeira, pedra e mobílias espalhadas pelo chão. Duas — *o que quer* que fossem. Mulheres, em sua maior parte, embora não parecessem com nenhuma que Wendy já vira, cobertas de folhas, cascas, palha de milho e terra, estavam paradas no jardim ao lado da casa. Mal conseguiam se encarar. Na verdade, parecia que estavam prestes a vomitar.

Wendy correu pelos escombros que uma vez haviam sido a casa, para ver se Anders estava bem, mas parou automaticamente assim que viu o espelho surgindo. Seu espelho, pairando sobre o chão. Ela olhou para o objeto. *Será que é real?*, pensou. Tudo que acontecera nas últimas vinte e quatro horas passou pela sua cabeça, os fatos se misturando, e ela mal conseguia distinguir o que era sonho e o que havia acontecido de verdade. Uma figura saiu do espelho. E então outra, e mais outra. Assemelhavam-se a seres humanos, *em sua maioria*, mas eram vazios e pareciam feitos de papel, como cascas secas. Mantiveram aquela forma por um momento, antes de se transformarem em pequenas bolas de luz.

— Almas — sussurrou Wendy.

— *Não!* — gritou a Dama, chorando, tentando pegá-las à medida que giravam cada vez mais rápido ao Seu redor e ao da Outra. — *Não me abandonem!*

Entretanto, não importava o quanto Ela tentasse, as bolas de luz tremeluziam e giravam, ficando fora do Seu alcance. A Outra sorriu, soprando beijos para cada uma e chamando-as pelo nome.

— Marcus — murmurou. — Timothy, Delilah, Iris. Ichabod, Sylas, June, Eva.

— Obrigado — diziam as bolas de luz, à medida que aumentavam de velocidade e brilho. — Obrigado.

As almas giravam tão rápido que pareciam, à primeira vista, um halo em volta dos corpos das mulheres; em seguida, formaram uma nuvem brilhante. E então, com um flash tão forte que poderia cegar, subiram em direção ao céu, como um foguete, e desapareceram. A Dama caiu de joelhos, enterrando o rosto em Suas mãos. A Outra, movida por compaixão, ajoelhou-se ao Seu lado, os ombros se tocando.

Foi nesse momento que uma figura surgiu de dentro do espelho. Um menino que parecia uma árvore, parado em suas raízes, altivo.

— Jack! — gritou Wendy, mas ele pareceu não ouvir.

Ele limpou a garganta, mas o som não ultrapassava o espelho. Vinha do chão, da brisa, da grama. Estava em todo lugar.

— *Você!* — disse a voz, reverberando no ar. Era como se cada folha, cada flor e grama estivesse gritando em uníssono. — Você me deixou para trás!

As mulheres olharam para o menino no espelho. Suas bocas estavam abertas, perplexas. O contorno de seus corpos começou a brilhar e a embaçar.

— *Dê-me o garoto, Avery!* — gritou a Dama, mas Jack balançou a cabeça em negativa.

— Não, Mãe. Você não pode me trocar novamente. Já disse *seu*, lembra-se? O que está feito, está feito. A Magia não Lhe dará uma segunda chance. Somente *eu* posso fazer isso.

Duas mãos — ambas marrons e feitas de tronco, como os galhos de uma jovem árvore — alcançaram o espelho, agarrando a Dama e a Outra pelos braços. A Dama lutou e tentou soltar-se, mas Jack a segurou com força.

— Mas não importa *o que* Você fez, porque agora quem faz as escolhas sou *eu*, e estou tomando de volta o que me pertence. Eu escolho Você, Mãe. Ambas as metades. Você deve estar inteira e deve me amar. E eu devo ser o Seu filho. E Você é minha, está me ouvindo? Minha! — gritou Jack, sua voz áspera, saindo pelas bordas do espelho. — *Você é minha!*

A Dama gritou. A Outra suspirou. E, com um grunhido e um forte puxão, Jack puxou as mulheres para dentro do espelho.

O objeto tremeu e ondulou como água ao redor de seus corpos, e ambas as mulheres emergiram como uma só. Começou com seus torsos, passou para os braços, que se mexiam, e, então, para as pernas. Suas cabeças continuaram separadas até o último momento possível, enquanto a Dama gritava e mordia e a Outra cantava, até que, finalmente, ambas se fundiram, emitindo um brilho intenso. Uma coluna de luz emergiu do chão e subiu em direção ao céu. A mãe de Jack — a de verdade, a *inteira* — piscou os olhos. Parou de gritar, de cantar e ficou parada, de pé. O silêncio tomou conta do jardim em ruínas e pairou sobre a rua repleta de escombros. Ela levou Sua mão à boca e às bochechas, e aos olhos.

— *Finalmente!* — exclamou. Sua voz ribombou no solo. Soprou pelos campos e ecoou contra o céu. — *FINALMENTE!* — gritou. A voz era explosiva e feliz. E, então, se calou.

Wendy, Anders e Frankie correram em direção ao espelho flutuante. Olharam uns para os outros rapidamente, e a menina repousou a mão sobre a superfície.

O objeto acendeu, tremeu e brilhou. Mostrou imagens de colinas verdejantes, campos de flores multicoloridas que se estendiam como colchas, e milharais cheios de espigas. De pé, no espelho, estava Jack — ou que parecia ser ele. Wendy pressionou a mão no espelho.

Era ele como nunca o vira antes, mas sim, *era* Jack.

Ela *sabia*.

Assim como sabia que o rosto que vira anos atrás no milharal não lhe causaria nenhum mal. Assim como sabia que o rosto que aparecia no milho — aquele que somente ela conseguia ver — era Jack. Era da cor de casca de árvore, e cada fio de cabelo havia ficado liso e verde, como folhas. Ao redor de sua cabeça, ele usava uma coroa de bolotas de carvalho. O menino sorria e acenava.

— *Não vá embora* — sussurrou Wendy.

Jack deu de ombros e sorriu novamente. Não havia som algum, mas as palavras que se formaram em seus lábios eram inconfundíveis.

Obrigado, disse ele.

Assim que a imagem começou a embaçar — um momento antes de o espelho sumir de suas vistas — as crianças viram uma mulher aparecer atrás de Jack. Ela o entrelaçou pelos ombros verdes e marrons com seus braços verdejantes e o girou sem parar.

A imagem piscou uma, duas vezes. E, junto com o espelho, ambos, mãe e filho, desapareceram.

Epílogo

— AH — DISSE MABEL, OLHANDO DE CIMA DE UMA PILHA DE CAIXAS, fios, cabos e modens. — Reforços. Anders, querido, será que você poderia correr até o caminhão de carga e ver se tem mais caixas lá? Frankie, por que não ajuda a sua mãe a montar aquelas coisas ali?

Frankie sorriu tímido e sentou-se ao lado da mãe, folheando o manual de instruções e conectando torres e drives e novos monitores. Em silêncio, colocou o manual sobre a mesa e começou a ligar os fios. Embora nunca tivesse feito aquilo, descobriu que a silenciosa linguagem de circuitos e eletricidade era algo que conseguia entender e manipular. Gostou da ideia de uma língua feita de luz, de mensagens que zumbiam sobre os seus dedos, unindo poesia e matemática e discurso filosófico em um piscar de olhos.

Havia quatro semanas que a casa de Clive e Mabel fora praticamente destruída e Frankie tornara a falar. Durante esse tempo, suas cicatrizes foram ficando mais atenuadas, perderam a vermelhidão e começaram a sarar. Nunca desapareceriam por completo, e permaneceriam, para o resto de sua vida, como um complicado selo em sua bochecha, um lembrete físico de seu encontro com a morte — algo pior do que a morte em si.

Elas também o fariam lembrar-se de Jack. Seu amigo. Corajoso e bondoso e, aparentemente, perdido para sempre. Frankie afastou o pensamento e voltou às instruções do manual do computador.

A biblioteca murmurava em atividade e conversas. De um lado, estava o pessoal da tecnologia, montando máquinas sem parar. Do outro, o povo da cidade, amontoado na seção de curiosidades locais, folheando livros sobre a história do lugar que se haviam modificado sozinhos. Capítulos com páginas em branco, de repente, foram reescritos. Fotografias que outrora não existiam agora mostravam crianças de escola, ou mães segurando os filhos, ou um velho parado em frente a uma igreja recém-construída. E a bibliotecária responsável pelos arquivos e documentos finalmente decidira criar um sistema de numeração para lidar com a multidão que trazia consigo certidões de nascimento e registros de batizado e casamento, tudo que, até muito pouco tempo, havia estado também em branco.

Frankie sorriu com toda aquela atividade e comoção, mas pouco falou enquanto completava os passos do manual de instruções. Embora fosse de comum conhecimento que o menino podia e devia falar, ele ainda se sentia muito acanhado em meio a grupos de muitas pessoas. Com aquelas que lhe eram familiares, o menino falava o tempo todo — com Mabel na loja, sua irmã ou Anders durante as caminhadas — e se aconchegava nos pais, contando histórias até que eles dormissem e ele pudesse dar-lhes um beijo de boa-noite.

Anders chegou com um carrinho cheio de caixas e voltou para buscar mais. Mabel balançou a cabeça.

— Acredito que o nosso querido sr. Avery tenha agido um tanto exageradamente, não é mesmo, Frankie?

O menino deu de ombros, embora, na verdade, concordasse. Durante a reunião de sua pequena família, o sr. Avery decidira dividir o prédio do Grain Exchange and Trust em diversas entidades separadas e vender cada uma — juntamente com a casa onde moravam — ao requerente que mais dinheiro oferecesse. Depois disso, com o que arrecadara, dera entrada no processo de reconstrução da casa de Clive e Mabel, de relocação da sua família para as montanhas do Colorado e de compra de um exército de computadores para a biblioteca, a escola e a universidade, que não haviam pensado em adquiri-los antes.

Naqueles últimos dias, antes de mudar-se para as montanhas, o sr. Avery se tornou um homem extremamente generoso: presentou cada criança com livros, bolsas escolares, um playground, uma creche e uma clínica com alta tecnologia. Fez uma doação vultosa para a conta bancária dos Schumacher — a doação fora anônima, claro, mas eles sabiam de quem viera. Quem mais possuía tanto dinheiro? As pessoas brincavam, dizendo que ele não queria que o conselho retirasse o seu retrato do corredor da prefeitura. Havia rumores sobre uma estátua comemorativa.

Clayton não queria deixar Hazelwood e foi contra a mudança até o fim. Por último, sua mãe e o sr. Fitzpatrick — que havia se tornado um amigo íntimo da família — concordaram em deixar que o menino passasse o verão hospedado na casa de Clive e Mabel, trabalhando na galeria e tendo aulas com o velho professor.

— É sempre bom manter uma criança em contato com as suas *raízes*, não acha? — disse a sra. Avery, em seu último dia na cidade.

Ninguém discordou.

* * *

Mabel sentou-se perto de Frankie para inspecionar o seu trabalho. Colocou suas mãos sobre os nós dos dedos do menino e perguntou:

— E a Wendy, querido, como ela está?

Ele deu de ombros.

— Bem, eu acho — respondeu Frankie, quieto.

Na verdade, era mentira, e ele suspeitava que Mabel também soubesse disso. Ainda assim, foi bom dizer aquilo, e quem poderia saber? Talvez a única coisa que uma pessoa tinha a fazer era dizer algo repetidas vezes até que se tornasse verdade. Talvez, se dissesse todos os dias que Wendy estava bem, ela *viesse a ficar* bem. Ou, talvez, desejar fosse o bastante.

Com exceção das brigas em casa e em alto volume, durante as quais Wendy seria capaz de gritar e atirar coisas, e sua mãe ficaria amuada a ponto de chorar, as coisas estavam quase normais na residência da família Schumacher. Wendy quase sempre se irritava com a atenção excessiva dos pais, mas, após algumas semanas, Clive e Mabel convenceram-nos de que seria mais importante se Frankie se reintegrasse socialmente com as outras crianças. Nada mais poderia machucar Wendy.

Nada, claro, com exceção do início das aulas.

Nada além da perturbadora sensação de ter perdido um amigo que mal conhecera.

Nada, exceto os constantes flashes do rosto de Jack, que apareciam nas janelas encharcadas de chuva ou na superfície das poças d'água ou da lagoa antes que fosse agitada pelo vento.

Ele parecia feliz. Quase cem por cento. E era *isso* que a incomodava e a mantinha acordada durante a noite.

Na véspera do início das aulas, Wendy acordou assim que o sol nasceu. A casa estava quieta e agradável com os sons de respiração e os dos movimentos de sonhos. A menina colocou o vestido de verão, sandálias e olhou para dentro do quarto de Frankie. Ele estava dormindo de barriga para cima, com a cabeça entre as mãos. Falava durante o sono. Ele fazia isso sempre agora.

Wendy fechou os olhos e sorriu. Independentemente de qualquer coisa — a tristeza, a perda, a culpa —, achava ser capaz de ouvir o irmão o dia inteiro. E, embora tivesse pensado em acordá-lo e levá-lo com ela, havia coisas que era melhor fazer sozinha. Pegou o skate que uma vez pertencera a Jack — aquele que Clive e Mabel deram para ela quando o encontraram em meio aos escombros da casa. Disseram que gostariam que fosse dela. A menina não conseguia encará-los, nem ao menos dizer *obrigada*, mas sabia que eles sentiram seu agradecimento. Ela andava de skate todos os dias e guardava-o em seu quarto. Era uma das poucas coisas que possuía nas quais sentia poder se agarrar.

Desceu a escada na ponta dos pés, atravessou a cozinha, fechou a porta com um leve clique, colocou o skate na calçada e deslizou rua abaixo. Nunca havia chegado perto de voar, como Jack fazia, mas, ainda assim, havia algo especial sobre aquele skate.

Do outro lado do campo, corvos se reuniram em nuvens enormes e negras. Subiram e preencheram o céu. As revoadas costumavam ser grandes, mas, durante o outono, ficavam maiores ainda, com milhares de pássaros chamando uns aos outros, suas vozes agudas ecoando pela vasta e plana região. Wendy passou pela escola e pela universidade, e viu que as vans cheias de técnicos de fibra ótica já haviam chegado e começado a trabalhar. Sua escola teria agora um laboratório de informática e computadores em todas as salas, graças ao presente de despedida do sr. Avery. As pessoas chamavam isso de generosidade, mas Wendy sabia que não era verdade. Se culpa fosse o motivo por trás de um presente, *ainda assim* seria um presente? Ela duvidava.

O barranco estava frio e úmido, e Wendy desejou ter levado um casaco. Cogitou tirar os sapatos, como Anders faria, para ver se sentiria, como ele sentira, a energia e a vida do mundo sob seus pés. Para ver se, talvez, conseguisse vislumbrar um fragmento sequer da nova vida de Jack, e talvez perguntar-lhe se aquela era, de fato, a que ele havia escolhido. No entanto, a menina não possuía o dom para isso e não havia como saber.

Aos pés do barranco, um córrego se abriu, formando uma piscina pequena e funda. Wendy se agachou e olhou para a água serena. Mais uma vez, o rosto de Jack apareceu. Ela já tinha visto a sua imagem diversas vezes, sempre na água e olhando para o céu. Seus olhos estavam grandes e calmos, e, embora não conseguissem vê-la, ela podia notar, em suas negras pupilas, o reflexo das nuvens passeando pelo céu sem limites.

— Jack? — tentou chamá-lo. — Você consegue me escutar?

— Acho que não — respondeu Clive, surgindo por trás de Wendy e, com os joelhos rangendo e estalando vigorosamente, ajoelhando-se ao lado dela na beira da água.

— Mas ele está olhando para...

— Sim, o céu. Ouso dizer que é do que ele sente mais falta.

Wendy sentiu uma pontada no coração. Afastou dos olhos as lágrimas com as costas da mão e inspirou com força.

— A culpa é minha — disse ela. — A culpa é toda minha.

— De forma alguma, querida — negou Clive, dando-lhe um tapinha nas costas antes de levar as mãos aos joelhos. — Ele fez o que deveria ser feito para consertar um terrível engano. Ele estava particularmente motivado a fazer isso em nome do *seu* bem-estar, e foi melhor assim. Jack recuperou suas lembranças mais remotas e, o mais importante, recuperou a sua verdadeira mãe. Não *apenas* a Sua metade boa ou *apenas* a Sua metade ruim. Em vez disso, Ela está inteira, integrada e real. Possui as mesmas lutas contra o certo e o errado, como você e eu, e mais, quando opta pelo bem, pela primeira vez há mais de um século, isso *faz a diferença.*

— É um grande presente para Ela, e você ajudou a fazer com que isso se tornasse verdade. Deveria estar orgulhosa.

Wendy não se sentia nem um pouco orgulhosa. Só conseguia sentir-se enjoada.

— E o Jack? — perguntou. — E a escolha que ele fez?

Clive ficou de pé, ofereceu sua mão à menina, que a pegou. Enganchou seu braço ao dela e começaram a caminhar subindo a ladeira.

— É verdade, ele depende dos desejos e das escolhas de sua mãe, assim como todas as crianças até que cresçam. Mas não se esqueça, ele decidiu trocar de lugar com você. E, além disso, optou por experimentar finalmente o amor materno. Isso não é pouca coisa, no fim das contas. Mas não se preocupe. Não foi a última vez que você o viu. A única pergunta é *até quando?* A minha maior esperança é que eu possa vê-lo antes de morrer — disse Clive. Sua voz pareceu travar na garganta, fazendo-o quase engasgar. Apertou o braço de Wendy e tornou a caminhar.

Wendy sentiu a mão do homem tremer e vacilar. Queria dizer *alguma coisa.* Qualquer coisa. Mas seus pensamentos estavam a mil e sentiu seu coração frio e pesado, e, na verdade, não havia mais nada a ser dito. Ela fizera um amigo; ela perdera um amigo; e era isso.

Então, em vez de pensar em algo, concentrou-se em ouvir o ritmo gentil de seus passos sobre a vegetação coberta de musgo. Escutou o farfalhar das folhas e o suspiro dos troncos das árvores ao balançarem. Ouviu os sons vibrando e murmurando e se organizando em palavras Wendy fechou os olhos.

Não se preocupe comigo, Wendy, suspiraram as árvores.

Eu voltarei, sussurraram as folhas.

Eu acredito em você, sussurrou ela em resposta.

Wendy sabia que uma lembrança é como uma alma — escorregadia, frágil e fácil de perder. Sentiu seu coração enviar galhos, agarrando-se às recordações de Jack, gentilmente envolvendo-as, segurando-as bem rápido.

Eu nunca o esquecerei.

E se agarrou firme à lembrança.

Agradecimentos

NINGUÉM DEVERIA ESCREVER UM LIVRO SOZINHO. AS PESSOAS QUE ME guiaram e estiveram ao meu lado durante essa jornada, desde os confusos inícios, passando por meios sombrios, em direção a um frágil e delicado final — bem, elas são *muitas*. Demais para contar. Os nomes que cito a seguir são apenas uma fração ínfima da multidão de indivíduos tremendamente bondosos que afastaram as pedras do meu caminho, que me sussurraram dicas e sabedoria no escuro. Obrigada a todos que têm seus nomes aqui e também aos que não foram listados.

Gostaria de agradecer ao Loft and Intermedia Arts, pelo incansável apoio que dão aos escritores, por seus programas de orientação que fizeram com que eu me tornasse a autora que sou hoje, e pelos professores que tive durante esse período: Lyda Morehouse, Pete Hautman, Shay Youngblood, Mary Rose O'Rielley, Thomas Glave, Arthur Sze e Jim Moore, e também a Jerod Santek, que cuidava de tudo. Obrigada também aos escritores que trabalharam arduamente, ultrapassando obstáculos, ao meu lado: Rosanne Bane, April Lott, Britt Aamodt, Rob Tregay, Laura Flynn, Vina Kay, Francine Marie Tolf, Lisa Higgs, Nena Johansen, Michele Heather Pollock, Matt Rasmussen, Swati Avasthi, Heather Bouwman, Heather Goodman e Scott Wrobel.

Gostaria de agradecer à Jerome Foundation, pelo generoso apoio financeiro ao meu trabalho em um momento no qual isso se fazia crucial.

Gostaria de agradecer aos meus dois agentes maravilhosos: Lindsay Davis — uma extraordinária e solícita agente de olhos claros, capaz de saltar os prédios mais altos com um impulso somente, a primeira que me disse *sim* — e Steven Malk — meu heroico superagente (corcel branco, espada em punho, capa flutuando dramaticamente ao vento), que me resgatou mais vezes do que eu consigo recordar. Obrigada a vocês dois pela paciência, pela orientação e pelo carinho.

Gostaria de agradecer a Nancy Conescu, primeiro por acreditar em meu livro e, segundo, por ser tão criteriosa, fazendo com que eu voltasse ao texto diversas vezes para repensar, reimaginar, recriar e fazer tudo novo mais uma vez. Sou melhor autora agora do que era antes, e serei grata por isso eternamente.

Gostaria de agradecer a James Regan, a primeira pessoa que me deu a noção de invisibilidade escorregadia. Você tinha apenas doze anos e provavelmente não se lembra disso. Mas eu, sim. Então, obrigada.

Gostaria de agradecer a Jennifer Regan, Sheila Regan e Lucille (Regan) Decoux, pela boa vontade de olhar meus primeiros rascunhos e me dar apoio e feedbacks tão generosos (e por nem uma vez sequer, embora eu tenha certeza de que passou pelas suas cabeças, apontarem e rirem). Gostaria de agradecer a Katie e Rob Cullen, Leah Drury e Dave Dobish, que me forçaram a ler o livro *Sobre histórias de fadas*, de J. R. R. Tolkien, pois, sem ele, este livro jamais existiria. Obrigada.

E, mais importante, gostaria de agradecer a Ted, que leu mais versões deste texto do que alguém deveria, e por ser o leitor mais atencioso e mente aberta que qualquer autor poderia esperar. Já que você não me permitiu dedicar-lhe este livro, eu lhe dedicarei então o seguinte: essas mãos, esse coração, essa mente, essa vida.

Impresso no Brasil pelo
Sistema Cameron da Divisão Gráfica da
DISTRIBUIDORA RECORD DE SERVIÇOS DE IMPRENSA S.A.
Rua Argentina 171 – Rio de Janeiro, RJ – 20921-380 – Tel.: 2585-2000